Em meus pensamentos

Bella Andre

Em meus pensamentos

Tradução
Marsely De Marco Martins Dantas

Novo Conceito

Esta é uma obra de ficção. Nomes, personagens, lugares e acontecimentos descritos são produto da imaginação do autor. Qualquer semelhança com nomes, datas e acontecimentos reais é mera coincidência.

1ª Impressão — 2014

Produção editorial:
Equipe Novo Conceito
Impressão e Acabamento Mark Press 300414

Este livro segue as regras da Nova Ortografia da Língua Portuguesa.

Dados Internacionais de Catalogação na Publicação (CIP)
(Câmara Brasileira do Livro, SP, Brasil)

Andre, Bella
Em meus pensamentos / Bella Andre ; tradução Marsely de Marco Martins Dantas. -- Ribeirão Preto, SP : Novo Conceito Editora, 2014.

Título original: Always on my mind.
ISBN 978-85-8163-506-4

1. Ficção norte-americana I. Título.

14-03622 CDD-813

Índices para catálogo sistemático:
1. Ficção : Literatura norte-americana 813

Novo Conceito

Rua Dr. Hugo Fortes, 1885 — Parque Industrial Lagoinha
14095-260 — Ribeirão Preto — SP
www.grupoeditorialnovoconceito.com.br

Um recado de Bella:

A primeira vez em que Lori Sullivan abriu a boca, ela me fez rir. Com o passar dos anos, escrevi sobre heroínas fortes, heroínas ousadas e heroínas doces, mas nunca escrevi sobre ninguém parecida com Lori. Mazinha nunca teve medo de se arriscar. Mesmo depois do fracasso. Até mesmo quando se apaixonar pode ser o maior risco de todos.

Há outra razão pela qual adorei escrever este livro: Grayson Tyler. Em sua fazenda, com suas botas e chapéu de caubói, ele tinha tudo para ser a pessoa mais errada para Lori. Mas garanto que é o único homem que pode conquistar o coração dela (e o meu). Espero que Grayson também conquiste o seu coração.

Boa leitura!

Bella Andre

CAPÍTULO UM

Lori Sullivan não estava procurando encrenca. Ela jura que não.

Só porque seu apelido era Mazinha e as encrencas pareciam segui-la aonde quer que fosse, não significava que Lori quisesse algo do tipo naquele dia. Pelo contrário, pela primeira vez na vida, estava em busca de paz e tranquilidade.

Ninguém na família dela sabia que estava de volta a São Francisco, acabando de chegar em um voo noturno de Chicago. Apesar de amá-los mais que tudo no mundo, não podia enfrentá-los naquele momento. Seus seis irmãos, a irmã gêmea e a mãe eram a melhor família que uma garota poderia ter... e, mesmo assim, se eles descobrissem que estava de volta, não só iriam querer saber por que ela abandonou a turnê, que estava na metade, como também não iriam sossegar até obter todos os detalhes possíveis.

Como ela sabia disso?

Porque era exatamente o que tinha feito com cada um deles nos últimos vinte e cinco anos.

Então, em vez pegar sua bagagem no Aeroporto de São Francisco e ir até o táxi que a levaria a seu apartamento, ela impulsivamente se dirigiu à locadora de carros.

— Bom dia, como posso ajudá-la? — perguntou a loira atrás do balcão, em um tom bem agudo.

Lori deduziu que ela e a moça deveriam ter a mesma idade, contudo ela se sentia ao menos uma década mais cansada.

— Preciso de um carro.

— Ótimo! Para onde você vai e por quanto tempo vai precisar dele?

O sorriso da mulher era tão brilhante que Lori sentiu os olhos lacrimejarem por causa do brilho. Felizmente, depois do voo noturno pelo país, ela havia colocado os óculos de sol assim que pousou para conseguir enfrentar a luz do sol que penetrava pela pequena janela do avião. Odiaria que a mulher pensasse que ela estava chorando.

Não, Lori se recusava a chorar por qualquer coisa que tivesse acontecido em Chicago. Ou durante um ano e meio antes disso.

Ela não era chorona, caramba. Nunca foi, nunca seria.

O mundo teria que fazer muito mais que lhe dar um namorado traíra e malandro, além de roubar sua carreira como bailarina, para conseguir fazê-la chorar.

Ela era jovem. Era saudável. Tinha a vida inteira pela frente.

De alguma forma, de alguma maneira, iria descobrir o que fazer nos próximos setenta anos.

O que a trazia de volta às perguntas da moça da locadora de carros. Para onde iria? E por quanto tempo?

Culpando a falta de sono pelo fato de seu cérebro apresentar um branco total, ela perguntou:

— Qual é o seu lugar predileto?

A mulher ficou momentaneamente surpresa pela pergunta de Lori, mas daí assumiu uma expressão sonhadora e disse:

— Pescadero.

Lori deslizou os óculos de sol para olhar nos olhos da atendente:

— Pescadero?

Tendo vivido no norte da Califórnia a vida toda, Lori imaginou que deveria ter passado por lá em algum momento, mas, pelo que se lembrava, Pescadero não passava de um monte de fazendas enfileiradas.

A jovem concordou com alegria.

— Eu amo as colinas verdes que parecem infinitas, todos aqueles carneiros e o gado pastando por lá, e o fato de o mar ficar no fim da estrada em quase todas as fazendas.

Lori adorava morar na cidade. Também adorava trabalhar na cidade, especialmente por conta de sua carreira de bailarina ter sido sempre intrinsecamente atrelada ao movimento a seu redor. Uma cidade pacata era o último lugar em que ela pensaria para passar férias não programadas.

— Parece perfeito. Por quanto tempo posso ficar com o carro?

Mais uma vez, a mulher lançou-lhe um olhar ligeiramente estranho antes de dizer:

— Um mês, e então você precisa preencher toda a papelada adicional. Mas é mais um lugar para passar o dia. Uma viagem curta. Não consigo imaginá-la passando um mês em Pescadero.

Apesar de Lori pensar a mesma coisa em silêncio, entregou o cartão de crédito e assinou uma dúzia de papéis prometendo que não iria danificar o carro. Alguns minutos depois, estava com a chave na mão e prestes a sair da locadora, quando se virou.

— Você sabe como chegar a Pescadero?

* * *

Uma hora e meia depois, Lori se perguntava se a zona rural chegaria ao fim em algum momento, até que avistou um telhado. Sentindo-se como um marinheiro no mar há meses antes de finalmente avistar a terra firme, Lori pisou fundo no acelerador em direção ao que agora parecia ser a minúscula rua Principal de Pescadero.

A moça da locadora de carros estava certa sobre os lindos campos verdes e os carneiros graciosos, mas, de alguma forma, ela se esqueceu de mencionar como o lugar era silencioso... ou solitário.

Lori havia preenchido seu mundo com música alta e enormes edifícios e pessoas vibrantes por tanto tempo que era estranho estar cercada por algo tão diferente. Ela ligou o rádio do carro em determinado momento, mas sentiu-se como se estivesse ligando um amplificador barulhento no meio da igreja, então desligou imediatamente.

Mesmo assim, não estava se sentindo exatamente bem-humorada, já que era o primeiro dia ensolarado que via em semanas. Estava decidida a curtir o sol e o céu azul. Além disso, como seu irmão mecânico-de-carros-barra-magnata Zach sempre disse, era demais entrar em um carro e simplesmente sair dirigindo por aí. Contudo, pensou ao olhar para o carro alugado, ele sempre fazia essas viagens em uma Ferrari. Além do mais, não ia sozinho, não agora que ele e Heather estavam apaixonados e noivos.

Lori estacionou em frente ao Armazém Geral de Pescadero no mesmo momento em que uma garotinha saía do estabelecimento com um grande sorriso no rosto e carregando um saco de ração. Um homem, o qual Lori presumiu ser avô da menina, estava apenas a um passo atrás dela, segurando um filhote de cachorro. O homem usava botas de caubói e jeans, que combinavam perfeitamente com a cidade.

Quando saiu do carro, Lori viu o cãozinho da garota. Preso pela coleira ao poste mais próximo, assim que avistou a garotinha, o cão branco e preto começou a abanar o rabo com tanta força que seu corpo todo parecia uma pipa voando com a brisa. A menina imediatamente colocou o saco de ração no chão e pegou o cachorrinho nos braços para beijá-lo. O velho fazendeiro grisalho disse:

— Você vai mimá-lo. — A voz era áspera, mas os olhos estavam cheios de amor.

Pela segunda vez, Lori sentiu os olhos lacrimejarem. Já tinha se acostumado com o brilho da luz do sol e havia colocado os óculos no alto da cabeça há algum tempo, mas agora decidiu usá-los novamente.

Assim que pisou na calçada, tanto o homem quanto a garota pararam para olhar para ela, cada um deles a encarando duas vezes. Ela não conseguia entender o que os havia deixado tão chocados... não até finalmente olhar para si mesma.

Ah, é, era por isso. A blusa justa, sem mangas e com um tom rosa-brilhante, coberta de lantejoulas, que ia até o meio da coxa, e a meia-calça quase opaca combinando com os saltos coloridos com os quais havia dançado, eram um pouco estranhas para serem usadas no meio do dia. Não só ali, mas em qualquer lugar, de fato.

Lori havia se esquecido completamente do que estava vestindo quando saiu correndo do Auditorium Theatre em Chicago, colocou as coisas que estavam no hotel na mala e seguiu para o aeroporto, a fim de pegar o próximo avião para São Francisco. Colocou uma echarpe enorme no avião e no aeroporto, mas estava tão quente e ensolarado durante a viagem de carro que se livrou da echarpe, deixando-a no assento do passageiro.

É claro que o cachorrinho não se importava com o que ela estava usando, e, quando Lori passou a mão nele, contorceu o corpo peludo na direção dela.

— Que cãozinho fofo! — ela disse para a garotinha. — Qual o nome dele?

— Jonas.

— É um nome muito bonito — Lori disse, enquanto sorria e acariciava o cão, mas, assim que seus dedos tocaram o pelo macio entre as orelhas, o avô da menina os tirou de lá.

Um pouco depois, quando Lori se virou para ir em direção à porta da frente do Armazém Geral, o chão parecia estar se movendo embaixo dela. Segurando-se contra a parede, Lori percebeu que não tinha comido nada por quase vinte e quatro horas. Apesar do que a maioria das pessoas pensava sobre a vida das bailarinas, ela tinha um apetite saudável e um metabolismo rápido, e sabia que não devia ter ficado tanto tempo sem comer.

Se bem que, no momento, a comida não parecia algo tão bom...

Mudando de ideia, empurrou a porta. Ração e suplementos tomavam conta de uma parte da loja. No meio, havia uma exposição de tricô, jeans, botas de caubói e o que pareciam ser pacotes de meias e roupas íntimas. Do outro lado da loja, havia uma delicatessen, várias geladeiras com ovos, queijo e leite e prateleiras cheias de alimentos enlatados.

Ela pegou um saco de batatas chips e foi em direção ao caixa. O adolescente atrás do balcão ficou enrubescido.

— Em... em que posso… — Ele engoliu fundo e afrouxou o colarinho. — ... ajudá-la?

Mesmo tendo pensado em talvez ir para o carro pegar a echarpe para colocar ao redor do figurino de dança, ela curtiu a apreciação nos olhos dele. Não é porque tinha desistido dos homens que não poderia ser desejada por eles. Dessa forma, teria o prazer de chutá-los para a rua, exceto adolescentes fofos, é claro.

— Qual lanche é a especialidade da casa?

Os olhos deles se arregalaram diante da pergunta, como se Lori tivesse pedido a ele para responder como a Terra gira em torno do próprio eixo em vez de frios e pão. E, nossa, o rapaz estava se esforçando para manter os olhos no rosto dela em vez de deixá-los cair na direção dos seios, que estavam totalmente à mostra com aquela roupa. Era tão fofo que ela queria saltar pelo balcão para abraçá-lo por fazer com que ela se sentisse atraente de novo, pelo menos por alguns segundos de adoração adolescente.

— Hum, eu não sei — ele engoliu a seco antes de se virar para olhar o cardápio de lanches escrito a mão no quadro atrás dele. — Talvez o Muffuletta?

— Parece bom. — Lori colocou as batatas no balcão e ele começou a registrar as compras dela. — Também vou querer uma xícara do café mais forte que você tiver.

Quem sabe quanto tempo ainda ela ficaria dirigindo pela zona rural até encontrar um lugar para passar a noite? O carro estava alugado por um mês, afinal de contas.

Ele pegou o dinheiro dela com as mãos trêmulas, e Lori perguntou:

— Você poderia me dizer onde fica o banheiro?

Ele derrubou tudo no chão, depois bateu a cabeça na gaveta da caixa registradora ao pegar o dinheiro que havia caído.

Obviamente sem confiar em si mesmo para falar dessa vez, o jovem apenas se ajoelhou no chão e apontou em direção ao fundo do estabelecimento, com a mão trêmula. Lori percebeu que seria uma boa ideia dar um tempo para ele enquanto preparava o lanche; ela odiaria que ele cortasse o dedo com a faca só porque ela estava perto demais, cheia de brilho e com uma roupa justa.

Depois, Lori se olhou no espelho e teria rido se não tivesse ficado tão horrorizada com a bagunça que encontrou no reflexo. Com rapidez e eficiência, ela arrumou o cabelo e a maquiagem. Lori sempre acreditou na ideia de que, caso sua aparência estivesse boa, você se sentiria bem, mas, naquele momento, sentia que rímel e brilho labial não iriam resolver muito.

Depois de sair do banheiro, ela esperou um pouco e deu uma olhada pela loja. Pensando bem, o Armazém Geral era bem bonito por dentro, um "supermercado" da fazenda com mercadorias, roupas e ração para galinhas, e tudo tinha claramente a mesma importância para as pessoas dali. Uma mesa mostrava livros dos AUTORES LOCAIS, e ela parou para ver os livros de poesia, romance e alguns exemplares de técnicas de cultivo. Os livros lhe deram uma noção da comunidade que a loja apoiava. Era bem provável que fosse constituída por fazendeiros e suas famílias que estavam ali há gerações.

Lori fazia parte da comunidade da dança havia tanto tempo que nunca procurou fazer parte de nenhum outro universo. Principalmente porque os eventos da família Sullivan com a mãe e os sete irmãos aconteciam com frequência e tomavam o tempo livre que ela tinha.

No momento, até mesmo pensar em dançar revirava seu estômago. O ex a seduzira com a dança... e depois a traíra com isso. Houve um tempo em que Lori dançava por si mesma, pelo puro prazer que a dança lhe proporcionava. Até os últimos meses, quando passou a ser pouco mais que um fantoche de Victor, dançando para tentar agradá-lo. Quando percebeu que nada o agradava, esqueceu-se de qualquer outra razão para dançar. E, no momento, parecia haver uma zona morta, adormecida, onde seu coração costumava ficar.

Com o tempo, ela encontraria outra comunidade para fazer parte.

Lori estava prestes a voltar para o armazém para buscar o lanche quando percebeu um quadro cheio de anúncios. Ela sempre se interessou pela vida de estranhos e devorava biografias tão rápido quanto sua irmã Sophie, a bibliotecária, lhe emprestava. Olhar para o quadro de avisos da comunidade era a janela perfeita para vidas que jamais viveria. E a verdade era que, enquanto tinha dirigido pela rua Principal, ficara surpresa com o charme da cidade. As fachadas das lojas tinham a graça do velho oeste, e Lori passou por uma quitanda que parecia ter saído de uma revista.

No meio do quadro havia um pedaço de papel branco com as palavras *Precisa-se de Trabalhador Rural*, com uma caligrafia forte e claramente masculina. Nem por um segundo em sua vida ela pensou em trabalhar numa fazenda. Pois a vida toda ela sabia exatamente o que seria: bailarina.

Talvez, se tivesse conseguido dormir mais que algumas horas a semana toda, examinasse a decisão de forma mais clara e com a cabeça mais fria.

Pois ela não estava procurando encrenca. Ela jura que não estava.

A questão era que, pela primeira vez em muito tempo, Lori sentiu uma agitação de entusiasmo. De ansiedade.

E uma emoção que a fez sentir como se estivesse com um pouco de medo.

Ela sempre gostava das montanhas-russas mais assustadoras dos parques de diversão, e era ela quem arrastava os irmãos para os filmes de terror. Mas o que poderia haver de assustador no trabalho rural?

Especialmente quando já havia decidido que seria a melhor trabalhadora rural que o mundo já tinha visto. Sem tentar agradar a ninguém além de *si mesma*, sabendo que, no fim de um longo dia de trabalho na fazenda, teria feito um bom trabalho do qual se orgulharia.

Lori arrancou o anúncio do quadro e colocou-o sobre o balcão, na frente do rapaz do Armazém Geral. Ela era impulsiva, mas não estúpida, então perguntou:

— Você conhece o homem que anunciou isso? Ele é um cara legal?

O garoto assentiu.

— Claro! O Grayson é legal.

Lori gostou do som daquele nome. *Grayson.* Provavelmente algum velho fazendeiro como aquele avô que ela tinha visto na calçada, que estava casado há cinquenta anos e precisava de uma ajuda extra com as vacas e as galinhas. Ela não fazia ideia de qual seria a ajuda exigida, mas sempre foi o tipo de pessoa que aprendia rápido.

Ela sorriu e perguntou:

— Você pode me dizer como chegar à fazenda dele?

* * *

Aquele era exatamente o tipo de dia de que Grayson Tyler mais gostava — silencioso e cheio de trabalho pesado do nascer ao pôr do sol, caminhando por seus cento e sessenta alqueires.

Quando comprou a fazenda em Pescadero, três anos antes, o celeiro estava à beira de um incêndio e a casa, infestada de ratos. Havia cento e cinquenta anos o primeiro fazendeiro começou a trabalhar na terra e a administrou muito bem por um tempo, mas a última geração estava mais interessada nos carros luxuosos e nas propostas de venda do que no patrimônio que o avô passara a vida toda cultivando.

Grayson passara sete dias por semana nos últimos três anos trazendo a fazenda de volta à vida. Sua família chegou a pensar que ele estava louco quando se mudou de Nova York para o que eles chamaram de "no meio do nada", apesar de São Francisco estar a apenas uma hora. Não que ele tivesse ido à cidade. Ele conhecia muita gente que voava de Nova York a São Francisco regularmente. Havia muitas possibilidades de encontrar alguém do passado.

Essa era uma das grandes coisas em uma fazenda: o passado não importava. Tudo o que importava eram os animais que agora estavam com fome, e o futuro que poderia ser construído em um campo arado, com gado bem alimentado, com o tempo. Na verdade, Grayson passou a manhã ocupado, reformando o galinheiro, por isso as galinhas estavam no campo na frente da casa.

Ele estava martelando uma das últimas prateleiras para um novo galo quando ouviu o som de um motor de carro. A casa e o galinheiro ficavam tão longe da estrada que não dava para ouvir os veículos passando por Pescadero, o que significava que o carro estava em seu território.

Grayson cerrou os dentes diante da interrupção inesperada. As pessoas na cidade sabiam que não deviam aparecer sem avisar. Só muito de vez em quando um caminhão de entrega passava por lá com um pacote de Nova York.

Ele deixou o martelo de lado e virou-se para falar com quem quer que tivesse aparecido sem ser convidado, embora não tivesse reconhecido o carro. O sol estava brilhando no para-brisa, então ele não conseguia ver o rosto do motorista, mas, pelo vidro aberto na lateral, viu cabelos longos e negros esvoaçando.

Uma mulher? O que uma mulher estava fazendo na sua fazenda?

Droga, aquela era a última coisa que ele queria — uma turista perdida no caminho da única pousada na cidade, em busca de orientações.

As galinhas não estavam acostumadas a ficar soltas com carros por perto, e a estranha vinha pela longa estrada de terra com tanta velocidade que uma de suas galinhas premiadas da raça inglesa Buff Orpington cacarejou e abriu as asas para fugir do veículo. Infelizmente, a galinha quase foi fatiada debaixo dos pneus em movimento quando a motorista tentou desviar para a esquerda para evitar atropelá-la... e acabou batendo em uma parte da cerca novinha em folha.

CAPÍTULO DOIS

A porta se abriu e a motorista saiu.

— Ah, meu Deus, sinto muito! Aquela galinha veio do nada. Vou consertar a cerca.

Grayson ouviu o que ela disse, mas não conseguiu responder. Não quando não acreditava no que seus olhos viam.

Ele nunca tinha visto uma mulher tão bonita em toda a sua vida. Cabelos compridos e escuros indo dos ombros quase nus até a cintura, olhos grandes, bochechas salientes. A boca carnuda e vermelha era o sonho erótico de todo homem. Ela usava uma roupa justa que dava prazer olhar, e, à luz do sol, era quase como se estivesse nua, com todas as curvas espetaculares à mostra.

E aquelas pernas... apesar de ela não ser particularmente alta, as pernas pareciam continuar para sempre, terminando em um salto agulha totalmente inadequado para uma fazenda.

Merda. O que havia de errado com ele? Mesmo fazendo algum tempo que não levava uma mulher para a cama, ele nunca teve problemas em controlar suas reações diante de uma beldade.

— Quem é você?

Lori piscou para ele e simplesmente o encarou por um tempo, antes de seus belos lábios finalmente se curvarem em um sorriso.

Grayson silenciosamente instruiu seu coração a continuar a bater, seu peito a continuar bombeando ar. Ele só precisava sobreviver nos próximos minutos, até ela ir embora, para que então pudesse continuar a viver a vida da forma que precisava ser.

Tranquila.

Simples.

Completamente longe de belas mulheres com um sorriso capaz de nocautear um homem.

Ela segurava um pedaço de papel na mão e o desamassou antes de falar.

— A nova empregada da fazenda, espero.

Outro homem teria rido diante da frase ridícula.

Não ele.

— Quem te meteu nessa?

Ela franziu o cenho e respondeu:

— Ninguém.

Ela deu um passo adiante e ele quase deu um passo para trás em resposta à aproximação de todas aquelas curvas sedutoras.

— Estou aqui por causa do emprego. — Ela sorriu de novo. — Sou Lori. Lori Sullivan.

Ela estava falando sério mesmo? Grayson instruiu a si mesmo a se esquecer de como ela era bonita ao examinar sua expressão determinada

Merda. Parecia que sim. O que significava que, em vez de desperdiçar somente cinco minutos do seu dia, era bem provável que levaria uma boa meia hora para se livrar dela.

— O Grayson está por aqui? — Ela olhou ao redor procurando alguém.

— Eu sou Grayson.

Os olhos dela se arregalaram.

— Por que você não é mais velho?

Ele não fazia ideia do que responder. Mas é claro que não fazia ideia alguma do que responder em qualquer conversa que aquela mulher estonteante impusesse sem o menor aviso prévio.

Em vez de responder à estranha pergunta, ele disse:

— Meu anúncio não é piada.

— Não estou fazendo piada — Lori declarou, inclinando o queixo de forma teimosa.

O coração de Grayson se acelerou novamente só de ter visto o rubor nas bochechas dela ali em frente a ele no chão.

— Olha só, tenho muito trabalho para fazer hoje antes do pôr do sol. — Grayson olhou incisivamente para a cerca. — Por exemplo, consertar essa parte da cerca que você destruiu.

Qualquer um já teria desistido por conta da forma ríspida como ele a estava tratando, mas a bela moça entendeu o recado e voltou para o carro para deixá-lo sozinho?

Não.

Em vez de ir embora, Lori deu mais um passo na direção dele, com o mais belo par de pernas que Grayson já tinha visto na vida, e disse:

— Eu posso ajudar você.

Ele se esforçou para olhar para Lori de forma dura e indiferente, embora, em sua antiga vida, ele a tivesse embriagado de prazer.

— Você tem experiência em fazendas?

Quando ela mordeu o lábio inferior, a pressão sanguínea de Grayson subiu de tal forma que ele podia de fato ouvi-la correr por seus ouvidos, além do barulho das galinhas, que ainda estavam muito agitadas por causa do carro, da batida e da visitante inesperada em sua roupa cheia de brilho.

— Bem — ela disse lentamente —, nenhuma. Mas sou muito determinada.

Grayson deu uma gargalhada, um som entorpecido que não expressava prazer algum.

— Determinação não vai fazer com que o novo galinheiro fique pronto, nem que a cerca seja substituída. Preciso de alguém que possa de fato fazer o trabalho que precisa ser feito — Ele não conseguia acreditar que estava mesmo debatendo as qualificações necessárias com ela. — Você não pode ser minha nova ajudante.

Lori pareceu momentaneamente confusa ao olhar para ele e depois para o anúncio em sua mão. Grayson quase conseguia ouvir o movimento cerebral na bela cabeça da moça antes de ela assentir, como se tivesse tomado uma decisão.

— Me fale algo que precise ser feito e eu farei. Agora mesmo, na sua frente, assim você vai ver que eu estou falando sério. — Ela o encarou com sinceridade. — Quero esse emprego, Grayson.

O som do nome dele nos lábios dela, a voz levemente rouca, prolongando um pouco mais as vogais que as outras letras, tudo isso o deixou com um nó no estômago. Ele não gostava da forma como estava reagindo em relação à jovem.

Não gostava do fato de estar reagindo.

Ele olhou para baixo, apontando para os sapatos dela.

— Você está me dizendo que vai trabalhar na minha fazenda com isso?

Lori olhou para os saltos altos brilhantes como se tivesse se esquecido do que estava calçando. Como, ele se perguntava, ela poderia possivelmente ter se esquecido quando seus pés a deveriam estar matando?

Ela deu de ombros:

— Claro. O que você quer que eu faça?

Grayson fez uma careta ao olhar ao redor da propriedade, procurando algo que ela pudesse experimentar sem se machucar, já que não iria perder tempo levando-a ao médico. Mesmo assim, parecia que o atraso de meia hora tinha se transformado em uma hora. No mínimo.

* * *

Assim que tivesse uma chance, Lori ia dizer poucas e boas ao garoto do Armazém Geral. Por que ele não disse que o Grayson era, além de jovem, o homem mais bonito e viril que já tinha visto?

É claro que ela não tinha perguntado, mas tinha certeza de que, se fosse uma garota preparando o lanche, ela não teria se esquecido de mencionar esses detalhes importantes.

Só que não importava o fato de ele ser bonitão, não é? Não quando ela tinha desistido completamente dos homens.

Completamente

Ela não confiava mais neles, em mais nenhum homem com quem se relacionava. Eram todos traidores e manipuladores, a escória. Mesmo assim, não era exatamente fácil se lembrar de tudo isso quando se estava na frente de cem quilos de músculos, olhos castanhos penetrantes e um maxilar quadrado, generosamente marcado pela barba escura e cerrada em que qualquer mulher em juízo perfeito iria querer passar os dedos antes de se aproximar para um bei...

Lori forçou-se a tirar aquele pensamento da cabeça. Tudo bem, então, talvez no segundo em que ela viu o magnífico *Grayson*, soubesse que devia ter entrado de volta no carro e saído dali de uma vez. Depois de deixar os dados do seguro para o conserto da cerca quebrada, claro. Mas parecia que cada palavra que saía da boca de Grayson era um desafio.

E Lori nunca foi capaz de desistir de um desafio.

— Então — ela disse —, qual o primeiro item da sua lista?

Assim que fez a pergunta, uma galinha decidiu bicar uma das lantejoulas de seus sapatos. Lori tentou sair do caminho, mas a galinha a seguiu e bicou com mais força o pé dela.

— Pegue a galinha e a coloque no galinheiro.

Ela sabia que ele queria virar o feitiço contra o feiticeiro, que achava que ela ia estragar tudo, mas qual a dificuldade de pegar uma galinha?

— Claro, sem problemas.

Quando Lori se agachou e esticou os braços em direção ao animal, a galinha estava tão concentrada tentando comer a lantejoula do sapato que ela não teve problema algum em pegá-la. Só que, assim que estava

prestes a erguer a ave do chão, ela olhou para Lori alarmada, cacarejou, expressando o desgosto, e então saiu voando das suas mãos e começou a correr para longe.

Lori nem pensou antes de resmungar um palavrão ao se levantar para ir atrás da galinha.

— Venha aqui — ela disse, usando um tom que deveria parecer tranquilizador, mas com um leve traço de frustração. — Hora de voltar para o seu galinheiro.

Quando estava bem próxima da ave, Lori esperou até a galinha focar em algo rastejando pelo caminho antes de pegá-la novamente. Mas a ave foi mais esperta dessa vez e, antes que ela pudesse pôr as mãos em suas penas, cacarejou novamente, depois saiu voando, meio que correndo em outra direção.

Lori tirou o cabelo dos olhos. Estava suando e tinha poeira espalhada pela roupa toda. Mas não estava nem perto de desistir. Não senhor. Se Grayson pensava que aquilo seria suficiente para mandá-la embora, estava tremendamente enganado.

Ela já estava indo atrás da galinha novamente quando Grayson entrou no seu caminho.

— Não posso deixá-la angustiar a galinha ainda mais. Isso vai fazer com que ela pare de produzir.

— Não tive a intenção de angustiá-la — Lori protestou, imediatamente sentindo-se culpada por ter causado danos irreparáveis à produção de ovos da galinha.

Grayson esticou os braços para pegar a galinha e, em vez de tentar pegar a cauda ou as asas, fez um "v" com as mãos e ergueu o corpo dela. Com uma das mãos ele segurou firme embaixo da galinha, e usou a outra para segurá-la próxima a seu corpo, enquanto a carregava de volta ao galinheiro.

Bem, Lori pensou, um tanto irritada, ele poderia ter dito isso *antes* de ela ter ferrado com a vida do animal. Enquanto ele estava de costas, ela se agachou para pegar outra galinha. Dessa vez, a história foi diferente, e bem mais feliz, quando ela a pegou e a levou para o galinheiro.

Grayson virou-se na mesma hora em que ela ia colocar a galinha lá dentro.

— O que você está fazendo?

Lori parou bem onde estava e segurou a ave bem próxima ao corpo. O calor do corpo roliço a ajudou a amenizar a ferroada do olhar feroz e penetrante de Grayson.

— Calculei que você quisesse todas elas lá dentro — ela disse, falando bem baixo para não assustar a amiga emplumada. — Não é mesmo?

— Sim — ele disse, mas cerrou ainda mais a sobrancelha. — Como você a pegou?

Não era óbvio?

— Observei o que você fez.

Ele olhou para ela, depois para a galinha, e Lori sentiu-se um pouco mal por ter feito a ave passar por aquela situação.

— Certo. Coloque-a no galinheiro e recolha o restante. Tenho que ver o tamanho do estrago que você fez na minha cerca.

Dessa vez foi Lori quem fez uma careta para as costas largas demais e musculosas demais de Grayson. Nem para dizer *obrigado* ou talvez elogiar um pouco a forma como ela rapidamente conseguiu acertar as coisas com a galinha. Aquilo foi, ela pensou, um lembrete muito bom de que nunca era uma boa ideia tentar fazer algo para agradar um homem.

Mesmo assim, Lori não deixou a frustração em relação a Grayson causar impacto algum na forma delicada como segurava a galinha. Nem a dúzia seguinte de galinhas. Infelizmente, mesmo sabendo o que estava fazendo agora, não significava que as aves quisessem colaborar. E ela tinha que admitir que o salto alto não era exatamente o melhor tipo de sapato para afundar no solo cheio de grama, lama e cascalho da fazenda.

Felizmente, ela viu um prato de plástico que parecia milho seco, no qual as galinhas pareciam ter um interesse incomum. Pegando o prato, ela chacoalhou as "guloseimas" e ficou animada quando o restante das galinhas veio correndo em máxima velocidade na direção do galinheiro. Momentos depois, todas estavam lá dentro em segurança.

Todas exceto uma, droga. Ela não reagiu a nenhuma das guloseimas nem às ações do restante das amigas galinhas.

Depois de ter fugido dela várias vezes, Lori tirou os sapatos e, determinada, usou os anos de silêncio ao deslizar pelo palco para perseguir a galinha.

— Aha! Peguei você! — ela exclamou quando enfim a pegou em segurança em seus braços. A galinha deixou escapar um som que combinava com a gargalhada de Lori. — Se divertiu brincando comigo, não é?

Lori estava quase no galinheiro quando olhou para cima e viu Grayson olhando para ela com uma expressão de choque, e quase tropeçou com a galinha nos braços.

— Qual o problema? — Ela olhou para os pés. — Tem uma cobra no gramado? — Lori não conseguia esconder o horror na voz e ficou completamente paralisada.

— Não — ele respondeu rapidamente —, não há nenhuma cobra.

— Graças a Deus. — Ela respirou de forma pesada, extremamente cansada por passar os últimos vinte minutos perseguindo galinhas depois de um voo noturno no qual passara a noite em claro. Indo outra vez ao galinheiro, Lori pisou descalça no gramado, prestando muita atenção ao solo à sua frente.

— Só vou colocá-la no galinheiro e então você pode me dizer o que fazer em seguida.

CAPÍTULO TRÊS

Em seguida? Ela queria que ele dissesse o que fazer em *seguida?*

Dar o fora da propriedade dele — e da vida dele, levando sua risada consigo —, era isso o que ele queria que ela fizesse em seguida.

Mas, por alguma estranha razão que não conseguia entender, Grayson não era capaz de colocá-la de volta no carro, ordenando que saísse dali. Além disso, depois de um começo ruim, ela já tinha feito um bom trabalho com as galinhas, e ele não conseguia encontrar uma justificativa para penalizá-la por isso.

Lori fechou o galinheiro pela última vez, então foi até a mangueira e lavou as mãos, enxugando-as na cintura, e virou-se para ele. Infelizmente, aquilo chamou a atenção de Grayson para sua silhueta espetacular. É claro que a atenção dele não tinha sido desviada em momento algum. O coração teria que parar antes que ele pudesse ignorar o fato de que havia uma garota viva, de carne e osso, e muito atraente, na fazenda dele.

Uma garota que queria ser sua nova ajudante.

Droga, ele precisava arranjar uma forma de fazê-la ir embora antes que ela entrasse mais do que já tinha entrado na vida dele. Mesmo com aquela roupa ridícula, agora toda suja, ela ainda era dolorosamente linda. E, dado o que ele sabia sobre as mulheres, parecia não se importar nem um pouco com a sujeira e com os animais. Por que ela não estava surtando diante do estado das suas roupas, das meias rasgadas, ou do fato de que os saltos estavam cobertos de terra e de manchas do gramado? Era óbvio que algo devia ter dado muito errado na vida dela para pensar que aquilo era um passo à frente.

Infelizmente, não era difícil reconhecer nela o desejo de deixar a antiga vida para trás e recomeçar em algum lugar em que alguém jamais pensaria em procurá-la.

Pois foi exatamente o que ele mesmo fizera depois que sua esposa morreu, três anos antes. Nos últimos trinta e seis meses, sua fazenda em Pescadero se transformara em seu refúgio do passado, para Grayson não pensar no que havia acontecido com sua esposa... nem no que houve.

Droga, ele não queria que aquela mulher pensasse que ele se importava, mas Grayson precisava saber.

— Você está se escondendo de alguém?

— Me escondendo? — Ela olhou para ele como se fosse a pergunta mais estranha do mundo.

— Você está se escondendo de alguém que está tentando machucá-la? É por isso que está aqui?

Um lampejo de emoção passou pelo rosto dela antes de ser disfarçado com um sorriso, que Grayson não percebeu nem por um segundo.

— Não, claro que não.

Ela se movia como uma bailarina até mesmo para perseguir galinhas, mas, obviamente, não era atriz, pois não sabia mesmo mentir.

— Então devo esperar a chegada de um marido ou namorado

furioso, com uma arma carregada, exigindo saber o que estou fazendo com a mulher dele?

— Uau! — Lori praticamente gritou para ele antes de respirar fundo, e foi difícil para Grayson não olhar para os seios dela. — Não estou encrencada. Ninguém está atrás de mim. Só estou procurando emprego em uma fazenda.

— Por quê?

Dessa vez ela nem hesitou antes de responder:

— Por que parece divertido.

Tudo bem, então, era óbvio que ela não iria dizer a verdade. Mas, ao mesmo tempo em que não acreditou nem por um minuto que trabalhar em uma fazenda era o sonho da vida dela, pelo menos ele se sentiu bem confiante de que não havia um cara furioso na cola de Lori.

Mesmo assim ela tinha que partir. E ele tinha um plano para que isso acontecesse.

— Preciso ver como você se sai em algumas tarefas básicas da fazenda.

Tinha que dar algum crédito; apesar de ela ter que saber exatamente de que tipo de tarefas ele estava falando, tarefas que incluíam lavar os vasos sanitários e esfregar o chão, ela não tirou o sorriso do rosto.

— Parece ótimo — Lori afirmou, apesar de ser óbvio que de ótimo não havia nada. Em vez de segui-lo para dentro da casa, ela acrescentou: — Se eu me sair bem nessas tarefas, você vai me dar o emprego?

Teimosa nem sequer começava a descrever aquela garota. Esforçando-se para não sentir muito respeito pela determinação dela, Grayson a analisou com cuidado por alguns momentos. As unhas eram longas e, apesar de haver sujeira debaixo delas no momento, estavam benfeitas, e as mãos eram macias e suaves. Ele apostaria todos os seus alqueires de terra que ela nunca havia limpado nada durante toda a sua vida. Com aquelas pernas, e aquele corpo, ela provavelmente passara a vida sendo a amante mimada de algum ricaço.

— Se você completar toda a lista de tarefas — ele disse, com toda a facilidade que conseguia enquanto sentia um soco no estômago ao imaginar Lori na cama de outro homem, nua e sem fôlego, esperando por ele —, você consegue o emprego por um período de experiência. — Grayson se virou antes que ela pudesse ver o que estava causando nele.

— Experiência?

Ele olhou para ela por cima do ombro.

— Uma coisa de cada vez, Lori. É assim que vamos fazer antes de saber se posso ou não contar com você.

— Você pode contar comigo — ela disse, com voz firme, ao passar subitamente por Grayson em sua sala de estar. E, então, de repente, ela deixou escapar um som que era um misto de alegria e um pouco de surpresa.

— Ah, olhe só para ela! — Lori correu para a velha gata esfarrapada e nojenta do celeiro, que estava quase no fim de sua nona vida. — Ela é linda!

— Tem certeza de que estamos olhando para o mesmo gato? — Francamente, ele estava surpreso por Lori ter sido capaz até mesmo de dizer o sexo daquela coisa.

— Ela ouve o que falamos, sabia? — Lori declarou em tom de reprovação, e em seguida perguntou: — Qual o nome dela?

Ele queria lembrar Lori de que ela estava se candidatando para a função de ajudante, não de nova melhor amiga que podia bater papo com ele o dia todo. Grayson gostava da solidão. Mesmo assim, já tinha se dado conta de que não responder a uma das suas perguntas sem sentido não faria com que Lori parasse de perguntar.

— Mo.

Ela ergueu a sobrancelha.

— O nome da sua gata é Mo?

— Isso mesmo.

Lori se voltou para a gata e disse suavemente ao acariciá-la:

— Como alguém pode batizar uma menina tão bonita com um nome de homem? — E fez uma careta para ele. — Nada menos do que um dos Três Patetas — Olhou de novo para a gata. — Você estava esperando que eu viesse aqui, não estava? Para que eu pudesse te dar amor... e um bom nome.

Amor. A palavra o atingiu com força, tirando o ar de seus pulmões. Um dia ele achou que sabia o que era o amor, só que não sabia coisa nenhuma. A única coisa que sabia era que sua vida era melhor sem amor.

A voz de Grayson foi mais ameaçadora do que precisava ser quando ele disse:

— Você não vai dar outro nome à minha gata.

Mas foi como se ela não pudesse ouvi-lo... mesmo sabendo que ela tinha ouvido, sim, pois ele estava a apenas alguns centímetros de distância de Lori e da gata.

— Tenho o nome perfeito para você! — Ela parecia tão animada que a gata ergueu a cabeça cansada e piscou. — Docinho.

Grayson recusou-se a pensar que aquilo era fofo.

— Mo — ele repetiu. — O nome é Mo.

— É uma *menina*. E o nome *dela* é Docinho. — Lori se inclinou para beijar a cabeça da gata e, logo em seguida, começou a espirrar.

— Você é alérgica a gatos — a frase saiu como uma acusação. Ele disse a si mesmo que não se importava se estava sendo muito duro com ela. De qualquer forma, não a queria por lá.

— Não sou. — Lori espirrou novamente, mas continuou a afagar a gata. — Sua casa deve estar cheia de poeira.

Não estava, mas ele retrucou:

— Que bom que a limpeza faz parte das atribuições do cargo, não é? Vou mostrar a você onde estão os produtos de limpeza e você já pode começar.

Lori pareceu murchar um pouco com o lembrete sobre a limpeza da casa, mas, em vez de sair do lado da gata, perguntou:

— Quantos anos ela tem?

Grayson trabalhava com gado havia tempo suficiente para saber que, às vezes, era mais fácil esperar que eles viessem até ele do que tentar forçá-los a entrar na rampa de reprodução. Ele se recostou no batente da porta e tentou notar como Lori era bonita sentada no chão, de pernas cruzadas, afagando a gata. Quando o sol que penetrava pela janela tocou seu cabelo no local exato, as mechas castanhas e brilhantes apresentaram muitos tons de vermelho, como as folhas do bordo durante o outono.

— Muitos.

A expressão dela não mudou diante da resposta sucinta. Lori não se intimidou e nem mesmo pareceu particularmente irritada com ele. De forma irracional, aquilo fez com que Grayson quisesse ver o que poderia fazer para conseguir uma reação dela.

— Quantos?

— Não sei.

— Bem, então há quanto tempo está com ela?

— Eu a encontrei no celeiro quando comprei a propriedade. — E, já que sabia qual seria a próxima pergunta, acrescentou: — Três anos atrás. — Grayson olhou para o animal, que ronronou até conquistar seu coração, embora ele se recusasse a ter um novamente. — Ela não foi mais embora.

— Você tem sorte por ela ter ficado com você.

— Sorte? — Grayson teve que rir com aquilo, um som duro e entrecortado, desprovido de qualquer alegria. — Ela só come ração molhada, cospe bolas de pelo do tamanho de bolas de tênis e deita em cima de tudo.

— Nunca tive um bichinho de estimação.

O bico que Lori fez só serviu para tornar seus lábios mais beijáveis. Indefeso, Grayson se viu imaginando qual seria o gosto dela se ele corresse a língua por toda a extensão do lábio inferior em sua boca. O que Lori faria se ele a mordiscasse? Será que estremeceria e gemeria em sua boca?

Grayson teve que forçar sua mente a se livrar das imagens sensuais para focar no que ela estava dizendo.

— ... a mamãe dizia que oito filhos eram mais que suficientes para ela cuidar.

— Você tem sete irmãos?

Merda, ele não tinha a intenção de fazer nenhuma pergunta pessoal, mas a pergunta saiu de surpresa diante do que ela tinha acabado de contar. Se tinha todos aqueles irmãos, por que nenhum deles estava ali tentando trazê-la de volta à realidade?

Lori sorriu para ele de onde estava, ainda abraçada com a gata e, mais uma vez, ele sentiu a bela força do sorriso dela em todas as suas células.

— Sete irmãos e mais um monte de primos. Tenho família em quase todo lugar.

A palavra *família* soou como um tapa em seu coração, como se ela tivesse soltado um elástico esticado contra ele, da mesma forma que tinha feito ao falar de *amor*.

O que estava fazendo? Ele não poderia cometer o erro de deixá-la pensar que poderiam ser amigos. *Se* Lori conseguisse chegar ao fim do dia, não ficaria por muito tempo. Com a mesma rapidez que chegou, também partiria. Ele não poderia cometer o erro de se apegar a ela.

E é por isso que sabia muito bem que Lori não podia se apegar a nada também.

— Mo vai morrer em breve — Grayson disse, em tom casual. — Muito em breve.

Lori arregalou os olhos para ele, e imediatamente colocou a gata em seu colo, o que deu origem a uma série de espirros. Claro, a boa Mo estava tão velha e cansada que mal reagiu ao som alto ao se acomodar nos braços de Lori.

— Como você pode dizer isso sobre a sua própria gata? É como se você nem tivesse coração.

Ele preferia assim. Não ter coração significava que nada poderia feri-lo novamente.

Grayson não se importava nem um pouco que a bela estranha se apegasse à gata moribunda... ou a ele.

— Ela está com leucemia — ele declarou, e sua voz soou mais gentil agora, simplesmente porque, por mais que quisesse que Lori acreditasse, ele não era um monstro. — O veterinário esperava que fosse acontecer meses atrás. Ele não sabe como ela conseguiu aguentar tanto.

Do nada, Grayson foi acometido pelo pensamento de que talvez Mo tivesse aguentado até a chegada de Lori, pois precisava de uma mulher de coração mole para mimá-la em seus últimos dias.

Mas aquilo era loucura. Tão louco quanto era Lori pensar que poderia trabalhar na fazenda.

Grayson se afastou da porta e disse:

— Hora da faxina.

CAPÍTULO QUATRO

Lori nunca pensou que fosse precisar recorrer a seu condicionamento de bailarina para lavar um banheiro ou arrumar uma cama. No entanto, para limpar a casa de Grayson com perfeição, ela precisou de cada milímetro da precisão e do foco que costumava usar nas coreografias, ensaios e apresentações.

Ela lavou as mãos e depois deu um passo para trás na soleira para examinar seu trabalho. A pia, a banheira e o chuveiro brilhavam como se estivessem em um anúncio na TV; o espelho não tinha nenhuma mancha nem marca de pó; e ela dobrou as toalhas limpas que encontrou no guarda-roupa como fazem nos hotéis sofisticados. Grayson, felizmente, não era um homem particularmente bagunceiro, o que era surpreendente, considerando quanta sujeira havia na fazenda. E, apesar de a casa da fazenda não ter sido modificada em relação ao que ela pensava ser a arquitetura da virada do século, os banheiros eram bonitos e bastante luxuosos.

O que Lori não daria por um mergulho na banheira, ela pensou, ao alongar as costas e as pernas. Mas podia imaginar o que Grayson faria se a encontrasse em uma de suas banheiras. Por outro lado, ele foi tão ranzinza desde o primeiro momento em que ela apareceu na fazenda que era mais que tentador irritá-lo um pouco.

Só que isso acabaria ferrando com ela também. Pois, se a forma como seu corpo estava esquentando só de pensar em Grayson encontrando-a tomando banho servia de termômetro, Lori tinha a sensação de que ficar nua em uma das banheiras dele ia levar à nudez em outros lugares... como a cama dele.

E que ela ia gostar muito disso para uma mulher que tinha jurado nunca mais querer saber de homens nem de relacionamentos.

Lori se esforçou para afastar a visão dos dois nus juntos, entrou no quarto dele e passou a mão pela colcha azul-escura. Tudo no quarto de Grayson era simples. Limpo. E masculino.

Lori saiu do quarto principal e caminhou devagar pelo restante da casa, para verificar que seu trabalho tinha sido excelente. Ela não apenas varreu e esfregou o chão, limpou ambos os banheiros e arrumou tanto a cama do quarto principal quanto a do quarto de hóspedes como limpou a geladeira por dentro e o forno, só para valorizar seu trabalho. Deus sabe como ficou chocada por causa do odor tóxico do limpador de forno. Felizmente, Lori usou luvas grossas amarelas para fazer isso, e não esfolou a pele das mãos.

Limpar uma casa de fazenda não foi a tarefa mais agradável que já tinha realizado, mas pelo menos ela sentiu a satisfação de um trabalho benfeito. Claro que não era algo que ela tinha planejado fazer, contudo sempre achou que, se tivesse de realizar algo, iria com calma para fazer tudo certo.

Lori tirou os sapatos e a meia-calça quando começou a rasgar nos joelhos, então, tudo o que estava usando era apenas o vestido rosa justo que ia até o meio das coxas, como uma minissaia. E estava muito bom, considerando o quanto uma faxina deixava uma pessoa suada. Ela estava esticando o corpete para assoprar o corpo quando Grayson entrou na cozinha pela porta dos fundos. Não era tão ruim como se a tivesse encontrado na banheira, ela supôs. Mas isso confortava pouco, já que ele olhava para ela com um calor tão intenso que não podia acreditar que não estava espontaneamente entrando em combustão, bem ali onde estava.

Era natural em uma situação tensa como aquela recorrer à prática de anos de tagarelice.

— Eu ia mesmo buscar você para dar uma olhada no que fiz. Limpei a casa toda, e posso levá-lo para ver os banheiros ou você poderia enfiar a cabeça no forno para ver que eu limpei até...

— O que aconteceu com a sua calça? — As palavras dele soaram como o cascalho pelo qual ela passara com o carro até chegar à sede da fazenda.

— Minha meia-calça — ela corrigiu, ao passar a língua pelos lábios subitamente secos — ficou toda rasgada depois das galinhas, então eu tirei.

Lori tinha acabado de perceber que não fora a melhor decisão do dia ao olhar para baixo e ver quanto de sua pele nua estava mostrando para Grayson. Como bailarina, há muito tempo tinha superado a sensação de timidez em relação a exibir partes de seu corpo. Não era apenas natural no trabalho dela, mas, francamente, tinha a ver com sua identidade como mulher bonita e desejável.

Só que ela não estava dançando ali na cozinha de Grayson... e não queria fazer com que ele a desejasse.

Pelo menos, Lori se corrigiu silenciosamente, ela *não deveria* querer que ele a desejasse.

O maxilar de Grayson estava tenso quando ele desviou o olhar das pernas nuas para o rosto dela. Ele não olhou com desejo para ela, era óbvio que não queria olhar para a perna nua dela, e, mesmo assim, com nada além de um rápido olhar, Lori sentiu como se tivesse tirado todas as roupas e não apenas a meia-calça.

— Você não tem outras roupas?

— No meu carro. Mas não queria perder tempo trocando de roupa.

Diante da resposta honesta dela, ele suspirou, parecendo esgotado momentaneamente. E um pouco mais que atormentado. Ela também se recusou a baixar o olhar e o encarou de frente. E Grayson era lindo o suficiente para abalar sua paz de espírito. Se ela se permitisse apreciar os ombros largos dele, suas mãos grandes, seus quadris musculosos e coxas...

Ai, ela precisava parar de deixar seus hormônios tomarem conta de si. Por que ele não podia ser um fazendeiro velho e grisalho?

Se havia uma coisa em que Lori nunca sobressaiu, era no autocontrole.

Ela achou que Grayson resmungou um palavrão, um com o qual ela concordou de coração, antes de dizer:

— Me mostre o que você fez.

Esforçando-se para lutar contra a percepção total dele enquanto o guiava pela casa, cômodo por cômodo, especialmente os quartos, Lori não podia acreditar que, na verdade, estava enrubescendo. Ela sabia que Grayson não podia criticar nenhum aspecto do trabalho que tinha feito.

Por outro lado, Victor não devia ter criticado sua dança nem sua coreografia também, mas, de alguma forma, ele conseguiu fazer isso, não foi?

Quando voltaram para a cozinha e Grayson estava fechando o forno depois de passar o dedo por dentro e ter visto que saiu limpo em vez de coberto de gordura, Lori disse:

— Fiz um bom trabalho. — Não era uma pergunta, era uma afirmação.

Grayson se virou para ela, com uma expressão impossível de ser interpretada, e respondeu:

— Fez, sim.

— Então, onde vai ser o meu quarto? No chalé que eu vi lá fora? — Lori tentou não suspirar ao dizer: — Acho que vou precisar limpar lá, não vou?

Grayson pareceu surpreso com a pergunta.

— Você não tem onde ficar?

Ela lançou um olhar também surpreso.

— Claro que não. Imaginei que um trabalhador rural precisasse viver no local onde trabalha para ajudar com toda a... — Na verdade, Lori não tinha ideia alguma sobre a lista de tarefas que teria de cumprir, além de limpar e cuidar das galinhas. — ... fazenda. — Quando o comentário dela caiu em um silêncio pesado, continuou: — Se você não precisar de mais nada, vou tirar as minhas coisas do carro e levá-las ao chalé.

— Você não pode ficar no chalé.

Lori parou na metade do caminho:

— Você não pode me colocar para fora. Tínhamos um acordo. Se eu fizesse um bom trabalho, eu teria o emprego. — Ela ergueu o queixo. — E nós dois sabemos que eu fiz um trabalho excelente limpando tudo.

Grayson passou a mão nos cabelos, erguendo as mechas escuras.
Droga, até mesmo aquilo era sexy. Era óbvio que ela era péssima em se manter imune a homens bonitos, mesmo quando era imperativo para sua saúde mental e emocional.

— Você não pode ficar no chalé — ele rangeu uma palavra tensa por vez — porque ele não tem telhado.

Só levou um segundo para a ficha cair.

— Não posso ficar aqui. Nesta casa. Com você.

Sem dizer mais nenhuma palavra para Lori, Grayson deu um rápido telefonema, para o que parecia ser uma pousada local. Ele foi educado o suficiente com a pessoa com quem estava falando, mas, quando desligou o telefone, um minuto depois, o aparelho bateu com tanta força no gancho que a casa toda vibrou.

Quando tudo o que Lori podia fazer era chacoalhar a cabeça diante da ideia de dormir ali com Grayson, ele disse:

— Se você não consegue suportar a ideia de ficar aqui comigo, é bem-vinda no celeiro. Mo gostava muito dele.

Meu Deus, o que tinha acontecido com a vida dela? A tarde toda ele tinha tentado fazer com que ela desistisse do objetivo de trabalhar ali, mas Lori foi teimosa demais para ceder. Só que ela não contava com a possibilidade de dormir a uma parede de distância de um homem sobre quem ela não sabia quase nada além do fato de que era ranzinza, e lindo, e não parecia gostar muito dela.

Lori já tinha desistido de um trabalho naquela semana. Não poderia suportar largar outro tão rápido. Além disso, era ela quem estava no controle da sua vida e, naquele momento, estava determinada a tentar se dar bem trabalhando na fazenda.

Então ela ia ficar.

E as pessoas não dizem sempre que tudo parece melhor pela manhã?

— Por mais que o celeiro pareça simplesmente adorável, vou levar minhas malas para o quarto de hóspedes.

Pelo menos Lori sabia que os lençóis estavam limpos, pois ela tinha tido o privilégio de trocá-los. E, embora qualquer homem com a mínima noção de modos tivesse insistido em carregar a mala pesada, Grayson a deixou carregar a sua sozinha do carro até os degraus da varanda.

CAPÍTULO CINCO

Grayson não conseguia acreditar no rumo que as coisas tinham tomado. Lori não apenas lidou bem com as galinhas, mas também limpou a casa como se tivesse sido faxineira em um hotel cinco estrelas a vida toda. Ele vasculhou todos os cantos em busca de poeira, rezou para que pelo menos um travesseiro estivesse fora de lugar, mas não foi capaz de encontrar uma única coisa para reclamar.

E agora, baseado no estúpido trato que havia feito com ela, tinha que deixá-la ficar.

Ele não dividia uma casa com uma mulher há três anos, estava perfeitamente feliz em ter a sede só para si, até hoje, quando a bela estranha entrou de vez em sua vida como se fosse um furacão. E agora tinha que suportá-la até que ela encontrasse um lugar... ou até que desistisse desse sonho ridículo de trabalho na fazenda. Francamente, a essa altura, ele não tinha certeza do que viria primeiro. Diabos, ele não pensou que Lori fosse chegar tão longe.

Ele silenciosamente praguejou ao assisti-la brigar com as malas e teve que se esforçar para resistir à vontade de ajudá-la. A última coisa que precisava fazer era facilitar as coisas. Ou, Deus o livre, deixá-la pensar que ele realmente quisesse ajudá-la.

Só porque ela era a coisa mais linda que Grayson tinha visto, não significava que ele ia fraquejar na frente dela. Muito pelo contrário, na verdade. Toda aquela beleza o deixou cauteloso, fazendo com que se lembrasse de outra bela mulher ...

Ele não podia ir por esse caminho, não podia voltar às lembranças da sua mulher. Não naquela noite. Não quando precisava ficar completamente sóbrio para ter certeza de que Lori não ia entrar em sua vida de forma profunda.

A melhor coisa seria manter distância dela. Completamente. Mas, depois de ela ter trabalhado o dia todo, sabia que tinha ao menos que alimentá-la. O que significava dividir uma refeição juntos além de tudo, droga.

Ele ouviu a água correr no banheiro de hóspedes e apertou os olhos para dispersar a visão de Lori tirando a roupa e entrando na banheira. Mau, mau, mau. Aqueles pensamentos eram maus. Ele sabia disso, mesmo assim ainda era homem, um homem com necessidades. Necessidades que ele fizera de tudo para ignorar por três anos, com apenas alguns momentos de prazer roubado pelo caminho quando sabia que não havia chance alguma de conexão séria nem de ligações prolongadas com as mulheres com quem dormira.

Ele também estava coberto de poeira, e teria ido para a suíte principal para tomar o próprio banho, mas pensar em ficar somente a uma parede de distância de Lori enquanto os dois estavam nus causava-lhe coisas com as quais ele não conseguia lidar racionalmente. Praguejando, Grayson saiu da casa para usar o chuveiro de fora, instalado lá no final do celeiro. A noite estava fria, e usar o chuveiro de fora nem de longe soava bem. Mas era isso ou lentamente perder a cabeça a cada som que ouvisse enquanto pensava em Lori na banheira com sabão e...

Merda. Ele precisava parar de pensar nela dessa forma.

Tirou a camisa e a jogou na varanda, desafivelando o cinto ao passar pelos animais. Até eles pareciam confusos com o que ele estava fazendo, saindo no escuro para se lavar no espaço deles.

Como, ele se perguntou ao arrancar a calça e as botas, pendurando-as na cerca de madeira que havia erguido para dar ao chuveiro de fora um pouco de privacidade, uma pessoa podia causar tanta confusão em apenas uma tarde tão curta? Será que era porque tinha muitos irmãos? Será que estava com tanto medo de ser invisível que fazia de tudo para ser barulhenta, teimosa, simplesmente *mais* do que qualquer pessoa normal?

Enquanto se esfregava com uma barra de sabão, mantendo a água fria o suficiente para que a crescente excitação não viesse totalmente à tona, seu estômago começou a roncar. Desligou o chuveiro e sacudiu o cabelo como se fosse um cão antes de pegar uma das toalhas que sempre guardava em um recipiente para ocasiões como aquela. Estava planejando um bife para aquela noite, e legumes grelhados de acompanhamento. Se Lori não gostasse de carne vermelha, azar dela.

Quando estava inteiramente seco, vestiu a calça jeans e enfiou as botas. Ainda não conseguia acreditar que ela ficou andando por aí com os pés descalços. Garotas da cidade como ela deveriam ter medo de sujar os pés, de estragar as unhas, ou, Deus proíba, cortar-se com algo pontudo, como a ponta de uma pedra. Garotas mimadas não deveriam saber fazer faxina.

A única forma possível de lidar com Lori por perto, mesmo pelo pouco tempo até ela desistir do plano louco e deixá-lo sozinho novamente, era vê-la como uma mulher mimada tentando se divertir no campo por alguns dias.

Ele queria muito que não fosse tão difícil ignorar as evidências em contrário.

Jantar. Era nisso que ele tinha de focar agora, em vez de no fato de que era bem provável que ela também estivesse se secando e espalhando creme em suas pernas macias e tonificadas.

Grayson tirou as botas enlameadas na varanda, entrou na cozinha pela porta lateral e parou tão rapidamente que a porta bateu em suas costas.

— O que você está fazendo?

Lori deveria estar em seu quarto, droga, não já fora do banho e na cozinha, parecendo mais linda e mais cheirosa do que nunca. O cabelo negro ainda estava molhado, caindo nos ombros e quase chegando até a cintura, e ela estava ali, na bancada da cozinha, cortando pimentão. Vestia um jeans que fazia coisas chocantes com a sua bunda, e, apesar de a camiseta não parecer nada sexy, ele agora percebia que qualquer coisa que ela vestisse ficava sexy. Diabos, ele podia dar um saco de estopa para ela vestir que ainda ficaria salivando pela curva do pescoço dela, pelo brilho nos pés dela, pela faísca que nunca saía de seus olhos azuis.

— Jantar.

Ela falou sem se virar para olhar para ele, claramente ainda brava pela conversa sobre onde iria ficar. E possivelmente pelo fato de que ele tinha sido um babaca não a ajudando com as malas.

Grayson não esperava que ela fosse limpar a casa *e fazer* o jantar hoje, mas, agora que ela estava fazendo, ele certamente não ia reclamar. A menos, claro, que ela não soubesse preparar uma refeição decente, e só estivesse fazendo aquilo para se vingar dele.

— Você sabe cozinhar?

Ela suspirou longa e profundamente diante da pergunta, parecendo estar pelo menos tão irritada quanto estava antes.

— Se não soubesse, não faria — ela encontrou o bife que estava marinando e o picou, junto com os legumes. — Pensei em fazer uma fritada.

Como ele não respondeu, como ele não conseguia fazer a garganta funcionar corretamente, como ele parecia não fazer nada além de ficar ali como um tolo na soleira encarando-a, ela finalmente se virou para Grayson.

— Olha só, estou morrendo de fome e não achei que fosse um problema se fizesse um jantar para a gen....

As palavras dela desapareceram e os olhos se arregalaram quando finalmente olhou para ele. Conforme seu olhar passeava por ele, Lori lambeu os lábios e ele quase gemeu alto diante da visão da língua dela saindo para molhar os belos lábios. Ela não estava mais maquiada, havia tirado tudo durante o banho, e, na verdade, estava ainda mais bonita do que antes, quando seus cílios estavam escuros pelo rímel e a boca brilhava por causa do batom.

— Grayson — o nome dele saiu como um pouco mais que uma respiração rouca de sua boca úmida. — Você está sem camisa.

Ele se esqueceu completamente que estava só de jeans, sem nem mesmo ter abotoado a calça, pelo amor de Deus. Na defensiva, disse:

— Não era para você estar na cozinha.

— E não era para você andar por aí sem roupa — ela rebateu.

Ele não deveria gostar da forma como ela olhou para ele, como se mal conseguisse se conter para não tocá-lo. Mas, como ele não seria capaz de esconder o quanto gostou do olhar nos próximos dois segundos, ele finalmente fez seus pés obedecerem para que se movesse novamente e fosse em direção ao quarto.

Droga, ele pensou, mal conseguindo evitar bater a porta do quarto com força, precisava de outro banho frio, apesar de ter acabado de sair de um. O banho fez muito bem, contudo bastou um olhar para Lori, sentir o perfume do cabelo dela uma vez, sentir o aroma da pele limpa, a língua dela passando pelos lábios, para que ele se esquecesse de todas as regras pelas quais vivera nos últimos três anos.

Normalmente, Grayson estava decidido a manter as lembranças profundamente enterradas. Hoje, ele deliberadamente as trouxe à tona e forçou-se a encará-las. Conhecera a esposa, Leslie, na faculdade; apaixonou-se por ela na primeira aula de Literatura Inglesa do primeiro ano. Os dois eram o par perfeito, o especialista em finanças

e a garota elegante que crescera em um mundo onde aprendera a ser anfitriã e arrecadadora de fundos. Ela era uma mulher que nunca dizia coisas erradas, que sempre estava ao lado dele para qualquer coisa que precisasse.

Os anos da faculdade foram bons, mas, assim que eles conseguiram se formar e entrar no mundo real, os dois passaram a ser extremamente infelizes. Embora o mundo das finanças não fosse nem de perto tão interessante quanto ele esperava que fosse, e ele sentisse falta de ficar ao ar livre por mais do que a uma hora diária de corrida pelo Central Park, Grayson trabalhava cada vez mais, tentando evitar ir para casa para os falsos sorrisos, para jantares perfeitos para os quais não tinha absolutamente apetite algum, para um evento após o outro cheio de gente que ele não conhecia... e não queria conhecer.

Em algum momento durante esse tempo, a esposa perfeita começou a beber. É claro que ela escondeu isso dele. De todo mundo. Sim, ela tinha o espumante necessário à mão nas festas, mas, aos olhos inocentes, parecia que mal tinha bebido a noite toda.

Mais de mil vezes Grayson desejou ter coragem para fazer Leslie conversar com ele antes de as coisas ficarem ruins. Mas ela era tão boa em se esconder da confusão do casamento deles, e das vidas deles, quanto o marido.

O dia do telefonema da polícia ficou para sempre gravado em sua mente. Houve um acidente, só o carro dela em uma estrada solitária. Leslie tinha bebido. Ela morreu no impacto. Grayson viu a foto da cena no jornal no dia seguinte... e a mesma bílis que tinha subido em sua garganta naquele dia subia agora.

Ele sofreu por Leslie, profundamente. Tinha plena certeza de que não estava mais apaixonado pela esposa quando ela morreu. Mas sempre foram amigos, e ele se importava com a felicidade dela, desejava que encontrasse um pouco de felicidade.

Muito pior que a dor, porém, era a culpa que se prolongava. Culpa que nunca ia embora, e jamais iria. Se ele a tivesse amado de uma forma melhor, se tivesse sido o marido que alegava ser, talvez soubesse do problema com a bebida.

E talvez a tivesse salvado.

Um punho invisível apertava seu estômago com força quando Lori gritou.

— O jantar está pronto!

As lembranças de Grayson causavam um enorme peso em seu peito quando ele entrou na cozinha. O estômago roncou novamente, dessa vez por causa do incrível aroma vindo da comida. Ela arrumou a mesinha branca perto da janela da cozinha, com os pratos brancos simples e os guardanapos coloridos que ele havia se esquecido que tinha. Agora, olhando para as flores bordadas nos guardanapos, ele se lembrou de que eram um presente de boas-vindas à fazenda da família cuja propriedade ficava ao lado da dele. Mas ele estava morto demais para apreciar o trabalho manual.

A mesa, diabos, a cozinha toda, parecia pequena enquanto Lori servia os dois. O perfume dela, a beleza dela, tudo aquilo estava por toda parte. Até mesmo as lembranças ruins não pareciam ser suficientes para suprimir o que via.

Quando Grayson deu a primeira mordida na fritada com o arroz que ela colocou no prato dele, tudo o que ele conseguiu fazer foi abafar um gemido de prazer. Por três anos tinha sido um solteirão, cozinhando para si mesmo. Ele até era bom com a grelha, e durante o verão tinha um interminável suprimento de frutas e legumes que serviam de acompanhamento, mas todo o resto era simplesmente combustível. Fazia anos que não comia nada tão bom.

Os dois comeram em silêncio, e ele ficou mais do que surpreso ao ver Lori servir-se de um prato de comida que era tão grande quanto o dele. Por outro lado, ela tinha trabalhado para caramba durante o dia, não tinha?

Ele estava se servindo pela segunda vez quando Lori quebrou o silêncio.

— A fritada está boa? — a pergunta implicitamente dizia *e um obrigado não iria matar, cretino.*

Mas Grayson não pediu para ela vir para a fazenda dele. Com toda a certeza ele não queria que ela ficasse. E fazer o jantar não estava na sua lista de tarefas. Então, embora a comida estivesse tão boa que ele queria ajoelhar-se para venerá-la com sua espátula, tudo o que ele disse foi:

— Está boa.

Ela o encarou.

— Não está *boa*. Está ótima!

Ele não conseguia evitar sentir-se chocado por como aquele jantar era diferente dos que dividia com Leslie. A esposa dele era mestre em conversa fiada, preenchendo os silêncios com comentários sobre o tempo e fofoca e sobre o jardim. E não sabia cozinhar nada, então eles tinham um cozinheiro.

Ele estava prestes a terminar a refeição quando Lori se levantou, levou seu prato para a pia e começou a lavá-lo. Sabendo que ele não conseguiria ficar com ela no mesmo local por muito tempo, Grayson disse:

— Você cozinhou, eu lavo a louça.

Em vez de entender a dica e ir para o quarto, ela balançou a cabeça negativamente.

— Trabalho para você. Vou cozinhar *e* limpar.

Meu Deus, como ela era teimosa. Mas, se queria acrescentar itens à sua lista de tarefas, ele não iria impedi-la. Claro que ele precisava se lembrar de não se acostumar com refeições boas como aquela, já que tinha certeza de que ela iria voltar para a sua vida real de menina mimada até a hora do almoço do dia seguinte.

Naquele momento, o prato dela escorregou das mãos e se espatifou no chão. Ela xingou quando rapidamente se agachou para limpar os cacos.

Grayson foi ajudá-la, mas não tão rapidamente a ponto de impedi-la de se cortar com uma das pontas afiadas. Ele segurou a mão dela, que começou a sangrar.

— Droga, Lori, eu falei que eu lavava a louça.

Ela tentou retirar a mão, dizendo:

— É só um cortezinho — mas ele já a estava levantando e levando sua mão para a água corrente na pia.

Ele não se importava com o tamanho do corte; não queria vê-la machucada, nem saber que ela tinha feito aquilo para provar que sabia trabalhar duro.

— Você precisa ser mais cuidadosa — ele gritou ao enrolar o dedinho dela no papel-toalha, aplicando pressão nele. — Especialmente quando está cansada.

Estavam próximos o suficiente para que ele finalmente visse as manchas escuras sob os olhos dela. Considerando o fato de que, pela primeira vez, ela não tinha rebatido rapidamente, ele sabia que Lori estava exausta.

— Vá para a cama, Lori. Eu limpo a bagunça.

— Estou bem.

O desejo de passar a mão no rosto dela para descobrir se a pele do rosto era tão macia quanto a das mãos fez a voz dele ficar mais áspera do que precisava.

— O dia começa cedo na fazenda. Você precisa dormir.

Lori apertou os lábios carnudos, antes de dar de ombros e dizer:

— Você manda.

Ela olhou para as mãos dele e Grayson percebeu tarde demais que ainda estava segurando a mão dela. Ele se afastou e a soltou. É claro que ela não podia simplesmente ir para o quarto dela; tinha que fazer uma parada para acariciar a gata novamente, com a promessa de fazer umas "delícias" para ela em breve. Só quando começou a espirrar incontrolavelmente decidiu enfim dar boa-noite a Mo com um beijo no pelo malhado da testa da gata.

Ele manteve a mente vazia de propósito ao limpar o chão, depois lavou a louça e foi para o quarto. Dava para ouvir Lori andando pelo quarto, sabia que ela estava brava com ele, e tentou não se sentir culpado por seu comportamento. Diabo, se Lori fosse o garoto universitário que ele planejava contratar, Grayson não teria que se preocupar em ser gentil nem tentaria tocar seu novo ajudante. E ele com certeza não estaria praticamente andando na ponta dos pés em seu próprio quarto por estar preocupado em acordá-la quando ela obviamente já estava dormindo pesado.

Que diabos havia de errado com ele? Como podia ter permitido que ela ficasse mesmo por uma noite? Amanhã, ele decidiu, de uma forma ou de outra, ela tinha que ir embora.

Grayson estava puxando as cobertas quando ouviu algo que o fez parar.

Choro.

Ela estava chorando, droga.

Grayson apertou as cobertas com força conforme seu coração, aquele que ele jurava não ter mais, se partia.

Ele não fazia ideia do que, ou quem, havia magoado Lori Sullivan. Mas, dada a força que ela provou ter o dia todo, ele sabia que tinha que ser algo muito ruim para levá-la a um ponto em que não conseguia controlar o choro.

Especialmente quando ele sabia que a última coisa que ela queria era que ele a ouvisse chorando.

Foi preciso muito autocontrole para não ir até ela, e, no fim, a única coisa que o impedia de sair do quarto e ir ao dela era a absoluta certeza de que ela odiaria que ele a visse com a guarda baixa, vulnerável e magoada.

No momento em que o quarto dela finalmente ficou em silêncio, um pouco depois, Grayson sabia que não ia cumprir a promessa que havia feito para o dia de amanhã.

Ele iria deixá-la ficar.

CAPÍTULO SEIS

Até parece que tudo ia estar melhor pela manhã.

Apesar de Grayson deixá-la dormir até depois do nascer do sol, quando Lori saiu da cama para ir ao banheiro, ela ficou chocada ao perceber que tudo doía. Dançara por horas todos os dias por quase a vida toda, e ainda assim sentia muita dor por ter limpado e esfregado e ajoelhado no chão. Tudo por alguém que não apreciava nada disso, e que claramente nunca pronunciara a palavra "obrigado" antes.

Por que ela pensou que seria boa ideia recomeçar em Pescadero? Em vez de alugar um carro no aeroporto e ir para um lugar remoto e isolado, ela podia ter pegado outro avião e ido para o Havaí. Poderia estar deitada na praia nesse exato momento, tomando uma bebida debaixo do guarda-sol com o som das ondas calmantes amenizando sua tristeza.

Só que ela sempre odiou ficar deitada na praia. Além disso, teria ficado absolutamente louca no Havaí com todos aqueles casais felizes em suas luas de mel e aniversários de casamento, andando de mãos dadas e se beijando sob a luz da lua.

Ela não tinha se secado o cabelo ontem à noite depois do banho. Poderia tomar outro banho rápido e secar o cabelo, mas por que fazer isso quando ia ficar toda suja e suada de novo limpando e cozinhando e cuidando de galinhas? Era muito mais fácil apenas escovar o cabelo e prendê-lo em um rabo de cavalo. Pensou novamente se deveria tirar a maquiagem da mala, mas para quê se maquiar? Os animais da fazenda não iam se importar com a aparência dela.

E ela certamente não estava tentando atrair Grayson. Na verdade, seria melhor se não ficasse bonita. Dessa forma, ele não teria ideias erradas sobre ela, passando a olhá-la como uma mulher em vez de uma trabalhadora rural.

Mesmo assim, era estranho desistir da maquiagem, considerando que, mesmo quando os irmãos a levaram para acampar algumas vezes, ela sempre carregava consigo o básico. Mas, enquanto Lori se analisava no espelho, ficou surpresa ao perceber que não parecia tão mal com o rosto perfeitamente limpo, apesar do fato de seus olhos ainda estarem um pouco vermelhos e inchados.

Ainda não conseguia acreditar que tinha chorado na noite anterior, que ela de fato deitou na cama de hóspedes e soluçou no travesseiro para ter certeza de que o som não se alastrou para o restante da casa. Sua irmã gêmea, Sophie, era a chorona, chorava porque o livro era triste ou porque alguém se machucou ou até mesmo quando um de seus irmãos fazia algo muito bom quanto vencer a Série Mundial de Beisebol ou ganhar um Oscar, mas Lori nunca chorava.

Ela preferia abraçar, beijar ou dançar. Qualquer coisa menos chorar.

Lori tentou dizer a si mesma que eram lágrimas de raiva. Lágrimas de frustração. Lágrimas de exaustão. Mas era inútil. Ela sabia que havia muitas lágrimas de autopiedade misturadas também. E essas eram as lágrimas que ela não iria admitir absolutamente.

Lori Sullivan não era alguém que sentia pena de si mesma. Ela não tinha tempo para esse tipo de bobagem.

Movendo-se rapidamente, ela vestiu o jeans e a camiseta que usara na noite anterior e examinou os sapatos na mala. A maioria era de salto alto. O mais próximo que ela tinha que podia ser adequado à fazenda eram sapatilhas de balé. Ela suspirou só de pensar na rapidez com que certamente ficariam arruinadas com a poeira, a lama e a grama, mas as calçou de qualquer forma. Só então, finalmente olhou pela janela do quarto e ficou sem fôlego diante da visão das terras de Grayson à luz da manhã.

Meu Deus, como era bonito ali. Ela percebeu a beleza no dia anterior, claro, mas todo momento desde que entrou no avião em Chicago parecia uma batalha, e ela estava tão cansada que realmente não tinha visto Pescadero com clareza.

Com admiração, ela absorveu o céu aberto, a grama tão verde que
quase fazia os olhos doerem, e...

Ah, meu Deus. Grayson estava trabalhando sem camisa, o suor brilhava pelos músculos incríveis conforme ele cortava a madeira sem fazer grande esforço.

A beleza natural da fazenda era de tirar o fôlego, mas, assim que o avistou, não conseguiu desviar o olhar. Ele era o homem mais perfeito que Lori já tinha visto. O que era dizer muito, considerando que, como coreógrafa e bailarina, ela trabalhava diariamente com homens surpreendentemente bem formados.

E então, subitamente, Grayson parou e virou o rosto na direção da janela dela, pegando-a com água na boca e com o corpo reagindo ao dele mesmo a distância.

Normalmente ela teria pensado que ficar presa com um belo homem como aquele era um adicional. Mas agora, em vez de ser um bônus, a aparência de Grayson era um enorme ponto negativo. Graças a Deus ele tinha uma personalidade tão rude; caso contrário, ela estaria totalmente encrencada.

De qualquer forma, ela decidiu quando se forçou a sair da janela que estava determinada a ser positiva dali em diante. Chega de autopiedade. Chega de lamentar sobre as decisões ruins tomadas no último ano, especialmente as que envolviam Victor. Ela ia entrar de cabeça no novo começo sobre o qual decidira no dia anterior.

Morrendo de fome, quando ela entrou na cozinha não viu evidência alguma de que Grayson já tinha comido, então decidiu fazer café da manhã para os dois. Quando o bacon estava quase crocante e os ovos estavam quase prontos para serem retirados da frigideira, ela abriu a porta e gritou:

— Café da manhã! — da mesma forma que fizera a infância inteira quando era hora de seus irmãos e irmã virem para a mesa.

Todo mundo em sua família tinha uma tarefa. Ela era responsável por preparar o café da manhã, chamar todo mundo para a mesa e limpar a cozinha depois. Essa habilidade veio a calhar muitas, muitas vezes na vida adulta. Não somente quando teve convidados que dormiram em sua casa, mas também quando estava em turnê com um grupo de bailarinos. Ela se recusava a deixar qualquer um que dançasse para ela passar fome, pois precisava deles em sua melhor forma, e seduziu mais de uma bailarina preocupada com a aparência com panquecas de mirtilo e limão, que eram sua marca registrada.

Estava terminando de servir o suco de laranja recém-espremido nos copos quando Grayson entrou. Ele estava suado e tinha lascas de madeira presas ao cabelo e nas roupas, mas pelo menos estava usando camisa, graças a Deus. Lori não conseguiria dar conta de mais um *close* de toda aquela perfeição masculina – não antes de conseguir sustentação para construir algum tipo de resistência, de qualquer forma.

Ele não disse nada, nem "Bom-dia" ou "Obrigado pelo café da manhã". Apenas se sentou e começou a comer. Revirando os olhos, ela fez o mesmo.

Na noite anterior, a refeição silenciosa dos dois foi perfeitamente boa para ela. Estava cansada e sem humor para conversar. Mas ficaria louca com refeições silenciosas para sempre. Claramente, se ela quisesse começar uma nova tendência para o horário das refeições, teria ela mesma que dar o primeiro passo.

— Eu adoraria saber mais sobre a sua fazenda.

Ele a ignorou e continuou comendo, mas Lori havia crescido com seis irmãos mais velhos. Não ficava nem um pouco intimidada ao ser ignorada.

— Você é especialista em quê?

Ele tomou um longo gole de suco de laranja antes de responder.

— Administro uma ASC.

— Estava lendo um artigo sobre Agricultura Sustentada pela Comunidade no avião ontem — Grayson lançou um olhar para ela, que percebeu que acidentalmente tinha falado demais. — Alguns dos meus irmãos são membros de ASCs. Então as pessoas vêm aqui uma vez por semana para pegar frutas e legumes?

— Ninguém vem aqui.

Uau, aquilo soou um pouco sinistro. *Ninguém vem aqui*. Caramba, ele agia como se estivessem em um romance gótico. Lori se esforçou para mandar embora o calafrio diante da obscuridade do tom dele. Certa de que tinha saído com mais força do que ele pretendia, Lori perguntou:

— Então como as pessoas recebem os seus alimentos?

Naquele momento Grayson parecia um pouco mais do que irritado com as perguntas intermináveis dela, mas, se ela ia trabalhar com ele, tinha que entender como o negócio funcionava.

— Eric pega as caixas. As pessoas vão à fazenda dele uma vez por semana para pegar os alimentos.

— Mas no artigo que eu li — Lori disse, com honesta confusão — parecia que os fazendeiros vendem diretamente de suas próprias fazendas, e a maioria até tem lojas nos celeiros, aonde as pessoas vão durante a semana se precisam de algo extra.

— Não é assim que eu faço as coisas.

Mas Lori já estava dois passos à frente pela ideia excitante que acabara de ter. Sem dúvida que Grayson estava simplesmente muito ocupado na fazenda e na produção dos alimentos para sua ASC, por isso não tinha horas suficientes para as coletas semanais da comunidade. Mas ela poderia mudar tudo isso.

— Agora que estou aqui, posso cuidar das coletas e assim você não precisa que o seu amigo faça isso na fazenda dele — ela instantaneamente adorou a ideia. Assim conheceria todo mundo da cidade. Era dessa forma que sua vida e sua casa sempre foram, uma porta aberta para amigos e família. Talvez ela estivesse errada sobre a vida na fazenda ser tão isolada. — Eu até poderia abrir uma loja da fazenda para você!

Os olhos de Grayson estavam frios quando os dois se entreolharam.

— Eu disse que não é assim que eu faço as coisas.

Dessa vez as palavras dele foram altas o suficiente, e duras o suficiente, para que ela não deixasse de entendê-las bem. Ele não estava fazendo as coisas dessa forma porque estava muito ocupado. Ele fazia tudo especificamente de forma que não precisasse lidar com pessoa alguma.

— Você tem agorafobia[1]? — as palavras saíram da sua boca antes que ela pudesse tê-las contido.

— Não — ele se levantou da mesa com o prato nas mãos. — Só não gosto de gente.

Ela ficou dividida entre o pavor e o riso. Que tipo de pessoa não gostava de gente? Ela não conseguia entender. Por isso, mesmo embora toda a linguagem corporal dele dissesse para recuar, ela tinha que perguntar:

— Por quê?

* * *

Ela fazia perguntas demais, droga. O pior era que, apesar de sua atitude, Grayson também queria fazer muitas perguntas a ela. De onde ela era? O que fazia da vida quando não estava tentando se esconder como trabalhadora rural? E como é que conseguia fazer o melhor café da manhã que ele já tinha comido na vida... tão bom que ele quase ficou constrangido quando começou a comer?

— Você quer saber sobre o meu último ajudante?

Ela pareceu um pouco desconfiada diante da pergunta inesperada.

— Algo me diz que essa é uma pergunta traiçoeira. Mas, se finalmente você está sentindo vontade de conversar, vá em frente.

Sem dúvida que ela não era apenas bonita, era esperta também. E petulante pra diabo, apesar das respostas bruscas e monossilábicas que ele rosnou para ela no café da manhã.

— Ele tinha vinte e dois anos, jovem o suficiente e forte o suficiente para trabalhar na plantação comigo. Não sabia cozinhar, mas cortava

[1] Medo de lugares abertos ou de estar no meio de multidões. (N.T.)

madeira, arrebanhava o gado, tosquiava os carneiros, empacotava o feno, colhia e trabalhava na construção. Mas a melhor qualidade dele era que não falava. Absolutamente. Ele apenas resmungava quando estava com fome ou precisava de ajuda com alguma coisa.

Lori piscou para ele com os olhos arregalados, pelo menos mil vezes mais linda para que conseguisse manter sua paz de espírito naquela manhã. Ele não tinha conseguido dormir com aquela simples parede de distância. Bem cedo, finalmente desistiu e saiu para cortar lenha.

Bom. Talvez ele tivesse conseguido superar. Se ela quisesse ficar por perto mais tempo, precisava fechar a boca.

— Uau — ela disse em um tom que fez com que ele ficasse desconfiado dessa vez. — Acho que você não tinha falado tantas palavras comigo desde ontem.

Grayson se virou e começou a lavar o prato, batendo a esponja com força sobre a porcelana, uma lista de palavrões aparecendo em sua mente. Tentou mostrar seu ponto de vista, um ponto de vista bem claro, pensou. Não estava interessado em conversa. Só precisava que o trabalho fosse feito.

— Ei, esse trabalho é meu — ela se enfiou ao lado dele na pia. — Saia.

Ele podia lavar os próprios pratos, droga, mas, quando sentiu o quadril dela batendo contra o seu delicadamente para tirá-lo do caminho, ele soltou o prato tão rapidamente que praticamente o estilhaçou no fundo da pia.

Só de tocar a mão dela na noite passada, quando ela cortou o dedo, tinha ficado elétrico. Saber algo sobre os quadris dela, que eram firmes e macios, estava a quilômetros de distância de qualquer coisa com a qual seu autocontrole podia lidar.

— Deixe-me ter certeza se eu entendi — ela comentou ao começar a lavar os pratos com destreza, suas mãos parecendo elegantes demais para serem eficientes. — Você não gosta de conversar nem de interagir com as pessoas. E eu adoro as duas coisas, o que você acha irritante — ela lançou um olhar para ele. — Entendi até aqui? — como Grayson ficou parado olhando para ela, Lori disse — Você também concorda que é duvidoso que um de nós vai mudar tão cedo? — diante do contínuo silêncio dele, Lori concluiu: — Não, não se preocupe em usar nenhuma das suas preciosas palavras. Eu já sei a resposta.

Pronto. Aquele era o momento em que ela finalmente aceitaria que precisava ir embora para que ele pudesse arrumar um ajudante de verdade. Grayson tinha certeza de que o alívio viria a qualquer segundo. Afinal de contas, não era isso que ele desejava desde o primeiro momento em que bateu os olhos nela? Que ela fosse embora?

Ele teve que se esforçar ao máximo para ignorar a voz na cabeça que dizia que ele desejava muito mais do que isso... e que a maioria dos desejos dele envolvia Lori nua, oferecendo-se para ele.

— Me parece — ela disse em um tom de consideração ao desligar a torneira e começar a enxugar os pratos — que teremos que concordar em discordar — o sorriso iluminado que seguiu à frase sem sentido quase o nocauteou, dando a ela tempo para rapidamente dizer: — Agora que já acabei de lavar a louça, em quê você quer que eu trabalhe primeiro?

Ele nunca foi muito falante, mas não foi por isso que não respondeu logo em seguida. Como alguém podia ser tão teimoso? *Desvairada* seria outra boa palavra para defini-la.

Por que ela ainda não estava fazendo as malas? Em outras circunstâncias, ele teria feito para ela, mas a lembrança da forma como ela chorou na cama na noite passada ainda estava fresca demais em sua mente.

De alguma forma, ele precisava encontrar algo para ela fazer que ela não fosse capaz de estragar. Melhor ainda, algo que a convencesse de que não nascera para a vida na fazenda. Esfregar banheiros e perseguir galinhas não a assustaram... então, o que a assustaria?

Os lábios dele quase se transformaram em um sorriso quando ele teve a ideia.

— Porcos.

Ela não conseguiu esconder a expressão imediata de horror.

— Você tem porcos?

Ele mal podia tirar o sorriso do rosto. Não houve muito motivo para sorrir nos últimos anos, não até uma estranha irritantemente bela aparecer e se declarar sua nova empregada. Felizmente, ele teria que apostar a própria fazenda que ela iria odiar lidar com porcos, com toda aquela lama e sujeira e a surpreendente inteligência dos animais.

— Eles precisam de água fresca e comida.

— Não parece tão difícil.

Não era, a menos que os porcos estivessem travessos e a lama estivesse fresca. Talvez não fosse justo fazê-la trabalhar no cercado de fora em vez de no chiqueiro coberto e com chão de cimento, mas, depois da chuva de uns dias atrás, o local *realmente* precisava ser limpo.

— É por isso que vou deixá-la fazer isso — ele esclareceu.

— Eu não provei para você que podia cumprir as tarefas de ontem *e* que eu sei cozinhar?

— Você sabe cozinhar e limpar bem — ele concordou —, mas preciso de mais do que uma empregada doméstica.

Ela rangeu os dentes ao se inclinar na bancada da cozinha, apoiando as mãos na superfície de madeira e dizendo rispidamente.

— *Não vejo a hora* de alimentar os porcos.

Nunca em sua vida Grayson conheceu uma mulher como aquela, que não recuava diante de um desafio e de ser insultada de propósito. Lori saiu da varanda batendo os pés e já estava se dirigindo ao chiqueiro quando ele finalmente viu os sapatos que ela estava usando.

— Você vai usar esses sapatos para limpar o estrume dos chiqueiros?

Os olhos dela se fecharam por uma fração de segundos diante da palavra *estrume*, mas em seguida ela deu de ombros:

— Quando eu terminar o meu trabalho hoje, vou à cidade comprar sapatos mais apropriados.

Se as coisas acontecessem à maneira dele, quando ela terminasse o trabalho hoje, iria para a cidade... e continuaria seguindo adiante.

— Espere aí — ela disse de súbito ao olhar para a entrada de carros. — Onde está o meu carro?

— Ele não pegou hoje de manhã. Mandei guinchá-lo até a oficina.

— Então... — ela finalmente parecia assustada com alguma coisa. — Estou presa aqui com você?

Ela tinha que lembrá-lo disso?

— Só até Sam consertar o radiador e seja lá o que mais que você golpeou contra a minha cerca — ele a levou até os porcos, apontando para a ração e mostrando onde estava a mangueira. — Qualquer coisa que você faça, certifique-se de que trancou o portão, ou os porcos vão destruir a minha lavoura.

Ele passou algumas instruções simples sobre como tirar o estrume, depois a deixou com o jeans elegante e os sapatos inadequados para lidar com os animais mais sujos da face da Terra.

CAPÍTULO SETE

Depois de ser criada com seis irmãos, Lori sabia muito bem lidar com lama e sujeira, e não tinha melindre nenhum com isso. Mesmo assim, ao examinar os porcos do lado de fora da cerca, ela precisava admitir que nunca tinha visto uma sujeira como aquela.

Ela sabia que Grayson tinha escolhido aquela tarefa para ver se ela ia dar uma de menininha e desistir, e agora uma parte dela imaginava se ele já não tinha estado ali de manhã cedo cuidando para que o chiqueiro ficasse ainda mais molhado e escorregadio. Mas durante o café da manhã ele estava coberto de lascas de madeira, não de lama, então Lori sabia que era apenas uma frustração prolongada diante do sermãozinho dele sobre o silêncio da manhã.

Resmungar. Era isso que o seu último ajudante fazia em vez de falar. E Grayson *gostava* disso.

Francamente, ela estava feliz por poder mandar ver com os porcos hoje, se por nenhuma outra razão, apenas para extravasar um pouco. Antes, ela sempre descontava as frustrações na dança. Hoje, teria que se contentar em descontá-las em porcos fedidos e barulhentos.

Ela abriu o portão e entrou com cuidado. Claro que a sua sapatilha escorregou por quase todo o caminho pela lama. Depois de trancar o portão com cuidado, ela se virou para os porcos que a encaravam. Havia meia dúzia ou mais no enorme chiqueiro. Até que eram fofos, mas maiores do que ela imaginava. Felizmente, não pareciam nada ameaçadores. Mas pode ser que estivessem um pouco curiosos com a estranha.

Lori calculou que daria água e comida aos porcos e, quando eles estivessem ocupados mastigando, tiraria o estrume das baias. Movendo-se lentamente pela lama, ela estava na metade do caminho do celeiro quando pisou em um local particularmente escorregadio e quase foi parar no chão.

A prática de anos precisando manter-se equilibrada custasse o que custasse fizeram com que Lori rapidamente ficasse de pé e ajeitasse a postura. Estava prestes a continuar seu caminho quando olhou para o

lado e viu um dos porcos vindo na sua direção, com muito mais rapidez do que ela podia acreditar ser possível para um animal tão pesado. As patinhas eram potentes na lama enquanto ele abanava o rabicó encaracolado.

Em seguida, ele a estava empurrando entre as pernas e a erguendo do chão.

— Ei! — Lori exclamou enquanto o porco se movia pela lama com ela presa às suas costas. — O que você está fazendo?

Mas ela já sabia, não sabia? O porco estava se divertindo *fabulosamente* ao carregá-la pelo chiqueiro... com todos os seus amigos observando com olhos ávidos, provavelmente esperando para ver quem seria o próximo a zoar com a novata.

E então, com a mesma rapidez com que foi erguida do chão sobre as costas do porco, ela foi, sem cerimônia alguma, jogada com tudo na lama.

Ficou ali sentada por vários minutos enquanto se esforçava para recuperar o fôlego que o chão, e o porco muito travesso, tinham tirado dela. Só que, quando olhou para si mesma coberta de sujeira, e pensou como devia ter parecido ridícula andando nas costas do porco, em vez de ficar chateada, Lori começou a rir.

Quem diria que trabalhar em uma fazenda poderia ser tão louco? Tão cheio de infortúnios? E que um bando de porcos fedidos e desobedientes seria responsável por fazê-la rir novamente? Isso a fez lembrar de quando ela e o irmão Gabe e sua gêmea Sophie iam para o quintal fazer bolos de lama depois da tempestade quando eram crianças.

A triste verdade é que Lori não se sentia criança há muito tempo. Não até aquele momento, quando os porcos a transformaram em sua companheira sujinha.

Claro que ficar no mesmo nível que os porcos só a tornou mais interessante para eles, especialmente para um dos filhotes, que começou a fungar no seu rosto.

— Ei, bebê — ela disse. — Talvez, quando você for um pouco maior, também possa me derrubar — ela acariciou o focinho dele. — *Sempre* amei um rostinho cor-de-rosa com pouca barba.

Ela podia jurar que ele sorriu quando ela escorregou e deslizou ao se levantar. E, conforme foi cumprindo suas tarefas cantando uma música pop de que os porcos pareciam gostar, apesar da voz horrivelmente desafinada, ela se certificou de manter as pernas unidas para se prevenir de qualquer passeio inesperado.

* * *

Grayson poderia facilmente ter passado o restante do dia concentrado no telhado que estava colocando no chalé, mas precisava dar uma olhada em Lori. Não porque sentisse falta dela desde o café da manhã, mas porque deixá-la trabalhar na fazenda era como deixar uma caixa de fogos de artifício ao lado de uma fogueira: você nunca sabe quando uma faísca vai pular.

Foi por isso que ele a mandou trabalhar no chiqueiro. Qual o tamanho do estrago que ela poderia fazer por lá?

Ao se aproximar do chiqueiro, de longe já dava para ver que Lori estava coberta de lama. Mesmo calculando que aquilo tinha sido a gota d'água, dava para ouvi-la cantar com uma voz horrível enquanto acariciava um dos porcos, mexendo o quadril para lá e para cá enquanto dançava na lama.

Ele nunca conheceu ninguém como ela, uma garota da cidade que dançava e cantava em vez de tentar fugir do trabalho pesado e sujo. A cada segundo que Lori permanecia na fazenda, Grayson sentia que ela estava entrando cada vez mais profundamente em sua vida. Da forma como entrou na noite passada, quando ele a ouviu chorar na cama.

Deus do céu, ele esperava que ela não chorasse de novo hoje. Se chorasse, ele não tinha certeza de que seria forte o suficiente para não ir até ela e a envolver em seus braços, beijando-a até que as lágrimas fossem embora.

Grayson estava a uns trezentos metros do chiqueiro quando viu, pelo canto do olho, uma coisa rosa e grande perto da plantação de morangos.

Ah, não. Será que ela deixou o portão aberto? Certificar-se de que o portão estava seguramente fechado era a única instrução que precisava seguir. E ela não conseguiu cumprir?

Ele correu atrás da porca enorme, gritando para que deixasse os morangos em paz, mas a porca estava ocupada mastigando as organizadas fileiras de frutas e não olhou na sua direção. Era como se um trator tivesse passado por cima da plantação, os mesmos morangos que ele planejava encaixotar esta semana para enviar aos fregueses. Encurralar a porca era um trabalho difícil e de deixar qualquer um suando, mas dez minutos mais tarde a porca já estava de volta ao lugar a que pertencia.

Lori estava trabalhando com a mangueira, lavando as baias, e claramente não conseguia ouvir muito por cima do som da água e da cantoria até Grayson empurrar a porca para dentro do chiqueiro.

Quando ela finalmente o avistou, ficou tão surpresa que esguichou a mangueira com a água gelada direto no seu peito. A fúria óbvia no olhar dele fez com que ela rapidamente a desligasse, mas suas mãos estavam com tanta lama que ela teve que tentar várias vezes antes de finalmente conseguir. Grayson não estava apenas irritado: também estava ensopado.

— Desculpe por isso! Você me surpreendeu — ela olhou para si mesma, para suas roupas e para sua pele totalmente coberta de lama. — Se quiser jogar água em mim para ficarmos quites, talvez seja uma boa ideia.

Lori esticou a mão para entregar a mangueira para ele, que bateu a mão na mangueira, derrubando-a na lama com tudo.

— Eu sabia que você era encrenca quando chegou dirigindo como louca na minha casa — ele apontou para a plantação de morangos destruída. — Falei para você fechar o maldito portão. Olha o que aconteceu. Eu não posso confiar em você nem para fazer uma coisinha dessas — em algum lugar em sua mente ele conseguia ouvir como estava sendo ríspido, mas Lori nem mesmo hesitou.

Pelo contrário, ela rebateu na mesma hora.

— Eu fechei o portão, sim — ela se moveu pelo chiqueiro enlameado com uma graça surpreendente atrás dele para fechar o portão novamente, cerrando o cenho. — Eu fiz exatamente assim.

Lori escorregou apenas o suficiente na lama para que seu quadril empurrasse o portão, e, quando esticou a mão para se equilibrar, a tranca começou a balançar. Ela empurrou com um pouco mais de força e a trava ficou tão solta que o portão abriu totalmente.

— Viu? — ela se virou para Grayson, o lindo rosto cheio de justa indignação. — Falei para você que eu fechei.

Sentindo-se um perfeito idiota, ele esperou que Lori exigisse desculpas. Mas ela não exigiu nada, o que só piorou as coisas. Provavelmente porque pensava que ele era incapaz de se desculpar.

E ela tinha razão. Ele não conseguia encontrar as palavras para dizer a ela. Em vez disso, ele mudou de assunto:

— Preciso de algumas coisas do armazém. Vá se lavar que eu vou levá-la à cidade para comprar botas.

— Sapatos novos?

Os olhos dela se arregalaram de surpresa, e, como ele disse que sim, ela sorriu. Mesmo praticamente coberta de lama dos pés à cabeça, Lori ainda era a mulher mais bonita que já tinha se aproximado dele.

O sorriso dela ficou ainda maior quando disse:

— Você está desculpado.

E foi então que Grayson percebeu que estava arruinado.

Se não tivesse muito, muito cuidado, Lori Sullivan iria continuar roubando seu coração uma frase por vez, uma refeição por vez, um sorriso por vez.

— Há um banheiro do lado de fora, do outro lado do celeiro. Use-o.

Com isso, ele se virou para se concentrar em consertar o portão do chiqueiro... em vez de pensar em Lori nua e cheia de sabão no banheiro do outro lado.

CAPÍTULO OITO

Era impressionante o que um banho quente e um pouco de sabão podiam fazer por uma pessoa. Lori sentia-se uma nova mulher com uma calça limpa e justa e uma camiseta vermelha. Saber que iam de fato à cidade fez com ela pegasse a bolsa de maquiagem e passasse um pouco de rímel, blush e brilho labial. Os únicos sapatos limpos que haviam sobrado eram de salto alto, então ela pegou um par de sapatos pretos com salto de seis centímetros, pôs a bolsa debaixo do ombro e foi para a varanda ver se Grayson já estava pronto.

Ele deu uma olhada para ela e a careta aumentou. Lori devia ter feito uma careta de volta, mas imaginou que iria irritá-lo mais se sorrisse.

Ela podia tê-lo perdoado por ter sido um cretino total lá com os porcos, mas ainda doía por ele ter imediatamente tirado conclusões, tratando-a como se ela tivesse parafusos a menos e nem soubesse realizar uma tarefa tão simples. Ela fez escola de dança na Califórnia, mas recusou várias universidades da Ivy League[2] para isso.

---

[2] A Ivy League é um grupo de oito universidades privadas do nordeste dos Estados Unidos. (N.T.)

Sem dizer uma palavra, Grayson foi para a caminhonete. Lori lançou um olhar maligno para suas costas largas. O percurso da fazenda até o Armazém Geral levou quinze minutos, e ela calculou que um quarto de hora era tempo suficiente para se vingar um pouco pela forma como ele tinha agido no chiqueiro.

Ao percorrerem o longo caminho de saída da fazenda, ela se permitiu analisar o perfil dele. O chapéu de caubói estava sobre os cabelos levemente longos, a barba cerrada já crescendo pelo maxilar bronzeado. Parecia mais lindo que nunca.

Ele estava extremamente infeliz por estar preso àquela passageira.

Olhando para Grayson em vez da bela vista dos extensos campos verdes lá fora, ela perguntou:

— Você era parente das pessoas de quem comprou a fazenda?

O maxilar dele ficou tenso, mas ele deve ter percebido que não tinha como fugir da caminhonete. Simplesmente respondeu:

— Não.

— Você tinha outra fazenda em outro lugar quando comprou essa?

— Não.

Ela estava tentada a pegar um pedaço de papel e uma caneta da bolsa para anotar quantas palavras ele tinha usado para responder nos quinze minutos seguintes. Até o momento, um total de duas.

— Mas você sempre morou em Pescadero, certo?

— Não.

Será que ele não percebeu que a estava deixando apenas mais curiosa com suas respostas propositadamente concisas, além de muito misteriosas?

— Onde você morava, então?

Ele fez uma careta.

— Ainda faltam uns bons seis quilômetros ou para voltarmos à minha fazenda ou para chegarmos ao Armazém Geral — ele olhou para o sapato dela. — Se eu largar você aqui, você vai ter muita dor nos pés.

Ela deu de ombros, como se isso não a incomodasse nem um pouco.

— Alguém com certeza vai me dar uma carona.

— *Lori.*

O nome dela soou um pouco mais do que um rosnado irritado na garganta dele. E isso a deixou quente demais, considerando que Grayson era o último cara na Terra por quem ela estaria interessada. Ele era tão ranzinza, mandão e dominador... e super, mega, totalmente gostoso.

Seu ex sempre foi cheio de palavras doces e sensuais, sabia dizer a coisa certa na hora exata, mas todas aquelas palavras acabaram se transformando em nada além de mentiras. Por outro lado, quando o bronco e briguento Grayson rosnava, ela podia facilmente imaginar como soaria se ele também gritasse seu nome quando estivessem fazendo amor, com ele movendo as mãos enormes sobre cada centímetro da sua pele nua.

Felizmente, ela estava mais esperta agora. E completamente distante dos homens. Por isso iria deixar a libido para lá e se concentrar no trabalho. Mas ainda havia a questão muito importante de conseguir se vingar pelo incidente no chiqueiro, afinal de contas.

Como ela sabia exatamente o quanto Grayson odiava o som da sua voz, e que compartilhar detalhes com as pessoas era o mesmo que enfiar uma faca em suas entranhas, a melhor coisa que podia fazer era continuar fazendo perguntas.

— Você estava prestes a me contar onde foi criado — ela disse, satisfeita em ver um músculo saltando em seu maxilar.

— Nova York.

— Qual parte?

— Na cidade.

Certo, agora estamos chegando à nova fase de respostas de duas palavras.

— Amo Nova York. Quase estudei em Colúmbia — ela disse —, mas no final não conseguia me imaginar tão longe da minha família — e a dança tinha prioridade sobre todo o resto. Talvez, ela pensou, agora que estava desistindo da carreira de dança, pudesse ser uma boa ideia ampliar a vida acadêmica. Embora na verdade não importasse o que o futuro lhe reservava: ela não tinha desistido de todos aqueles anos de dança de manhã até tarde da noite por nada.

Grayson parou no semáforo e ficou encarando Lori com seus olhos pretos sombrios cheios de surpresa.

— Colúmbia é onde eu estudei.

— Você estudou em Colúmbia? — percebendo como a pergunta soou, ela disse: — Não que eu não ache que seja preciso ser inteligente para cuidar de uma fazenda como a sua. Com certeza é preciso. É que eu nunca conheci ninguém que se formou na Ivy League e depois se tornou fazendeiro. Em quê você se formou?

— Finanças.

Ela ergueu as duas sobrancelhas.

— Então, se você tem um diploma em finanças de uma das melhores universidades do país e só comprou a fazenda há três anos, o que você fez nesse meio-tempo?

Nesse momento ela honestamente não estava tentando irritá-lo. Estava simplesmente curiosa sobre *ele*.

— Já entendi — ele disse, em vez de responder a última pergunta:

— Você não está feliz com a forma como eu lidei com a fuga da porca, então vai me torturar com perguntas intermináveis.

— Meus ouvidos ainda estão latejando com seus gritos.

— Você ia ficar mais feliz se eu pedisse desculpas?

Ela cruzou os braços e arqueou a sobrancelha.

— Você? Pedir desculpas? — Lori emitiu um som bem claro de descrença. — Tenho plena certeza que vou ver um dos seus porcos voar primeiro.

Grayson parou em outro semáforo e virou seu rosto belo demais para ela.

— Desculpe. Fui um cretino. Não vai acontecer de novo.

— Eu estava acreditando em você até você chegar à parte "não vai acontecer de novo". Você e eu sabemos muito bem que vai — ela não conseguia conter o sorriso. — Provavelmente nos próximos quinze minutos. Especialmente porque eu faço um excelente trabalho em honrar o apelido que a minha família me deu quando eu era criança.

— Apelido?

Ela estava tão animada com o interesse inesperado no assunto que se virou para ele com um sorriso enorme.

— Mazinha.

Apesar do fato de sua expressão irritada continuar no mesmo lugar, ela jura que os lábios dele se contraíram um pouco quando pisou no acelerador.

Ver um sorriso dele de verdade não seria divertido? Lori sabia que não deveria querer isso com tanta força. Infelizmente, ela nunca foi muito boa em ser prudente.

Não quando ser impulsiva era muito mais divertido.

* * *

Depois que Grayson foi para a seção de ferramentas, Lori encontrou o chapéu de caubói mais lindo que já viu. Ela imediatamente o enfiou na cabeça para comprá-lo junto com as novas botas, depois acenou para o seu amigo adolescente atrás do balcão da mercearia.

Ele enrubesceu imediatamente, da mesma forma que fizera quando ela falou com ele pela primeira vez, e foi todo reticente ao dizer:

— Olá.

Ela estava prestes a ir até lá flertar um pouco com ele quando percebeu que sua bolsa estava vibrando. Pegou o telefone com muito mais cuidado do que geralmente tinha. Normalmente, seu celular era como um quinto membro de seu corpo. Mas ela não estava pronta para falar com ninguém ainda, e, se o rosto da sua irmã Sophie não tivesse aparecido na tela, Lori teria jogado o telefone de volta na bolsa sem atendê-lo.

— Oi, Soph — ela disse ao colocar o fone no ouvido. — Como vão os bebês mais lindos do mundo?

— Estão bem — disse Sophie, o que era estranho, pois, normalmente, perguntar sobre os filhos dela significava ouvir uns bons dez minutos de detalhes que Lori tinha certeza de que somente importavam à própria mãe. — Recebi um telefonema de uma amiga de Chicago que foi ao seu espetáculo. Ela disse que você não estava lá. O que aconteceu, Lor? Onde você se meteu?

Lori odiava deixar a irmã preocupada. Ela não tinha pensado que alguém fosse descobrir que ela abandonara o espetáculo no meio da temporada. Esperava ser capaz de desaparecer por um tempo. Mas deveria ter imaginado que alguém em sua enorme família fosse conhecer alguém em Chicago e eles ficariam sabendo do ocorrido antes que ela estivesse pronta para contar.

Lori sempre esteve pronta para tudo, ansiosa por agarrar cada grama de alegria da vida com as duas mãos, os dois braços e as duas pernas. Quando foi que ela tinha mudado?

Especialmente, ela pensou ao avistar Grayson perto de prateleiras altas do outro lado do Armazém Geral, quando um homem a virou do avesso com nada mais do que um olhar sombrio e umas poucas palavras. As poucas vezes em que ele a tocou de fato ainda estavam estampadas em sua pele como se ela fosse gado marcado.

— Estou bem — ela respondeu.

— Graças a Deus — Sophie disse, e então perguntou: — Você ainda está em Chicago?

— Não — a pequena cidade no campo que ela escolheu para visitar de impulso não podia estar mais longe dos arranha-céus e do trânsito complicado da Cidade dos Ventos. — Na verdade, estou de volta à Califórnia.

— Está? Por que você não telefonou avisando que tinha voltado?

— Precisava de um tempo para pensar.

— Lori — o nome dela nos lábios da irmã gêmea era tão cheio de amor incondicional que ela quase começou a chorar no meio da loja. — Me diga o que aconteceu. Foi o Victor, não foi?

— Acabou — o tom de Lori foi duro.

— Você já disse isso antes, muitas vezes. Está falando sério desta vez?

— Para sempre, Soph. Nunca mais vou voltar para ele. Juro.

A respiração de alívio da irmã foi alta e longa.

— Que tal eu deixar os bebês com Jake hoje à noite e você e eu pegarmos uma sessão dupla com pipoca com manteiga extra e todas as caixas de bala do cinema?

Ela amava tanto a irmã, e era tão tentador voltar para São Francisco e deixar Sophie cuidar dela. Mas Lori tinha que provar algo a si mesma antes de voltar à vida real.

E ela não tinha provado nada ainda, nem tinha chegado perto de transformar as trevas que viviam dentro de si nos anos últimos meses em cores vibrantes e brilhantes.

— Eu te amo, Soph — ela disse primeiro, pois era a coisa mais importante de todas. Agora e para sempre. Mas ela também tinha que dizer: — Mas não posso ir para casa. Ainda não.

— Pelo menos me diga onde você está — Sophie insistiu.

— Estou trabalhando em uma fazenda.

Lori podia facilmente visualizar a expressão de espanto na irmã:

— Em uma fazenda?

— Com porcos, galinhas e plantações. Estou comprando botas de caubói neste exato momento.

— Como é que você foi parar em uma fazenda?

— Você sabe como as coisas acontecem — Lori disse, sorrindo.

— Tem outro cara nessa história, não tem?

— Não — Lori disse, mesmo apesar de que estar ao lado de Grayson a fazia queimar e vibrar por dentro. Mesmo ele sendo todo ranzinza e rabugento. Principalmente quando ele era ranzinza e rabugento, para ser completamente honesta. Ele era tão diferente de qualquer homem que ela tinha conhecido. Não perdia um segundo sequer tentando jogar charme ou elogiando-a para conseguir algo dela. — Juro que só preciso sacudir meus pensamentos um pouco. — E, nossa, como ela tinha feito isso. Nas últimas vinte e quatro horas, tudo estava sacudindo dentro dela.

Mas suas explicações claramente não estavam causando efeito algum em sua irmã, que emitia pequenos sons de preocupação pelo telefone.

— Lor, isso é loucura, até mesmo para você. Se não quer falar comigo sobre o que está acontecendo, devia ao menos ligar para a mamãe.

O pânico subiu pela espinha de Lori. Se Mary Sullivan enlaçasse os braços ao redor da filha como fizera por toda a vida, ela quebraria em milhões de pedaços.

— A mamãe sabe que eu voltei?

— Não, ainda não, mas...

Lori imediatamente interrompeu a irmã.

— Quando você e Jake ficaram juntos por uma noite e nada mais no casamento do Chase e você engravidou dos gêmeos, eu não saí correndo para fofocar para a mamãe. Guardei o seu segredo enquanto você precisou. Agora é a sua vez de guardar o meu.

Sua irmã gêmea ficou em silêncio por um bom tempo. Tempo demais para a paz de espírito de Lori. Finalmente, Sophie disse:

— Não gosto disso. Especialmente quando já estou guardando segredo de tudo que tem acontecido entre você e o Victor por dois anos.

— Por favor, Soph — Lori implorou. — Só preciso de um pouco mais de tempo.

— Certo — concordou a irmã. — Mas você tem que me prometer uma coisa.

— O quê? — Lori perguntou, desconfiada.

— Se você começar a sentir que está mesmo encrencada, prometa que vai me telefonar e me deixar trazê-la para casa.

— Prometo.

— E...

— Espere aí — Lori a interrompeu. — Você já conseguiu a sua promessa.

— Bem, preciso de mais uma — Sophie disse, tão teimosa quanto a irmã, gêmeas por dentro e por fora. — Você tem que me prometer que vai vir para o almoço de domingo com todo mundo daqui a uma semana e meia.

Lori segurou firme o telefone.

— Soph, eu...

— Você já tinha planejado uma viagem curta de Chicago para cá no final de semana para ver todo mundo — Sophie a lembrou. — Prometa para mim, Lori, ou o trato está cancelado.

Deus do céu, ela odiava ser pressionada contra a parede ou coisas do tipo. Se fosse qualquer outra pessoa menos a irmã falando assim com ela, talvez ela tivesse brigado. Mas como podia brigar sabendo que faria exatamente a mesma coisa com Sophie se a situação fosse ao contrário, simplesmente porque a amava?

— Tudo bem — ela concordou, com raiva. — Garanto que não vou perder o almoço da nossa grande família em uma semana e meia — sabendo que já tinha passado da hora de tirar o cão de caça da irmã da sua cola, Lori rapidamente perguntou. — Tem notícias de Megan e Gabe?

— Megan ainda não admitiu estar grávida — Sophie disse a ela —, mas, quando a encontrei para almoçar, ela ficou bem pálida porque o rapaz da mesa ao lado pediu salada de ovos. Gabe vai ser um ótimo pai, não vai?

— Nosso irmão vai ser um pai fantástico — Lori concordou. Gabe era bombeiro e conheceu a futura esposa, com sua filha de oito anos, quando as salvou de um incêndio horrível em um apartamento, um ano atrás. — Assim como você é uma mãe maravilhosa. Summer vai ficar tão animada quando eles finalmente baixarem a guarda e contarem que ela vai ganhar um irmãozinho. E Jackie e Smith Jr. vão ter um primo para brincar — subitamente, Lori viu Grayson vindo na direção dela. — Tenho que ir.

— De volta à fazenda? — Sophie perguntou com um pouco mais do que incredulidade.

— Sim — Lori confirmou. — De volta à fazenda.

— É melhor você me ligar todos os dias para me atualizar sobre como estão indo as coisas — a irmã avisou. — Vou ficar preocupada com você todos os segundos até ter notícias suas novamente. Se eu não souber que está bem, vou ter que ir atrás de você, quer você me queira aí na fazenda, quer não.

Todo mundo achava Sophie tão quieta, mas somente Lori e o marido de Sophie é que sabiam da sua força. Especialmente se ela achasse que alguém que amava estava com problemas.

— Beije os rostinhos lindos dos gêmeos e diga a eles que a tia Lori está com saudades e vai brincar de monstro das cócegas com eles em breve.

Ela desligou o telefone e o jogou de volta na bolsa assim que Grayson se aproximou e ela pôde vê-lo novamente. Ela pegou um par de botas pretas e vermelhas.

— O que acha destas aqui? Não são fofas?

Em vez de responder, ele apenas a encarou, aquele músculo em seu maxilar saltando ao analisar o novo chapéu dela. Olhando com mais atenção, ele finalmente percebeu as botas que ela segurava.

— Servem — ele disse, sem demonstrar apreciação alguma pelo design de chamas absolutamente maravilhoso em ambas as laterais das botas de caubói. — Espero você na caminhonete.

E lá se foi a trégua momentânea que parecia ter iniciado na caminhonete quando vieram para cá. Como ela previa, não durou muito.

* * *

Grayson bateu os dentes com mais força quando Lori saiu vestindo as botas e o chapéu. Meu Deus, ela era linda... e tão sexy que ele estava com uma ereção perpétua desde o segundo em que ela saiu do carro naquele primeiro dia com aquela roupa transparente e de salto alto.

Ele ainda estava louco de raiva pelo fato de ela ter admitido que aceitaria uma carona de um estranho caso ele a abandonasse na estrada. Por mais que a ameaça tivesse sido muito idiota, Lori não poderia ser tão imprudente.

Além de tudo, era difícil ignorar trinta e tantos anos de boas maneiras e não sair do volante para abrir a porta para ela e ajudá-la a subir no banco do passageiro. Mas ele tinha muito medo de que, se fizesse isso, acabasse arrancando o novo chapéu da cabeça dela para jogá-lo na rua, pois a última coisa de que Grayson precisava é que ela se tornasse ainda mais irresistível. Infelizmente, a aparência de Lori com as botas de caubói e o chapéu ameaçava arrancar o pouco de autocontrole que ainda lhe restava.

Especialmente depois que ele ouviu uma conversa dela com uma pessoa que ele rapidamente concluiu ser a irmã. Lori, ele pensou, não fazia ideia de como a conversa ecoava em alto e bom som pelo Armazém Geral. Particularmente quando ele estava, estupidamente, prestando atenção em cada palavra.

Era óbvio que a irmã estava preocupada com ela. Apesar de Lori não ter dito muito para a outra mulher, deixou claro que estava na fazenda dando um tempo da vida real... e prometeu voltar à sua vida "em breve".

Saber disso devia tê-lo deixado cheio de alegria.

Mas não deixou.

Por três anos a solidão tinha sido sua companhia, e ele se convenceu de que tudo o que mais precisava novamente era do azul do céu, de muitos alqueires de pasto e do barulho das ondas do mar. Até que, do nada, Lori Sullivan entrou em sua vida... prontamente fazendo seu mundo sem emoções desmoronar.

Todos os fatos, as verdades que ele não conseguia ignorar, o deixavam com raiva. Dela. Dele. E especialmente de todo o maldito mundo, por jogar aos seus pés alguém tão irritante e irresistível e impossível de ser ignorado.

Assim que a porta do passageiro foi travada e ela afivelou o cinto, Grayson ligou o carro. Lori tinha uma sacolinha no colo e, um pouco depois, tirou algo de lá e ofereceu a ele.

— Quer uma?

Ela segurava algo longo e grudento e coberto de açúcar. Tinha um tom verde fluorescente e não parecia estar nem perto de ser algo comestível.

— Não.

— Azar o seu — ela enfiou na boca e começou a mastigar a bala.

O problema era exatamente esse. Ele sabia que ela estava certa. Quando finalmente decidisse ir embora, o azar seria dele.

De alguma forma, ele precisava manter o foco na fazenda, no trabalho interminável que acompanhava a posse de cento e sessenta alqueires e mais de cem animais.

— Você já trabalhou na lavoura antes? — ele perguntou.

Com a boca cheia de bala, Lori conseguiu responder:

— Eu costumava ajudar minha mãe com os legumes quando era garotinha. Ela dizia que eu tinha talento para a horticultura. Por quê? Plantar sementes é a minha próxima tarefa?

— Não — ele disse. — Sua próxima tarefa será arrancar ervas daninhas.

Ele achou que ela fosse reclamar da notícia. Pelo contrário, como em todas as vezes anteriores, Lori o surpreendeu mais uma vez:

— Que bom! Eu gostava de ajudar a plantar, e ver os legumes crescer era legal, mas sempre adorei arrancar coisas.

Dava para ver o enorme sorriso pela visão periférica, que era o mais próximo que ele conseguia olhar para ela no momento, se quisesse manter o controle e não se arruinar completamente.

— É como a diferença entre uma pirueta e um *grand jeté*[3]. Os dois são divertidos, mas às vezes você está com mais apetite para a destruição.

Ele passou anos assistindo a apresentações de balé na antiga vida e sabia do que ela estava falando. Olhou para as belas pernas de Lori. Mesmo com o jeans escuro, sua força flexível era óbvia, e a forma como ela se movia chamara a sua atenção logo de cara.

Será que essa era a história dela? Será que era bailarina? Se era, então que diabos estava procurando em uma fazenda, fingindo ser trabalhadora rural quando deveria estar em cima de um palco?

Graças a Deus ele estacionou na entrada da casa antes de fazer essas perguntas. As perguntas dela durante o trajeto já foram ruins o suficiente.

De agora em diante, ele jurava que ia deixar ambos tão cheios de trabalho que nenhum dos dois teria tempo para se preocupar com nada, começando com as ervas daninhas na plantação de aspargos para ela e o novo telhado do chalé para ele.

---

[3] Um passo do balé em que a bailarina salta com as duas pernas abertas e esticadas. (N.T.)

CAPÍTULO NOVE

Droga, Grayson pensou na manhã seguinte, ao descer do cavalo depois de um passeio particularmente cansativo. No dia anterior ele e o cavalo trabalharam no solo o dia todo, mas isso não fizera diferença alguma.

Ele ainda queria Lori mais do que qualquer coisa na vida. Tanto que, apesar de ela ter preparado outro jantar fabuloso e mais um café da manhã, nas duas ocasiões ele disse que não podia parar tanto tempo para comer com ela e que comeria quando pudesse.

Depois, quando ela disse que estava preocupada com a gata, que não estava se alimentando bem, e respondeu que Mo tinha sorte por ainda estar viva, ele virou de costas sem dizer nada.

— Grayson? — Lori enfiou a cabeça nos estábulos. Ela era destemida em qualquer outro lugar da fazenda, mas nunca se aventurou a aproximar-se dos cavalos. — Eric acabou de ligar. Ele disse que vai precisar vir uma hora mais cedo pegar as caixas de alimentos. O que você precisa que eu faça para ajudá-lo com isso?

Grayson tentou abafar um xingamento. Hoje não ia dar para evitar Lori também. Para conseguir organizar todos os alimentos a tempo, os dois precisariam trabalhar juntos. E trabalhar bem.

— Preciso que você vá ao depósito e monte as caixas de papelão para que possamos enchê-las. Coloque-as sobre as mesas dentro do celeiro. Você vai ter que empilhar de duas em duas.

— Quantas devo montar?

— Tenho duzentos e quinze fregueses fixos, mas vamos fazer uma dúzia extra. — Às vezes as pessoas precisavam de uma ou duas caixas a mais. Além disso, ele gostava que Eric fizesse umas entregas gratuitas no final de cada dia de coleta com o que sobrasse.

— Entendi — ela se virou imediatamente para cuidar do trabalho, mas só quando ela se foi Grayson percebeu que algo estava diferente.

Ela não tinha sorrido. Nem feito ou dito nada para irritá-lo. Ela simplesmente passou o recado, depois perguntou o que precisava ser feito. Era exatamente o que ele disse que queria. Mesmo assim, parecia errado.

Ele tentou tirar esse pensamento louco da cabeça, mas, na hora em que se juntou a ela no celeiro e viu o incrível progresso que havia feito, junto com um leve brilho turvo nos olhos dela, Grayson não conseguia evitar sentir-se um perfeito canalha. Não somente por ter sido tão duro com Lori, mas também por ter feito de tudo para evitá-la.

Será que ela estava chateada por comer sozinha? Será que estava pensando que ele foi um ogro em relação à gata? Ou será que não tinha nada a ver com ele, e Lori simplesmente sentia falta da família... ou da pessoa de quem estava fugindo?

Pensar em Lori com outro homem era como um soco direto no estômago. Ele não podia permitir a si mesmo tê-la, mas, Deus, também não conseguia imaginar alguém a tocando. Especialmente quando ela estava exausta o suficiente para acidentalmente baixar a guarda.

Lori rapidamente entendeu o esquema para as caixas da semana e eles trabalharam juntos em silêncio, pegando os morangos remanescentes, alcachofras, aspargos, ervilhas e abóbora. Depois de um tempo, Lori começou a arrumar cada uma das caixas de uma forma que Grayson tinha que admitir era de longe mais agradável aos olhos se comparada à maneira como ele normalmente as arrumava para seus fregueses. Dava para imaginar como eles ficariam felizes ao pegar a produção da semana. É bem provável que até ficassem mais inspirados a ir para casa, começando a cozinhar e a consumir os produtos com suas famílias.

Por causa de Lori.

Quando ele terminou de pegar as frutas e os legumes frescos da semana, foi para o lado da mesa para ajudá-la a montar o restante das caixas e disse:

— Estas caixas estão lindas.

Um sorriso, talvez, ou, se tivesse muita sorte, uma risada. Era essa a reação que esperava dela. Qualquer coisa menos uma cabeça baixa que simplesmente assentiu e continuou a montar as caixas.

— Lori...

Merda, ele nem sabia o que queria dizer a ela, só que tinha que dizer algo. Qualquer coisa para trazer aquele sorriso que ele já estava ficando muito acostumado a ver... e a tagarelice que começava a soar melhor do que qualquer sinfonia que ele já tinha ouvido.

Ela parou de mexer as mãos imediatamente e, quando finalmente olhou para ele, Grayson odiou as sombras em seus olhos.

— O que foi, Grayson?

Quatro palavras bruscas foram tudo o que ele conseguiu dela.

— Queria dizer... — quando ele tentou elaborar a frase, viu uma luz de esperança nos olhos dela.

— Vá em frente — ela disse com uma curva suave nos lábios que o deixou hipnotizado. — Estou ouvindo.

Mas tudo o que ele queria dizer, tudo o que ele precisava dizer a ela, ficou preso em sua garganta. E, no final, o que saiu de sua boca foi:

— Se você estiver cansada, posso terminar sozinho.

Com a mesma rapidez com que ela se abriu novamente para ele, ela se fechou, olhando para a alcachofra em sua mão em vez de olhar para ele.

— Não estou cansada — Lori tirou o chapéu de caubói e o pendurou em um prego na parede.

Vê-la tirando o chapéu pareceu um mau presságio. No outro dia ele queria arrancá-lo da cabeça dela e jogá-lo no chão, mas agora queria pegar de volta e enfiá-lo na sua cabeça.

Antes que Grayson pudesse dizer ou fazer mais alguma coisa, ouviu os pneus sobre o cascalho no caminho de entrada. Eric entrou no celeiro um minuto depois.

— Ei, Grayson, desculpe pela mudança de horário hoje. — Quando viu Lori, o jovem fazendeiro, geralmente taciturno, abriu um enorme sorriso. — Você deve ser a Lori.

Ela sorriu para Eric da exata maneira que não estava sorrindo para *ele* quando apertaram as mãos.

— É um enorme prazer conhecê-lo, Eric. E obrigada pelas sugestões para alimentar a Docinho. Vou tentar o fígado hoje à noite. Vou te falando como ela vai indo.

Que diabos foi aquilo? Primeiro ela se abre toda para Eric e aí Grayson fica sabendo que os dois já trocaram figurinhas sobre a alimentação de gatos? Será que ela também contou para Eric que o chefe dela foi um cretino desde o segundo em que ela começou a trabalhar na fazenda?

— Uau — Eric comentou quando olhou para as caixas com a produção. — Elas estão ótimas esta semana — o sorriso era inteiramente para Lori. — Devem ter recebido um toque feminino.

Sem dizer nada para nenhum dos dois, Grayson começou a carregar as caixas para a caminhonete de Eric. Lori e Eric conversaram como velhos amigos o tempo todo, com Eric respondendo alegremente todas as perguntas contínuas de Lori.

— Então como funcionam as coletas? As pessoas trazem os filhos e os animais de estimação e ficam por lá ou simplesmente entram e saem?

Dizendo a si mesmo que aquela era a maneira perfeita de fazê-la sair do caminho dele, Grayson interrompeu Eric no meio da extensa explicação sobre o funcionamento da coleta noturna:

— Vá ver por si mesma.

Ele não precisou oferecer duas vezes. Eric e Lori imediatamente sorriram uma para o outro e disseram ao mesmo tempo:

— Ótimo!

Grayson teria cerrado os punhos se não estivesse carregando três caixas pesadas uma em cima da outra. Eric e Lori eram perfeitos juntos. Os dois tinham um sorriso sempre pronto. Os dois conseguiam conversar por horas. Eles até eram bonitos juntos, Eric loiro e todo musculoso ao lado da graça dos cabelos negros de Lori.

— Ah, eu quase esqueci — Eric disse a Grayson quando finalmente conseguiu desviar o olhar de Lori — Um jornalista ligou um pouco antes de eu vir para cá. Ele está escrevendo uma matéria sobre a popularidade das ASCs, mas, quando eu disse que era somente o cara da coleta, ele perguntou se você poderia ligar para ele — Eric levou a mão ao bolso da calça jeans. — O telefone dele está aqui.

— Não preciso do telefone dele.

Lori franziu o cenho para ele quando Eric perguntou:

— Tem certeza? Ele parecia um cara legal. Até me disse que tinha ouvido falar da sua ASC por várias pessoas, que disseram que a sua é a melhor da região.

— Não estou interessado em imprensa, obrigado — Grayson não suportava a ideia de alguém cutucando seu passado, não quando podia imaginar a rapidez com que a história deixaria de ser sobre a ASC para se transformar em uma história de amor e perda. Ele nunca contou a sua história para ninguém, e não planejava contar. Colocando as últimas caixas na caminhonete de Eric, ele anunciou: — Parece que vocês estão prontos.

— Prometo que trarei Lori sã e salva em algumas horas.

Grayson se controlou para não rosnar para Eric. Era bom que trouxesse mesmo, ou Eric iria ter que arrumar outra pessoa para fazer o trabalho dele.

Lori estava saindo do celeiro quando se virou de súbito e tirou o chapéu de caubói do prego. Quando ela o vestiu, Eric sorriu:

— Belo chapéu.

— Obrigada. — O sorriso dela foi tão brilhante que dava para iluminar uma cidade inteira.

Conforme Grayson observou os dois entrando na caminhonete e indo embora, se perguntou que diabos estava fazendo ao mandar Lori sair sozinha com Eric. Não era porque pensava que o amigo fosse fazer qualquer coisa para magoá-la ou assustá-la. Pelo contrário: Eric era um jovem bonito, não tinha problema algum. Certamente iria tentar se envolver com Lori e esperar que ela também se envolvesse.

* * *

As duas horas que Grayson passou trabalhando com o martelo no telhado do chalé, com tanta força e tanta rapidez que seu ombro começou a doer, não ajudaram em nada a apagar a forma como Lori sorriu para Eric. Quando Grayson finalmente ouviu a caminhonete voltar, se esforçou para não arrancá-la de lá, clamando-a sua de uma vez por todas com um beijo que ia fazer os dois se esquecerem de tudo, menos de como podiam ser ótimos juntos.

É claro que Eric saiu do carro e a ajudou a descer, como um cavalheiro. Ela deu-lhe um abraço de despedida e então ficou na entrada acenando. O sorriso ainda estava intacto quando ela disse:

— Foi tão divertido!

O coração de Grayson inchou dentro do peito ao vê-la tão feliz, mesmo não tendo sido ele o causador da alegria. Quando ela finalmente percebeu que ele estava em pé ao lado do celeiro observando-a, parou de sorrir.

— Não sei por que você não faz a coleta aqui — Lori disse, evidentemente rompendo o tratamento de silêncio. — Seus fregueses são as pessoas mais maravilhosas que existem e são tão gratos pelos alimentos que você cultiva para eles. Você não quer ter a satisfação de ver seus fregueses felizes, ou de pelo menos dar-lhes a chance de agradecê-lo?

Ela só havia voltado há sessenta segundos e já estava jogando coisas na cara dele? Como ele pôde ficar chateado pela greve de silêncio de antes?

Sabendo que Lori ficaria encarando até que ele respondesse, Grayson disse:

— Tenho muita coisa para fazer.

Ela emitiu um som de descrença. Um som bem alto.

— Você não pode reservar duas horas por semana para interagir com seus fregueses e com a comunidade, mas Eric me disse que você entrega alimentos de graça toda semana para quem não tem condições de pagar pela ASC — ela balançou a cabeça negativamente.

— Não entendo você mesmo, Grayson. Nem um pouco — com isso, ela entrou na casa e bateu a porta.

A triste verdade era que ele não entendia a si mesmo também, não sabia como podia sentir o que sentia por ela tão rapidamente. Ela só estava com ele há alguns dias, e tocou em tantos pontos fracos repetidas vezes, provavelmente de propósito, mais do que a metade do tempo.

Grayson estava dividido entre querer estrangulá-la e beijá-la, e, francamente, não tinha certeza do que ia acontecer primeiro.

Ele finalmente entrou em casa e encontrou Lori aninhada no sofá, morrendo de espirrar com Mo em seu colo ao tentar seduzi-la com "só mais uma mordidinha nesse fígado superdelicioso" — nesse momento, qualquer pessoa teria apostado suas fichas no beijo.

Foi por isso que ele imediatamente pegou as chaves no balcão da cozinha e foi direto para o bar da cidade ver um jogo no qual não estava interessado e comer um hambúrguer que tinha gosto de serragem, garantindo que só voltaria para casa quando Lori estivesse dormindo.

Já havia passado muito da meia-noite quando ele finalmente chegou à entrada da casa e viu que a luz do quarto dela ainda estava acesa. De súbito, sentiu a louca necessidade de voltar no tempo nas últimas seis horas, droga, nos últimos dias, para fazer tudo certo com ela dessa vez.

Só que, quando ele saiu da caminhonete, ela apagou a luz do quarto.

CAPÍTULO DEZ

Grayson já tinha obviamente tomado café na hora em que Lori acordou, um pouco tarde, devido ao fato de que tinha ficado acordada esperando por ele para ter certeza de que chegaria bem — considerando a maneira como ele saíra de casa na noite anterior. Ela comeu rapidamente, depois foi lá para fora alimentar as galinhas e recolher os ovos. Quando terminou, foi para o chiqueiro.

— Oi, Chase — ela disse a um dos seus porcos favoritos. — Belo dia, não é?

Os porcos agiam quase como cachorrinhos ao cheirar as botas dela e se aproximar para receber carinho na cabeça. Eram sete porcos, então ela decidiu dar a eles os nomes dos seus irmãos e irmã. Já que Grayson estava em algum lugar fazendo coisas secretas da fazenda que provavelmente ela só conseguiria descobrir usando um pé-de-cabra, se realmente estivesse interessada em saber, ela conversava com eles da mesma forma que conversava com seus irmãos.

— É surpreendente como fica bonito quando o sol se põe, não é? — ela disse ao porco que nomeou em homenagem ao irmão fotógrafo. — Bem que você queria que suas patas não estivessem tão sujas para que pudesse pegar uma câmera e capturar essa imagem, eu sei — ela podia jurar que o porco assentiu.

Lori estava enchendo os cochos de água quando o porco mais rápido aproximou-se para beber um pouco, fazendo com que ela se lembrasse do irmão Zach, que era piloto de corrida.

— Ontem, na rua Principal, havia a mais linda caminhonete clássica da Ford. Não seria ótimo dar uma volta com ela pela fazenda no meio da noite, sob a luz do luar, acelerando? — Da mesma forma que o irmão Zach teria agido, ele a ignorou e continuou bebendo.

Ela sorriu ao pegar o saco de comida enquanto o porco mais velho ficou só olhando, deixando os mais novos comerem primeiro.

— Definitivamente, você é o Marcus — ela disse, sentindo o coração apertar ao lembrar o quanto o irmão mais velho, que tinha uma vinícola em Napa Valley, adoraria as colinas de Pescadero. — Talvez você devesse pensar em convencer Grayson a cultivar umas uvas por aqui também. — O porco simplesmente observava o restante da sua família heterogênea.

Conversar com os porcos daquela forma não amenizava a falta que ela sentia da família, mas a mantinha sorrindo. E ela sabia que essa era a coisa mais importante nesse momento. Especialmente quando a única pessoa de verdade que ela tinha para conversar era apenas um pouco melhor do que trabalhar e viver com um fantasma.

Lori não sabia como ele conseguia, como podia ser tão grande e mesmo assim tão quieto, tão dominador e tão invisível. De algum modo, Grayson a fazia lembrar-se da irmã gêmea, Sophie. Soph conseguia entrar e sair de um local e perceber absolutamente tudo ao redor sem que ninguém lhe falasse nada.

Ela sempre adorou ajudar Marcus na vinícola em Napa, e mesmo assim ficou surpresa por perceber o quanto gostava de trabalhar na fazenda, com exceção de limpar banheiros. Adorou usar o cortador de grama pela manhã, adorou a emoção de ter todo aquele poder entre as pernas. Também gostou de colocar as mãos no solo para arrancar as ervas daninhas do jardim, e os porcos e as galinhas acabaram se tornando uma segunda família para ela.

Ela tinha acabado de limpar a baia da mamãe porco e estava jogando água em suas botas com a mangueira quando Grayson entrou de súbito nos estábulos.

— O vizinho a oeste acabou de avisar que uma das minhas cercas caiu e o gado está pastando por lá. Precisamos ir até lá imediatamente para consertar. Selei a Rosie para você.

Lori sabia que podia ser teimosa e muito orgulhosa. Impulsiva também. Mas não era burra. Por isso não tinha problema algum em admitir:

— Não sei andar a cavalo. Não podemos ir até a cerca de outro modo?

— O som do motor vai acabar mandando ainda mais vacas para o pasto do vizinho.

Ela respirou fundo.

— Tudo bem. Por que você não me dá uma aula rápida?

— Não temos tempo para aula.

Ele parecia tão frustrado quanto ela. Lori sabia que eles não eram nada mais do que empregador e empregada, mas, ah, como ela queria que ele falasse com ela, olhasse para ela, por outra razão além de uma cerca ou da casa que precisava ser limpa ou porque ela havia feito algo errado.

Ela queria muito parar de querer, e logo.

Finalmente, Grayson informou:

— Você vai ter que montar junto comigo — ele não parecia nada feliz com isso.

— Você só pode estar brincando — ela retrucou, nada feliz também. Considerando a forma como seu corpo ficava quente mesmo mantendo distância dele, ela sabia que o fato de ele a estar evitando era uma boa ideia... e que montarem um cavalo juntos era igualmente ruim.

Ela não podia subir em um cavalo com Grayson, não podia ficar tão perto assim dos seus músculos maravilhosos, grandes, rígidos. Especialmente quando ele parecia ainda mais sinistro, misterioso e sexy com jeans e camiseta e as botas e o chapéu de caubói.

— Mais vacas minhas podem fugir se demorarmos, e parece que há uma tempestade se aproximando. Vá colocar um casaco.

Quando Grayson voltou para o estábulo para trazer o cavalo para fora, Lori olhou para o céu, para as brancas nuvens pomposas no céu azul brilhante. Havia uma brisa leve, mas o sol estava quente e ela não acreditava haver a menor chance de uma tempestade em um futuro próximo. Não, ela suspeitava que ele estava simplesmente tentando fingir que ela não era mulher quando os corpos batessem e deslizassem e balançassem um contra o outro sobre a sela.

Grayson lançou seu belo olhar de irritação quando voltou e viu que ela ainda estava usando a fina camiseta. Lori lhe devolveu o olhar.

— Venha aqui que eu vou levantar você.

Odiando a forma como ele falava, como se ela fosse um saco de farinha, ela replicou:

— Posso subir no cavalo sozinha, obrigada.

Mas, nossa, como era alto. Ela ficou parada por um minuto longo demais, emitindo um som de frustração profunda, então os braços de Grayson enlaçaram sua cintura e ele a ergueu sobre as costas do cavalo. Ela agarrou o chifre da sela e se segurou bem firme, mas ele se sentou atrás dela um pouco depois, as pernas fortes e o peito rígido a segurando firme no lugar.

Quando ele atiçou o cavalo para iniciar o trote, não foi o movimento súbito que tirou o ar dos pulmões de Lori. Foi o calor de Grayson, sua força, seu cheiro deliciosamente masculino... e a imediata onda de desejo que ela não tinha a menor intenção de ignorar.

* * *

Deus, por que o gado tinha que quebrar a cerca justo naquele dia? E por que ele não perdeu um pouco mais de tempo tentando pensar em uma forma diferente, ou *qualquer coisa* diferente, para que não estivesse ali naquele inferno criado por ele mesmo com a maldita vaqueira mais sexy da face da Terra?

Grayson nunca tinha sido tão inflexível em toda a sua vida, e tinha a sensação de que não estava pensando direito quando decidiu que Lori teria que montar com ele.

— Uau, tudo isto é seu? — Ele percebeu o tom de surpresa na voz dela ao acrescentar. — É tão lindo... você não se sente morando em uma pintura? Olhe para aquilo. — Ela ofegou de prazer ao apontar para o mar. — Não me surpreende você ter decidido se mudar de Nova York para cá.

Nos últimos anos, suas terras foram um refúgio. Era uma forma de deixar o restante do mundo para trás. Mas ele nunca tinha se permitido perceber a beleza. Não até não conseguir evitar vê-la pelos olhos surpresos de Lori.

— Você tem muita sorte — ela disse quando eles se aproximaram da cerca quebrada, perto o suficiente para ouvir as ondas batendo lá embaixo. — Muita, muita sorte.

Ela tinha razão. Ele tinha sorte mesmo, mas não porque possuía uma propriedade surpreendente.

Não. Hoje a sorte dele significava segurar uma moça bonita, que achava o mundo um lugar maravilhoso, em seus braços, por um curto período de tempo, sob o pretexto de que precisava mantê-la estável sobre o cavalo.

Embora aquela fosse a última coisa que ele devesse fazer, naquele raro momento em que não estavam discutindo, nem se encarando, ou se frustrando um com o outro, Grayson estava saboreando cada precioso segundo com Lori.

* * *

Duas horas depois ...

Lori tentou não tremer, mas estava ficando muito frio. De onde veio aquele vento tão rapidamente? Quando deixaram a sede, o céu estava azul e sem nuvens, não havia vento. Ela odiava o fato de ele estar certo quando disse que uma tempestade estava se aproximando e que ela deveria vestir um casaco.

Se ao menos ela não sentisse que precisava fazer o oposto de tudo o que ele dizia. Mas, se ela não fizesse, Grayson pensaria que estava vencendo.

E ela não poderia deixá-lo vencer. Não poderia deixar ninguém vencer.

Por isso era tão importante ficar sempre por cima com Grayson. Especialmente quando se tratava de bloquear a atração recíproca, que parecia emergir a cada olhar, cada palavra, cada toque acidental.

Ele nem mesmo *gostava* dele. Não muito, de qualquer forma. Então, se recusava a desejá-lo. Ponto final. Sem mas nem meio mas. Ela não estava interessada em dormir com Grayson. Definitivamente, não.

Só que, por mais que ela quisesse permanecer aquecida com a brisa fria, não conseguiu evitar que um forte calafrio percorresse cada centímetro do seu corpo. Ela suspirou ao pegar o alicate. Os cabos pareciam blocos de gelo nas suas mãos já frias.

O problema, ela pensou com outro suspiro profundo, era que decidir não sentir algo era muito diferente de realmente *não* sentir nada. Assim como ela não era capaz de parar os calafrios que lhe percorriam da cabeça aos pés, tinha muito medo de não ser capaz de manter longe sua atração por Grayson por muito tempo.

Felizmente, ela sabia que, se não tomasse a iniciativa, ele com certeza não tomaria. Grayson era um cara completamente inflexível e rígido. Era do seu jeito ou não tinha jeito.

E *ela* definitivamente não tinha intenção nenhuma de fazer as coisas do jeito dele.

Grayson não devia ter dito nem cem palavras para ela naquele dia, e eles estavam trabalhando juntos há horas. Ela nunca falou tão pouco em toda a sua vida... nem nunca esteve tão poderosamente consciente da presença do outro. Assim que ele explicou o que ela deveria fazer na cerca e ficou razoavelmente satisfeito ao ver que ela não ia estragar sua parte no conserto, ele a deixou sozinha com seus pensamentos, apenas passando para olhar por cima do ombro dela, verificando seu trabalho a cada meia hora.

Surpreendentemente, apesar do fato de ela não ter mais nada para olhar além dos arames retorcidos em suas mãos, os pensamentos em relação a Victor não a atormentaram, não penetraram em sua mente para tomar conta do último espaço aberto dentro dela para transformar a luz em treva. Talvez, ela pensou novamente, estivesse certa por estar ali, em uma fazenda a quilômetros de distância de qualquer um que conhecia, de tudo o que tinha vivido.

Com o fato de Grayson estar um pouco distante de se apaixonar por ela como qualquer homem teria se apaixonado feria seu orgulho de mulher ela não se importava. Não queria mesmo um homem em seu caminho. A vida toda parecia ter sido uma sedução atrás da outra. Não apenas como bailarina e coreógrafa tentando conseguir trabalho, mas também como mulher tentando fazer com que os homens a notassem.

Sua mãe a criara para ser mais que isso, mas crescer em uma família com irmãos tão dinâmicos e inteligentes fez com que Lori precisasse trilhar o próprio caminho muito cedo.

Mazinha foi o apelido que seu irmão Chase lhe dera há tantos anos, e ela se esforçou para honrá-lo desde então. O cabelo, a maquiagem, as roupas sempre foram selvagens e sensuais. Ela era o tipo de pessoa que só saía de casa se estivesse simplesmente fantástica, até mesmo para pegar o leite e o jornal. Quando as pessoas olhavam para ela, Lori se certificava de ter feito o olhar valer a pena. E as pessoas *sempre* olhavam.

Ali, na fazenda de Grayson, foi a primeira vez em sua vida adulta

que ela renunciou ao secador de cabelo e deixou a pele do rosto nua ao sol, sem ao menos um rímel ou blush ou batom. Ela vivia de jeans e camiseta. A única parte da vida antiga que ainda mantinha eram a renda e a seda por debaixo das roupas.

O problema era que colocar tanto a dança quanto a sedução de lado a fizeram sentir como se estivesse tentando segurar o ar que lhe escapava por entre as mãos. A dança e o amor sempre caminharam juntos para Lori, desde a primeira paixão, quando garotinha, pelo adolescente na aula de balé que a erguia tão alto, sem esforço algum. Na vida adulta ela tinha se apaixonado por bailarinos e coreógrafos ao rodopiar e balançar em seus braços sobre o chão de madeira batida dos estúdios de dança ou dos palcos.

Só que, quando seus erros com Victor a fizeram parar de acreditar no amor, ela também perdeu o amor pela dança. E não fazia ideia de como recapturar esses dois amores.

Ela nunca se sentiu indefesa antes, e se recusava a se sentir indefesa agora, ao ficar em pé e ajeitar a postura para olhar as colinas que se estendiam até o mar. Estava chocada de admiração mais uma vez pela beleza do lugar, pelo silêncio, pelas cores que não paravam de mudar em toda a paisagem, até mesmo as nuvens que estavam escuras agora, cobrindo todo o céu, que antes era azul.

De súbito, um raio surgiu no céu e Lori virou o rosto para as nuvens escuras assim que se abriram. Não devia fazer nenhum sentido ela sentir tanta alegria pelas gotas de chuva congelantes que batiam nela. Qualquer um com um mínimo de bom senso iria sair correndo para se proteger da força dos elementos da natureza, mas ela não conseguia conter o riso.

Lori abrir os braços e se esticou para receber tudo, para deixar a força da tempestade cair sobre ela, o riso súbito juntando-se aos trovões e aos raios.

A chuva estava surpreendentemente fria sobre sua pele nua, que rapidamente ficou ensopada embaixo da camiseta e do jeans, mas ela jurava que sentia a água limpando seu corpo, caindo sobre seus braços onde Victor um dia a tocou, molhando os lábios que Victor um dia beijou. Ela se achava tão livre, tão selvagem a vida toda, mas, toda vez que voltava para Victor depois que ele a magoava, muros começaram a crescer ao redor do seu coração, subindo alguns centímetros por vez até a deixarem presa por dentro.

Agora, a cada barulho dos trovões, a cada disparo dos raios, as paredes começavam a ceder.

Só mesmo ouvir Grayson reclamar poderia ser mais alto do que o som da sua risada ou o som da tempestade. Lori ainda estava sorrindo quando olhou para ele, ainda perdida na imensidão que circundava os dois. Além disso, estava começando a se acostumar com a cara brava de Grayson. Ela estava até começando a pensar que a cara era meio fofa, como se ele fosse apenas um garotinho que não estava conseguindo exatamente o que queria na hora em que queria.

Tarde demais, ela percebeu que ele já tinha guardado as ferramentas dele, e as dela, nos alforjes, e segundos mais tarde subiu nas costas do cavalo. De cima do cavalo, ele esticou a mão para pegá-la.

Subitamente, ela pôde vê-lo como ele teria sido centenas de anos atrás, um guerreiro montado em seu cavalo, grande e forte. Um homem que podia proteger uma mulher, não importando a situação.

Mas suas visões românticas foram desviadas um segundo mais tarde quando ele abaixou o corpo e a pegou em seus braços tão rapidamente que ela nem mesmo teve a chance de lutar contra ele. Ele a agarrou, trazendo seu corpo perto do seu, e, com nada mais do que um braço, ele a colocou em seu colo, suas pernas sobre as dele... e então cavalgou com ela.

Não era para ser sexy nem romântico, droga, e ela também não deveria ter ficado excitada por sentir os músculos dele, ou pela forma como a costura da calça roçava na calça dela do jeito certinho, bem onde ela se sentiu superaquecida desde a primeira vez em que bateu os olhos naquele rosto bonito demais e naquele corpo perfeito demais.

Não. Em vez de ficar excitada com o comportamento bárbaro, ela precisava se sentir ultrajada pela forma como ele a puxou para cima do cavalo com ele. Só que, assim que estava prestes a abrir a boca para dizer umas poucas e boas por cima do som da chuva que os castigava, outro disparo de relâmpago clareou o céu, perto o suficiente para os dois verem o raio bater com força em uma árvore a poucos metros de distância. O trovão vibrou imediatamente depois.

O cavalo recuou quando começaram a escorregar na cela. Lori automaticamente segurou-se em Grayson com mais força, prendendo-se a ele firmemente com os braços e pernas. Ele reclamou novamente ao se esforçar para mantê-los estáveis, segurando na cintura dela com mais força para que ela não escorregasse.

— Não vamos conseguir voltar para casa — ele gritou por cima da chuva ao mudar rapidamente de direção, indo mais para o rumo do mar do que de volta para a sede da fazenda. — Tenho que tirar Diablo da tempestade.

Claro que ele iria pensar em levar o cavalo de volta em segurança. Ele claramente amava o cavalo, e planejava ficar com ele para sempre. Ao passo que Lori sabia que ela não passava de uma amolação para ele, que não via a hora de se livrar dela.

Mesmo assim, Grayson estava tão quente apesar do vento frio que Lori não conseguia evitar aninhar o rosto no peito dele e respirar fundo. Nenhum homem nunca cheirou tão bem quanto ele, como sabão e suor que vinham do trabalho duro, como grama verde, como a terra,
e como a doce e limpa chuva.

Quando uma gota grossa escorreu pelo queixo até o pescoço dele, que outra coisa ela poderia fazer senão lambê-la para saboreá-lo da forma que vinha secretamente desejando o tempo todo?

Mais um calafrio percorreu sua língua ao se encontrar com a pele dele, e ela finalmente descobriu como o gosto dele era bom. Só que dessa vez não tinha nada a ver com frio... e tinha tudo a ver com o desejo desesperado que ela jurou que não ia se permitir sentir.

Quando ela veio para Pescadero, pensou que estivesse morta por dentro, mas Grayson a fez sentir de novo, na mesma hora, mesmo sabendo que não devia. E agora o problema ainda maior era que Lori não fazia ideia de como manter alguns de seus muros internos enquanto outros desmoronavam. Tudo o que ela podia fazer era deixá-las cair, uma a uma, e rezar para que seu coração fosse forte o suficiente para suportar estar aberto aos sentimentos novamente.

É claro que não era com o coração que ela estava pensando ao sentir o gosto dele mais uma vez. Ela nunca teve medo da sua sexualidade natural, e não sabia como abafá-la agora. Não quando estava dolorosamente faminta pelo toque de Grayson, por imaginar-se sendo a outra metade dele ao sentirem prazer juntos.

Lori sempre esteve em sintonia com seu corpo, sempre traduzia automaticamente em dança tudo o que sentia, tudo o que via. Até as coisas com Victor ficarem tão ruins que ela acabou se esquecendo de ler ou falar naquela linguagem.

A chuva se transformou em partículas de luz caindo do teto de um auditório sobre os bailarinos vestidos de azul do céu e de verde dos gramados e de vermelho, laranja e amarelo das flores. Cedendo à tempestade, eles dançaram, de forma bela e selvagem. Ela podia ver um homem solitário movendo-se entre eles, sólido apesar do poder da tempestade ao vir em busca de uma bailarina, que era uma flor selvagem colorida que acabava de se soltar para sair voando para longe, para longe, para longe.

A imagem da dança que Lori estava pintando em sua mente era tão clara que ela sabia que o bailarino ia enganchar-se na bailarina, segurá-la de forma estável... e então finalmente soltá-la para deixá-la voar novamente quando ela estivesse mais forte e a bela tempestade selvagem tivesse diminuído o bastante, ficando seguro deixá-la livre novamente.

Assim como a flor selvagem em seus sonhos, conforme o vento chicoteava seu cabelo e a chuva caía sobre seu corpo enquanto Grayson a mantinha estável e segura em cima do cavalo que se movia rapidamente, Lori sentia como se ele tivesse lhe devolvido a liberdade que ela tinha medo de ter perdido em Chicago.

Perdida em suas visões, Lori ficou surpresa ao perceber que o cavalo tinha parado de galopar e Grayson estava no chão. Ela imediatamente sentiu frio sem os braços dele ao redor dos seus. Felizmente, não precisou esperar muito para que ele a tocasse novamente, pois as mãos enormes pegaram em sua cintura para tirá-la do cavalo e colocá-la no chão.

Por um momento tudo ficou confuso em sua cabeça, misturando o homem com quem ela estava vivendo por quase uma semana com o homem da dança em sua visão. Quando seus pés tocaram o chão novamente e ela olhou para ele na chuva, o mundo parou de girar.

O olhar dele era sombrio e misterioso, como sempre. Só que dessa vez, em vez de se afastar, ela estendeu a mão e acariciou sua face. Precisava sentir com as pontas dos dedos o que tinha acabado de saborear há alguns minutos.

Ela observou o fogo acender nos olhos dele, sentiu a vibração do seu gemido, sentiu o calor e a pureza do seu desejo pelo gesto dela em relação a ele quando ele virou o rosto e levemente o pressionou contra a sua mão. Mas, logo em seguida, ele se afastou dela:

— Entre no chalé enquanto eu cuido do cavalo.

As palavras dele foram altas o suficiente para serem ouvidas sobre a tempestade. Foram ríspidas também. Tão ríspidas quanto qualquer coisa que ele tivesse dito. Embora ela pensasse estar fazendo um bom trabalho bloqueando os rosnados e as caretas dele, aquela única frase a machucou. E machucou bastante para que ela não quisesse outra coisa além de sair de perto dele por alguns minutos para tentar recobrar a compostura.

E parar de vê-lo da forma que o viu em sua visão da tempestade-transformada-em-dança: forte, gentil, protetor.

Ela já tinha sido estúpida muitas vezes com os homens antes, tinha deixado o corpo e o coração seguirem um caminho que na verdade devia ter sido trilhado na direção oposta. Não ia fazer isso de novo.

Principalmente, não com Grayson.

CAPÍTULO ONZE

Grayson tirou a cela de Diablo e o escovou, depois pegou madeira da pilha debaixo do telhado e levou um pesado lote para dentro da casa.

O tempo todo ele se recusou a permitir-se lembrar da sensação da língua de Lori em sua pele.

Ou da forma como suas curvas flexíveis se encaixaram ao corpo dele enquanto as pernas firmes se enlaçaram em sua cintura e seus braços envoltos no pescoço dele.

Nem iria se permitir lembrar de como ela parecia uma bela bruxa que não podia ter ficado mais satisfeita com a tempestade que havia acabado de conjurar.

E ele também iria se forçar a esquecer-se de como o som da risada dela era belo… e que, mesmo no meio da chuva, o som o havia aquecido mais do que o sol jamais tinha conseguido.

Era a primeira vez que ele a tinha visto rir daquele jeito, com o corpo todo, com o coração e a alma toda por detrás do som alegre. Quando ela abriu os braços para a tempestade e inclinou o rosto para deixar a chuva molhá-la, não apenas parecia pertencer à terra dele como parecia tão linda que ele sentiu algo dentro de si ser atingido pelo relâmpago.

Ele abriu a porta do velho chalé de madeira com mais força do que deveria, considerando a idade das dobradiças. Pioneiros haviam estado ali e montado acampamento para perseguir o sonho do ouro no Oeste. O tempo ruim sempre castigava aquela parte da costa, mas, bem naquele local, as montanhas e as árvores forneciam abrigo necessário para o pior da chuva e do vento. Da varanda, não havia nada além da vista do campo aberto e do mar até onde os olhos alcançassem.

Grayson nunca tinha levado ninguém até lá. Tinha mantido aquele espaço reservado só para si em todos esses anos.

Lori Sullivan era a última pessoa que ele queria em seu lugar sagrado. Ela era barulhenta demais. Movia-se muito rapidamente. *Precisava demais.*

Grayson doava-se infinitamente aos seus animais. À sua terra. Mas nunca mais tinha a intenção de doar parte alguma da sua alma a mulher nenhuma.

Dentro do chalé, ele não a encontrou a princípio, não até perceber que estava ajoelhada na frente da lareira, acendendo fósforos que se apagavam imediatamente. Havia uma pilha de fósforos usados no chão à frente dela.

Droga, ele perguntou a si mesmo furioso por dentro, *por que todos os seus sentidos ganhavam vida toda vez que ele olhava para ela?*

A raiva por ter que admitir que nunca se sentiu tão vivo em toda a sua vida o consumia por dentro.

— Vou acender o fogo.

Ele já sabia muito bem que ela não ouvia suas ordens, e ela não desapontava nesse aspecto. Lori não ergueu o olhar ao resmungar.

— Eu sei acender uma lareira — e riscou outro fósforo.

Grayson colocou a madeira numa pilha ao lado da lareira e pegou a caixa de fósforos das mãos dela.

— Você vai desperdiçar todos.

Assim que ele disse isso, o fogo que Lori tinha iniciado na pedra da lareira finalmente pegou. Ele esperou pelo olhar de vitória dela, mas ela não lhe lançou olhar algum, não olhou para ele quando se levantou e saiu de perto.

A culpa pela forma como a mandou entrar no chalé mais cedo fez seu estômago revirar. Mas ela não percebeu que deveria simplesmente ter se segurado no cavalo para não cair em vez de mover-se em seus braços como uma mulher fazia quando desejava um homem, ou, pior ainda, passar a língua em sua pele? Fazendo com que ele a desejasse com uma fúria dolorosa, que o deixava atordoado?

Ela o levava ao limite... ao exato lugar aonde ele jurou nunca mais ir novamente.

É claro que, só porque ele feriu os sentimentos dela, não significava que ela tinha que manter a boca fechada por mais de cinco segundos.
Mesmo quando estavam trabalhando na cerca, ela ficou cantarolando trilhas sonoras em tom desafinado o tempo todo.

— Li tantos livros sobre exatamente essa mesma coisa na Inglaterra — ela resmungou. — Quando o herói e a heroína ficam presos na tempestade e têm que se abrigar em um velho chalé. Você seria um duque e eu seria uma virgem com medo de ficar sozinha com você caso você perdesse o controle e não conseguisse evitar destruir a minha inocência — ela emitiu um som que era algo entre um ronco e um riso irritado ao balançar o cabelo molhado, ficando mais próxima do fogo. — É claro que você não é nenhum duque e eu definitivamente não sou virgem. Os livros tornam tudo tão romântico, mas claramente se esquecem de mencionar que ficar molhada no frio não é nada romântico.

Ele se recusou a admitir o nó no peito pela forma como ela disse que "definitivamente não era virgem". Imaginar outros homens tocando Lori, fazendo amor com Lori, não devia importar para ele, então ele se forçou a ignorar a possessividade sem sentido no que dizia respeito a ela.

Mas ele não podia ignorar a forma como ela estava se abraçando para se aquecer ao mesmo tempo em que tremia de frio.

— Tire suas roupas.

Ela se virou para Grayson com uma expressão confusa.

— Como assim?

Percebendo que tinha falado algo sem sentido, ele disse:

— Você vai congelar se continuar com as roupas molhadas.

— Ué, Grayson — ela disse com sua fala arrastada. — Eu não sabia que você se importava.

Diabos, como ela o irritava. E o excitava cada vez mais com suas respostas insolentes.

— Você vai ficar ainda mais inútil na fazenda se ficar doente.

Antes de se afastar, Grayson viu algo no movimento dos olhos dela, mais um lampejo de mágoa que o fez sentir-se ainda mais canalha e culpado. Principalmente depois de ela ter feito um bom trabalho na cerca naquela tarde.

Ele caminhou até a janela e olhou para a chuva que castigava sua terra. Da mesma forma que nunca havia planejado dividir o chalé com ninguém, ele não tinha planejado dividir a terra também. Mas agora conseguia ver Lori para onde quer que olhasse, podia sentir as pontas dos dedos dela, seu toque em tantas coisas que até agora eram apenas suas.

Há dias os dois estavam agindo como crianças brincando no parquinho, com ele puxando a maria-chiquinha dela e ela jogando pedras nele. Alguém tinha que ser adulto. Ele sabia que teria que ser ele.

— Você fez um bom...

As palavras morreram nos lábios dele ao se virar e ver Lori em pé apenas de lingerie, o jeans, as meias e as botas em um amontoado molhado perto dos seus pés nus enquanto tirava a camiseta molhada. Os músculos do abdômen rígido ondularam levemente debaixo da pele cremosa, e os seios ameaçaram sair do sutiã de renda.

No primeiro segundo que ela saiu do carro depois de bater na cerca, ele a achou bonita, mas olhar para ela de lingerie o deixava à beira de um ataque do coração. Especialmente quando o tecido que mal a cobria estava tão molhado e transparente que era quase mais sensual do que se ela não estivesse usando absolutamente nada.

Quando Lori tirou a camiseta toda e a deixou cair no chão, ergueu o queixo e ficou encarando Grayson.

— É assim que você me quer? — ela apontou para o sutiã e a calcinha. — Ou talvez você queira que eu tire *tudo*?

Ela era uns trinta centímetros mais baixa que ele, mas, enquanto o encarava dentro do chalé que sempre foi só dele, Grayson se esqueceu de como ela era pequena, se esqueceu de que ela estava deliberadamente tentando irritá-lo, se esqueceu de tudo menos da intensidade com que a desejava.

Grayson não queria desejá-la.

Diabos, ele não queria nada nem ninguém da forma como a queria.

Sua falta de controle o deixava com raiva dela.

Mas o deixava com ainda mais raiva *dele mesmo*.

Desejá-la dessa forma revelava fraqueza. Uma fraqueza que o consumia um segundo, um minuto, uma hora por vez nos últimos dias desde que ela invadiu seu espaço, sua fazenda. Sua vida.

De alguma forma, ele se permitiu ser pego naquele círculo vicioso, negando em seguida. Desejando e depois negando.

Mesmo assim, mesmo quando ele estava dizendo a si mesmo que havia certo e errado, branco e preto; conforme o eco do insulto dela soando pelo chalé de madeira; conforme a chuva caía do lado de fora das janelas e o fogo ganhava vida na lareira de pedra, tudo o que sempre tinha feito sentido para Grayson podia ir direto para o inferno que ele não daria a mínima.

Um pouco depois, ele já estava mais próximo dela, suas mãos tocavam seu corpo quase nu, e ela se aproximou com firmeza do corpo dele logo em seguida.

No final, tudo o que sobrou foi o seu desejo primitivo de ter Lori... a necessidade de torná-la sua.

Sua boca desceu até a dela, que acabava de erguer a sua para ele, e sentir o gosto dela pela primeira vez foi doce, tão mais doce do que qualquer coisa que ele tinha conhecido que ele teve que mergulhar fundo, teve que extrair mais do que aquele primeiro beijo deveria ter permitido.

Grayson estava no auge da sua vida, forte por causa do intenso trabalho físico que fazia diariamente em sua terra. Mas estar tão perto assim de Lori, ter seu cabelo molhado em suas mãos, seus lábios, sua língua contra a dele, fazia seu coração bater mais forte que ele imaginava se estaria forte o suficiente para viver depois disso.

Ele não cansava de sentir sua boca, não conseguia guardar os contornos, os sabores com rapidez suficiente. Com a língua dele, com seus lábios, sentia os dela repetidas vezes, adorando a forma como ela ofegava de prazer quando ele provocava os cantos em que os lábios se encontravam, quando ele sugava sua boca dentro da dele, e especialmente quando ele mordiscou seu lábio inferior carnudo com as pontas dos dentes. Ela fez o mesmo com ele, beijando-o de uma forma que nenhuma outra mulher jamais o beijou antes, com tanta paixão e desejo que ele parou de guiar a dança selvagem dos dois.

Não, tudo o que conseguia fazer era ser parceiro nos movimentos dela, que deviam ser familiares, mas pareciam novos, frescos e doces.

Ela lambeu o pescoço dele com a ponta da língua quando cavalgavam, mas agora era ele que estava se inclinando para que ela arqueasse os braços e ele beijasse a extensão da sua boca maravilhosa até o queixo e a parte debaixo do maxilar. Ela tremia em seus braços, e os mamilos dela pressionavam com força contra a seda branca do sutiã e contra o peito dele enquanto ele corria a língua pelo pescoço dela, até chegar à clavícula.

O nome dele soou nos lábios dela quando ele deixou a boca vagar pelos seios dela sobre a seda e a renda.

Aquilo era muito mais do que ele jamais pensou em ter dela, e deveria ser suficiente. Mas, droga, não era. Nem chegava perto. Nem mesmo quando ele tomou o mamilo rígido entre os lábios, deixando-o úmido sobre a seda. Quando ele estendeu a mão para abrir o sutiã dela e finalmente deixar os seios nus para suas mãos, sua boca e seu olhar, também não foi suficiente.

Ainda segurando as costas arqueadas dela com uma das mãos, trazendo-a com a outra mais para perto de sua boca repetidas vezes, tocando primeiro um seio e depois o outro. Deus do céu, ele não conseguia se lembrar de jamais ter tocado algo tão macio nem testemunhado tanta beleza. Lori reagia tão bem, uma mulher feita para amar.

Sua frágil porção de sanidade ficava cada vez menor até sumir completamente quando ele levou as mãos à calcinha e arrancou a última peça de seda do corpo dela.

* * *

Estar nos braços dele, ser tocada por Grayson, era totalmente diferente do que qualquer amor que ela já tivesse feito antes. Sim, Lori sabia garantir seu orgasmo com um homem na cama, quer ele estivesse concentrado em lhe dar prazer ou não, mas com Grayson ela sabia que não precisaria mover uma palha para ter certeza de que ficaria satisfeita.

Ele ainda usava a camisa de flanela molhada e o jeans justo, e o contraste do tecido áspero contra a pele nua dela enquanto ele se contorcia contra o seu corpo só a deixava ainda mais excitada. Mas então ele já estava com as mãos na cintura dela, afastando-a de seu corpo. Ela não sabia por quê, não conseguia fazer seu cérebro entender uma única razão pela qual ele não quisesse tocá-la, até que ela sentiu o calor no olhar dele sobre a superfície da sua pele e subitamente entendeu.

Ninguém jamais a olhara daquela forma, como se ela fosse um presente que ele nunca esperaria que um dia fosse dele... e ele não conseguia pensar em uma única coisa que tivesse feito para merecê-lo.

Precisando tocá-lo, Lori tentou voltar para os braços de Grayson, mas ele a manteve exatamente onde estava.

— Ainda não terminei de olhar — ele resmungou.

Até para fazer amor ele era mandão, e essa percepção deveria tê-la lembrado de que eles não se dariam bem juntos. Mas, ao contrário, isso só fez com que ela o quisesse com uma fúria que a deixava impressionada.

Para Lori, a vida sempre foi uma jornada em que se pula de um pico alto para outro, com um salto ocasional em um vale raso. Pelo menos até tudo chegar a um ponto crucial depois que Victor a partira em pedaços no último ano e meio. Ela ficou perdida em um buraco tão escuro e profundo que não parecia capaz de sair de lá.

Mesmo assim, apesar de sua experiência tão extrema, ela nunca havia sentido um desejo tão poderoso por alguém, nem por nada, em toda a sua vida. Dúvidas, inquietações, preocupações, nada disso tinha uma chance contra aquele desejo, contra a fome que a consumia a todo momento.

Ah, sim, ela amava a forma como Grayson olhava para ela, mas precisava ter as mãos dele, a boca dele, nela. Felizmente, um pouco depois, ele elevou as mãos da cintura dela até os seios com tanta reverência que o calor suave do toque dele roubou o pouco ar que Lori ainda tinha.

— Não acredito que você está aqui. Que você seja real. Que você seja realmente tão linda.

As palavras murmuradas fizeram o coração dela bater até mais forte contra os polegares dele. Lori sabia que era bonita, e nunca teve vergonha de usar a beleza em seu favor na maior parte da vida. Era natural para uma bailarina enfatizar suas melhores características, junto com suas curvas mais fluidas, para o público. Mas, com Grayson a tocando, ela não era capaz de fazer nada além de olhar para a pele bronzeada dele contra a sua.

Ele tinha razão. A forma como os dois ficavam juntos era tão bonita, um grande, o outro pequeno, ambos cheios de um desejo que era mais forte até mesmo que os raios e trovões que ecoavam do lado de fora do chalé de madeira.

Ele correu a mão pelas costelas dela, pela barriga chapada, seus dedos brincaram por sobre os ossos do quadril, até que ele pegou suas nádegas com as mãos e a trouxe de volta para ele a fim de tomar sua boca novamente. Ela se entregou ao beijo dele, deixando suas mãos a pegarem com firmeza, tão quentes, tão doces ao massagearem gentilmente seu quadril até os músculos das costas e os ombros, que estavam doloridos tanto pela cavalgada quanto pelo trabalho pesado de consertar a cerca.

Uma das mãos veio afagar seu rosto antes de se entrelaçar em seus cabelos, que já secavam por causa do calor do fogo atrás deles. Com a outra mão, ele acariciava suas curvas, dos seios até o entalhe da cintura, voltando aos quadris.

— *Grayson.*

Ela jurou nunca implorar nada para ele, conseguindo trabalhar diariamente em sua fazenda para poder dormir toda noite no quarto que ele lhe dera. Mesmo assim, implorar para que ele a tocasse, para que a fizesse perder totalmente o controle, que já estava perdido mesmo, era tão natural quanto respirar. Tão natural quanto o percurso da mão dele dos seus quadris até a barriga.

Ela tremia agora de necessidade por ele, mas, quando ele lentamente escorregou a mão para baixo, e então mais baixo ainda, entre as coxas, ela não era a única que não conseguia achar o chão estável.

— Tão gostosa — ele gemeu as palavras em seu pescoço, onde havia afundado o rosto. — E molhada pra caramba. Você está pronta para mim.

Ele escorregou um dedo, depois dois, e ela não conseguia pensar, mal conseguia respirar.

Tudo o que conseguia fazer era sentir.

O calor dele. O deslizar doce e impressionante dos dedos dele dentro e fora dela. A pressão do polegar sobre seu clitóris.

A tempestade chegou ao auge lá fora, com raios e trovões praticamente invadindo o chalé na mesma hora em que a tempestade dentro dela se acalmou. Ela balançava na mão dele e ele comprimiu a boca contra a dela mais uma vez para saborear seus gritos de prazer.

* * *

Ele não conseguia parar de beijá-la, não conseguia parar de se deleitar com a maciez entre as pernas dela. Queria sentir o gosto dela, queria ficar de joelhos e beijar cada centímetro daquele belo corpo. E então, depois de fazê-la gozar novamente ao sentir sua língua, ele queria deitá-la no chão com ele, enlaçar suas belas pernas em seu quadril e possuí-la de forma rápida e furiosa.

A tempestade feroz lá fora estava igualmente poderosa dentro dele, até ele perceber que não tinha trazido proteção. Droga.

Por que ele traria? Ele não precisava de camisinha para ir até o campo trabalhar com seus cavalos e vacas, para consertar cercas, para arar a terra.

Mas, apesar de ter esfriado por causa de questões práticas, ele sabia que não eram a razão real para ele não colocar Lori no chão cruel de madeira e possuí-la. E não era porque ele não a queria também. Ele não conseguia se lembrar de querer tanto fazer amor com uma mulher, nunca precisou tanto saber como seria senti-la dentro dele.

Todos esses anos na Califórnia garantiram que ele se mantivesse, alimentasse uma comunidade sem jamais se conectar com ninguém além dos alimentos que cultivava. Ele não podia se permitir apaixonar-se novamente, recusava deixar qualquer uma tocar seu coração, sua alma, pois sabia que precisava manter os dois trancados como punição pela forma como sua esposa havia morrido.

Mas, mesmo ao lembrar a si mesmo todas as razões pelas quais não podia sentir nada por Lori, ele não conseguia parar de pensar no momento em que ela finalmente havia se acalmado em seus braços depois do clímax.

Ele sentiu cada centímetro da sua maciez nos braços dela... e cada pedacinho da sua vulnerabilidade.

Ela agia com tanta dureza, sempre insolente. Mas Grayson viu lampejos de dor em Lori quando ela não achava que ele estava olhando, simplesmente porque ele não conseguia desviar o olhar. Foi por isso que ele a deixou ficar, mesmo imaginando que seria quase inútil para ajudar em uma fazenda.

Pois ele reconheceu nela a necessidade de cura que sentiu há três anos, quando encontrou a fazenda.

Apesar disso, apesar de viver com ela por quase uma semana, e apesar de ela ter se entregado em seus braços e ter sido uma das coisas mais bonitas que ele já havia vivido em trinta e cinco anos, ele ainda não sabia por que estava na fazenda.

Ou do que estava se escondendo.

Grayson sabia o que tinha que fazer. Ele precisava se afastar dela; precisava se fechar com força suficiente para que ela não pudesse ficar de jeito algum; precisava arrumar uma forma de viver consigo mesmo por acrescentar ainda mais dor aos olhos dela, mais lágrimas ao seu travesseiro. Ele precisava de uma forma de esquecer que havia começado a respeitá-la por mostrar-se mais forte do que ele inicialmente imaginava, cheia de uma determinação que só servia para deixá-lo ainda mais impressionado.

E, o mais importante, precisava se lembrar de que era a última vez que iria se permitir apaixonar-se por uma mulher para depois a perder.

Grayson não podia repetir isso. Jamais.

Os dedos de Lori moviam-se para desafivelar o cinto dele quando ele afastou as mãos dela e se forçou a dar um passo para trás:

— Isso jamais deveria ter acontecido.

CAPÍTULO DOZE

Cinco palavras foram o necessário para Lori sentir como se tivesse acabado de entrar na chuva fria e forte, um giro completo de cento e oitenta graus desde a bênção que Grayson tinha acabado de lhe dar, fazendo congelar novamente tudo o que havia se aquecido nela.

Ela sabia que ele estava certo, que eles não deveriam fazer isso, o que não fazia a rejeição abrupta doer menos. Na verdade, doía loucamente, como se as palavras dele estivessem passando por um moedor afiado por dentro das suas vísceras.

Lori inclinou-se para pegar suas roupas, mas estavam tão molhadas que ela mal conseguia separá-las umas das outras, muito menos chacoalhá-las para que pudesse sair de perto de um homem que ela não entendia. Um homem que ela não devia querer entender, já que a trazia para perto em um segundo, e simplesmente a afastava no próximo.

Ela já tinha passado por isso. Já tinha vivido isso.

Nunca mais passaria por isso, não tinha jurado a si mesma?

Ah, como ela adorou ficar nua nos braços de Grayson, mas, agora que ele a afastou, ela odiava sua nudez. Ela se sentia impotente, como se ele pudesse ver tudo através dela na mesma hora em que ele levantava sua guarda com toda a força.

Um soluço veio à tona quando ela tentou pegar as roupas estúpidas que não se soltavam umas das outras, e ela não conseguiu abafá-lo tão rapidamente. Não ajudou quando Grayson lhe ofereceu um cobertor que estava no sofá.

— Cubra-se com isso.

Por que ele teve que escolher aquele momento para ser gentil? Se fosse grosseiro como sempre, ela conseguiria impedir que as lágrimas rolassem... mas agora tudo o que ela podia fazer era pegar o cobertor e ficar enrolada nele mais perto do fogo, esperando que Grayson não visse suas lágrimas. Os anos de ensaios lhe tornaram fácil manter a postura ereta e orgulhosa mesmo quando mais uma lágrima rolava.

— Lori...

Dava para ouvir o arrependimento na forma como ele disse o nome dela, e ela odiava aquilo. Odiava que ele sentisse pena dela por desejá-lo com tanta intensidade.

— Não — a palavra saiu de forma brusca. — Não precisamos falar sobre o que aconteceu. Podemos simplesmente considerar um acidente.

Ela supôs que o silêncio dele ocorreu por concordar com ela. Mas dava para sentir o olhar de Grayson sobre ela, sentir o calor que queimava com mais força que o fogo.

Lori Sullivan sempre soube exatamente o que queria, e confiava em si mesma para seguir seu coração todos os dias da sua vida. Mas agora, quando estava encarando os erros cometidos por confiar em seu ex quando definitivamente não deveria, ela odiava não poder confiar no que sentia por Grayson também.

Ela ficou encarando o fogo, observando as chamas pularem sem seguir padrão algum. Mas ela seguiu o mesmo padrão a vida toda. Se apaixonou por homens que prometeram tudo... e cada um deles a deixou sem cumprir suas promessas.

Ela disse a si mesma que, se Grayson a machucasse também, ela não se importaria.

Mas ela se importava.

Grayson se aproximou de Lori, mas, em vez de olhar para a lareira, olhou diretamente para ela.

— Não foi um acidente.

Ela ficou tão chocada que se virou para encará-lo sem se lembrar de limpar o rosto cheio de lágrimas.

Uma ternura surpreendente, junto com o arrependimento óbvio, brilhou nos olhos dela ao ver as lágrimas dele, e ela poderia ter considerado aquilo mais um acidente se o passo seguinte de Grayson não fosse passar o dedo em seu rosto para enxugá-lo.

— Não — ela finalmente concordou. — Não foi. Mas isso não muda nada. Então — ela disse, esforçando-se para mudar de assunto ao virar o rosto para limpar as bochechas úmidas com as costas da mão — Você tem algum jogo de tabuleiro aqui para que possamos brincar enquanto esperamos a tempestade passar?

— Por que você está aqui, Lori?

O que ele estava fazendo? Por que não os deixava navegar em águas rasas novamente? Será que não percebia como seria mais fácil?

Sorte a dele Lori ser especialista em fingir que tudo estava bem quando não estava.

Lori começou a se afastar dele ao perguntar.

— Ou talvez um baralho?

Mas ele foi mais rápido que ela, e sua mão foi até o pulso dela antes que Lori pudesse se afastar o suficiente para respirar fundo.

— Quero saber por que você veio aqui com o anúncio nas mãos

quando é óbvio que você nunca pisou em uma fazenda em sua vida.

Ela não conseguia pensar direito enquanto ele a tocava. Tudo o que podia fazer era desejar sentir aqueles dedos ásperos e calejados movendo-se pelos seios dela, seus quadris, por entre suas pernas. Sua respiração já começava a acelerar quando ele soltou seu pulso como se ela subitamente tivesse se transformado em uma das chamas da lareira.

— Já disse a você. Parecia divertido.

— Besteira.

Ao ver que ele não parava de encará-la, ela sentiu que começava a despedaçar.

— As últimas semanas... — Deus, será que a voz dela estava entrecortada? Ela respirou fundo, mais fundo do que queria. Odiava tanto sentir pena de si mesma que forçou o canto da boca a se mover de uma forma que ela esperava que fosse pelo menos parecida com um sorriso. — Não foram boas.

Ele não retribuiu o sorriso.

— Por quê?

— Sério? — A raiva que sentiu não estava diretamente direcionada a Grayson. Sim, ele a magoou por afastá-la há alguns minutos, mas ela estava pensando em Victor quando disse: — Você me fez gozar uma vez e agora acha que subitamente eu lhe devo a história da minha vida?

Ele passou a mão pelo cabelo molhado, parecendo estar em guerra consigo mesmo. Bem, ela sabia exatamente como se sentia. Finalmente, ele continuou:

— Sei que esse não é o seu mundo. Qual é o seu mundo?

Ele tinha razão. Pastos intermináveis, vacas e porcos não faziam parte do seu mundo. Mesmo assim, ela estava se apaixonando por tudo aquilo.

Da mesma forma que estava se apaixonando por ele.

— Sou bailarina.

O olhar sombrio de Grayson percorreu a extensão do cobertor todo, depois voltou para o rosto dela.

— Claro que é. Eu já tinha percebido isso pela forma como você se move.

Ela deveria ter ficado surpresa ao ouvi-lo admitir ter observado como ela se movia, ter prestado atenção nela.

Mas não ficou.

— Por que você não está dançando?

Ela se afastou dele, e dessa vez ele a deixou ir. Doía pensar na dança. Em não dançar. A vida toda a dança foi o seu alicerce. A única coisa com a qual podia contar.

Perdida.

Lori estava totalmente perdida sem a dança. Se pudesse ter feito qualquer outra coisa, não teria desistido de dançar. Mas seu amor profundo e eterno pela dança partiu sem aviso prévio, deixando um enorme buraco negro no lugar, ela não conseguia imaginar como preencher o vazio.

— Não quero mais dançar.

— Você mente tão mal quanto dirige.

Meu Deus, ele era como um cão atrás do osso, e ela se virou para encará-lo.

— Por que você se importa se estou dizendo a verdade sobre querer dançar novamente ou não? Você não me quer em sua fazenda. Você não quer transar comigo. Nada me deixaria mais feliz do que arrumar minhas malas depois que a tempestade passar e sair daqui de uma vez por todas.

Ele não respondeu. Ela não esperava que ele fizesse isso. Comemorar estava mais próximo do que ele faria no dia em que ela jogasse as malas no carro alugado e dirigisse pelo longo caminho da fazenda de volta à cidade.

— Você não pode deixar a Mo — Ela não conseguiu interpretar a expressão dele ao dizer: — Ainda não.

— Docinho? — Ela estava tentando entender de onde vinha aquilo. — Por que você está falando da sua gata?

— Você a tornou dependente de você. Ela come na sua mão, pelo amor de Deus.

Era uma razão ridícula para ela ficar, especialmente quando ele podia facilmente dar comida para a gata com suas próprias mãos.

Era aquela a forma de dizer que queria que ela ficasse? Ela apertou o cobertor ainda mais e pegou as roupas molhadas, pendurando-as na cadeira perto do fogo. Qualquer que fosse a razão, entre a gentileza do toque dele em seu rosto ao enxugar suas lágrimas e a óbvia preocupação com a gata, ela subitamente se sentiu segura o suficiente para contar um pouco do que tinha acontecido em Chicago.

— Eu estava em um relacionamento nos últimos anos. Um relacionamento ruim, e todo mundo que eu conhecia vivia me dizendo que eu deveria sair dele, mas não ouvi ninguém até pegá-lo na cama com uma bailarina que eu havia pessoalmente contratado. — Ela suspirou diante da própria estupidez. — Bem, agora acabou, e eu precisava de um tempo de tudo. Da dança. Da minha vida — ela não conseguiu evitar dizer. — E especialmente dos homens. — Como ela poderia saber, ao ver o anúncio no Armazém Geral, que ia se candidatar para trabalhar para um caubói moderno que administrava uma fabulosa ASC e podia muito bem ser modelo de comercial de cueca?

Grayson não respondeu por um bom tempo, e, quando Lori finalmente encarou os seus olhos, ele esperava ver desinteresse. Ou pena, talvez.

Mas não desdém. E desgosto.

— Por que você está me olhando assim?

— Você terminou com o namorado? Foi isso que fez você fugir da vida real? Foi por isso que parou de dançar?

Nossa. O que estava acontecendo ali?

E por que o fato de ele olhar para ela daquele jeito a deixava tão magoada? Era até mesmo pior agora que ela, estupidamente, o deixou tocá-la.

— Ele disse que me amava, disse que não conseguia viver sem mim, mas eu descobri que estava apenas me usando para subir profissionalmente. Também descobri, tarde demais, que ele roubou trabalhos que deveriam ser meus, e fez tudo o que pôde para menosprezar os que não conseguiu roubar. Ele disse mentiras bem na minha cara, depois mentiu novamente pelas minhas costas. — Ela ficou exausta ao dizer aquilo em voz alta. E sentia-se furiosa novamente. — Como posso continuar dançando quando nem consigo me lembrar mais por que eu amava dançar?

Ela odiava ter sido tão tola, ter sido tão cega sobre o que estava acontecendo quando todo mundo sabia. Como ela queria desesperadamente ser amada, tão desesperadamente que não conseguia colocar um ponto
final no abuso emocional de Victor até isso conseguir sugar sua vontade de dançar, e de amar.

Mas ela via que nada do que dizia faria diferença alguma para Grayson.

— Você acha que eu sou um bebê chorão, não acha? Que só estou aqui para me esconder de tudo e lamber minhas próprias feridas? — Ela deu um passo para a frente, batendo o dedo no peito dele. — E daí se eu for? Quem é você para me julgar?

Ele segurou a mão dela com tanta força que ela teria chorado se a fúria no rosto dele não tivesse roubado seu fôlego antes que pudesse emitir um som sequer.

— Minha esposa morreu em um acidente de carro. Há três anos. Era nosso décimo aniversário de casamento.

— *Grayson.*

Ele soltou a mão dela.

— A tempestade está diminuindo. Precisamos voltar à fazenda para termos certeza de que os animais estão bem.

Sua própria dor instantaneamente foi esquecida diante da confissão de Grayson. Lori desesperadamente queria ir com ele. Queria envolvê-lo em seus braços e consolá-lo por toda a dor que havia sofrido. Acima de tudo, ela queria confiar em si mesma o suficiente para abrir sua alma para ajudá-lo a finalmente se curar.

— Sinto muito — ela disse sobre o som dos estalos do fogo. — Sinto muito pelo que você passou. E pelo que acabei de dizer.

O rosto dele estava duro como uma pedra de granito quando ele se virou.

— Foi há três anos. Já superei. — A mentira foi mil vezes pior do que a que ela tinha dito antes, sobre pensar que seria divertido trabalhar na fazenda. — Vou pegar o cavalo para nos aprontarmos para voltar.

Ele saiu antes que ela pudesse se aproximar, antes que pudesse dizer qualquer coisa. Mas tanta coisa ficava clara agora. A forma como ele a afastava. A solidão que ele escolheu apesar da grande comunidade.

Ele tinha razão. A dor dele era tão maior que a dela, e mesmo assim, quer ele quisesse ver quer não, eram similares apesar de tudo. Ela fizera o mesmo voto de nunca mais amar novamente e não arriscar outra perda dolorosa.

Mas isso não significava que não pudesse encontrar uma forma de ajudá-lo...

CAPÍTULO TREZE

Lori entendeu o que Grayson queria que ela fizesse. Ele queria que ela o deixasse sozinho. Ele queria fingir que nunca havia lhe contado nada sobre o passado. Ela não o viu desde o dia anterior, quando ele a levou para o chalé de madeira na tempestade. Não tinha certeza da hora exata em que ele finalmente entrou em casa para dormir, ou se simplesmente dormiu em outro lugar para não ter que falar com ela.

Apesar de ter entendido o que ele queria dela, Lori sabia que manter toda essa dor dentro dele por tanto tempo não poderia ser saudável. Talvez, ela vinha pensando nisso o tempo todo nas últimas vinte e quatro horas, se ele finalmente colocasse um pouco para fora, talvez pudesse começar a seguir em frente novamente. Não necessariamente longe da fazenda; dava para ver que ele amava verdadeiramente seu lar ali e a forma como ganhava a vida com os animais e a ASC, mas ela não o viu interagir com ninguém mais além dela mesma e Eric.

Aqueles deveriam ser os melhores anos da vida de Grayson. Ele deveria estar tirando o melhor proveito disso. Todas as coisas que não se encaixavam, por que um homem lindo, próspero, no auge da sua vida, teria escolhido viver no meio do nada tendo apenas os animais como companhia, faziam muito mais sentido agora.

Mas não é porque faziam sentido que estavam certas.

Lori tinha se tornado uma ajudante muito melhor do que era a princípio, mas sabia que ainda não tinha sido capaz de ajudá-lo muito até o momento. Talvez, se pudesse ajudá-lo com sua dor, então ter ido até lá teria valido a pena.

E ela saberia que teria feito pelo menos uma coisa digna em sua vida.

Cheia de propósito, assim que terminou as tarefas mais importantes e o sol estava começando a se pôr como uma bola de brilho vermelho e laranja caindo pelas intermináveis colinas verdejantes, ela foi procurá-lo. Não demorou muito para encontrá-lo nos estábulos.

Grayson não viu quando ela entrou, mas Lori percebeu que seus

ombros tensionaram de leve. Era tentador virar-se e sair novamente, esconder-se de uma conversa que ela sabia que não seria nada boa. Mas ela devia isso a ele, devia a chance de finalmente se livrar do peso que vinha carregando há tanto tempo.

Só que ela não conseguia decidir como começar, então se aproximou para admirar o cavalo que ele estava tratando.

— Você realmente tem os mais belos cavalos. — Ele não disse nada, mas ela não esperava que dissesse. Pelo menos, não por enquanto. — Há quanto tempo você cavalga?

Claro que, em vez de responder uma simples pergunta, ele ficou bem onde estava, atrás dos flancos do animal.

— Você precisa de alguma coisa, Lori? A sede está pegando fogo? Ou você "acidentalmente" deixou uma raposa entrar no galinheiro?

O sarcasmo dele doía, mas ela se recusou a deixá-lo afastá-la facilmente. Não quando ela imaginava que aquela era a forma como ele lidava com o mundo desde a morte da esposa, ficando cada vez mais longe até que ninguém mais ousasse se aproximar.

Sentindo-se muito mais corajosa ao redor do cavalo desde que sobrevivera à cavalgada no dia anterior, ela gentilmente passou a mão no pelo macio do animal e ganhou força com os enormes olhos castanhos que a encaravam. Engraçado que ela nunca percebeu o quanto amava animais até a semana passada. Se ao menos não viajasse tanto, ela iria querer pelo menos um cão e um gato quando voltasse para casa.

Contudo, se não fosse voltar a dançar...

Espere aí, ela não tinha vindo ao estábulo para entender a confusão da sua vida. Estava ali para ajudar Grayson. Para fazê-lo ver que podia confiar nela o suficiente para se abrir.

Ela foi para a lateral do cavalo para poder ver o rosto de Grayson.

— Meu pai morreu quando eu tinha dois anos. Ele tinha quarenta e oito anos e minha mãe ficou sozinha para criar os oito filhos. Eu subia na cama dela para ficar agarradinha algumas noites, e o travesseiro dela estava todo molhado, e ela me abraçava até nós duas dormirmos. — Dava para saber, sem Grayson dizer a ela, que ele não tinha contado a ninguém sobre a morte da esposa. Se tinha, ele se afastou dessas pessoas antes que pudesse ficar mais próximo. — Sei como é duro perder alguém...

— Você não sabe nada!

A explosão dele foi tão alta que o cavalo, que antes estava calmo, se assustou e começou a andar para trás. Grayson tirou Lori do estábulo antes que ela tomasse um coice na cabeça.

A expressão dele era tão ameaçadora, ele a segurava pelo braço com tanta força, que ela teve que obrigar a si mesma a não se encolher de medo. Grayson precisava dela, ela sabia que sim. Com certeza era por isso que se esforçava tanto para mantê-la longe.

— Sei que o que aconteceu ainda deve ser extremamente doloroso. Você já conversou com alguém sobre isso? Você tentou entender a sua dor? Porque, se não fez isso, então talvez você possa falar comigo, eu poderia ajudá-lo ...

— Ajudar? — ele cuspiu a palavras ao mesmo tempo em que soltou o braço dela com tanta rapidez que ela quase foi girando para o estábulo em frente. — *Ajudar* é tudo que você vem tentando fazer desde que chegou aqui. *Tentando* com tanto afinco.

— Estou tentando, Grayson, e tenho feito um trabalho muito bom com tudo — ela interferiu. — Mas acho que a razão de ter vindo parar aqui, na sua fazenda, não era porque eu precisava aprender a trabalhar no campo. Talvez... — ela se forçou a continuar apesar da cara de fúria dele. — Talvez eu tenha vindo aqui porque você precisava de mim.

Ele riu, mas não era um riso de alegria. O som era duro e irritadiço, longe de qualquer riso verdadeiro que ela já tinha ouvido.

— Tudo o que você fez desde que chegou aqui foi arruinar as coisas. Forçar sua presença onde não deveria estar — os olhos dele eram negros como a noite, duros como carvão. — Tudo o que você fez foi ir aonde você *não* é desejada.

Santo Deus, ele era mau. Até pior do que o seu ex quando ela finalmente disse o que pensava dele e da dança e da sua interminável escalada profissional. Até pior do que tinha sido quando ela acidentalmente deixou a porca Sophie escapar até os morangos.

Mas, quando alguém provocava demais, ela também sabia ser má, ser cruel o suficiente para lembrá-lo.

— Você me desejou bastante ontem à noite.

— Então isso faz de nós dois idiotas. — O olhar dele era quente o suficiente para iniciar um incêndio no feno solto sobre o qual estavam. Ele percorreu os olhos pela extensão do corpo dela e ela de fato se sentiu suja na hora em que se olharam. — Você pode tirar a roupa toda bem aqui que eu não serei mais estúpido a ponto de cometer o mesmo erro novamente.

Não, droga, ela não ia deixar outro homem lhe dizer que não era boa o suficiente. Não ia deixar mais ninguém feri-la até transformar suas entranhas em uma bola de tristeza.

— Não se preocupe — ela respondeu no mesmo tom brusco. — Não vou cometer o erro de tentar ajudá-lo novamente. Se você quer definhar de dor, deixando-a consumir sua vida toda e o seu futuro, pode ir em frente. Pensei que você fosse digno de ajuda, e que talvez houvesse um ser humano real, um homem com um coração batendo, por trás de toda essa fúria e essa maldade. Mas agora você me ajudou a ver que não é digno de absolutamente nada.

Ela se virou para ir embora dali, mas, antes que pudesse sair para
remoer toda a sua tristeza até o final dos tempos, ele disse:

— Em vez de me importunar com suas perguntas, você deveria perguntar a si mesma que diabos está fazendo ao se esconder na minha fazenda. Nós dois sabemos que você não pertence a este lugar, *Mazinha*.

Deus, como doeu ouvir aquilo dele, atirando-lhe em seguida o apelido que a família lhe dera, apelido que ela sabia que jamais deveria ter dividido com ele, como se estivesse inteiramente maculada. Impossível de ser amada.

Se ela não pertencia àquele lugar com os animais e a terra e o céu azul brilhante, e se ela não mais pertencia ao mundo da dança, então qual era o seu lugar?

Lori sabia que precisava manter um pé na frente do outro, continuar andando em frente até sair do celeiro e da vida dele. Mas, mesmo quando ela tentava ir embora, ele continuava atirando mais e mais palavras na frente dela para causar o maior dano possível.

— O que você acharia se eu mudasse meu foco para consertar você, simplesmente por ser mais fácil do que consertar a mim mesmo?

A acusação a fez paralisar, mesmo quando ela sabia que devia sair correndo o mais rápido que pudesse, antes que ele pudesse magoá-la ainda mais profundamente. Ele já a tinha machucado repelindo totalmente os sentimentos dela durante a tempestade no chalé. E muito. E a fez duvidar dos próprios sentimentos, a fez se perguntar se realmente não passava da pessoa autocentrada que ele acreditava que ela fosse.

— Sabe o que eu vi no dia em que você bateu na minha cerca e afugentou minhas galinhas? — Ele não esperou pela resposta dela, não parou para notar que estava sendo demolida a cada palavra dele. Ou, se parou, claramente não se importou com a forma como a estava magoando. — Vi uma garotinha assustada que sempre teve tudo o que quis, tudo o que precisou, tudo sempre entregue de bandeja. E então, quando encontrou o primeiro obstáculo na estrada, era tão mimada que a única opção que viu foi desistir. — Ele colocou ambas as mãos nos ombros dela e a virou para encará-lo. — Se você é bailarina, então deveria estar dançando, droga.

Ela não conseguia impedir as lágrimas de rolarem pelo rosto, não porque ele estava apertando seus ombros com força suficiente para deixar manchas roxas.

— Não sou mais bailarina.

Ele a olhou por um bom tempo, as faíscas de calor e de raiva e uma conexão inegável ainda pairava entre os dois, antes de ele retirar as mãos dos ombros dela.

— Não. Obviamente você nunca foi uma bailarina de verdade, já que conseguiu desistir com tanta facilidade.

Ela não tinha que ficar ali ouvindo os insultos dele. Poderia trabalhar na fazenda de outra pessoa. Poderia limpar o banheiro de outra pessoa até ficar brilhando e poderia alimentar os porcos e as galinhas e cuidar dos legumes de outra pessoa. É claro que não precisava do dinheiro, considerando que tinha bastante guardado por causa de trabalhos mais notórios. Mas não conseguia imaginar não ter nada para fazer, ficar sozinha com seus pensamentos o dia todo. Até mesmo limpar o banheiro de um estranho era melhor que aquilo.

Sem dizer uma palavra, ela foi em linha reta para a casa da fazenda, limpando a poeira dos sapatos na varanda antes de entrar. Só porque ela não iria limpar mais a casa de Grayson não significava que precisava dificultar as coisas para a pobre pessoa que ficaria em seu lugar.

Só que, assim que entrou no quarto e pegou a mala debaixo da cama, ela ouviu um som que fez seu peito se apertar. Foi correndo para a sala de estar, onde Docinho estava tossindo e tremendo em cima do cobertor.

Não, não agora. Ela não ia conseguir lidar com aquilo também, não quando seu coração já estava aos pedaços.

Lori pegou a gata nos braços, pressionando os lábios contra o espaço suave e sem pelo entre as orelhas dela.

— Pobrezinha — ela disse ao niná-la em seus braços. — Pobrezinha. Você está sofrendo, não é? — Ela a beijou novamente. — Também tive um dia difícil.

Grayson entrou, mas ela estava tão preocupada com a gata, sua única amiga verdadeira na última semana, que mal registrou sua presença. Enquanto Grayson esteve Deus-sabe-onde a evitando nos últimos dias, Lori passava muitas horas com Docinho dormindo aconchegada e ronronando em seu colo, acariciando as costas ossudas da gata enquanto tentava fazer com que ela comesse algo e bebesse o leite que trazia de tempos em tempos. Ela estava prestes a partir para salvar o que ainda restava do seu coração, mas agora sabia que, não importava o quanto doesse ficar perto de Grayson, precisava ficar para cuidar da única amiga que tinha feito naquela fazenda.

— Não se preocupe, Docinho — ela disse à amiga peluda. — Não vou embora. Não enquanto você precisar de mim.

* * *

Quando Grayson entrou na casa e viu Lori com a gata nos braços, prometendo ficar não importasse o que acontecesse, o alívio foi tão grande que ele quase caiu de joelhos.

Antes da tempestade, antes de os dois irem parar no chalé, ele a queria. Mas, agora que havia tocado nela, sentido o gosto dela, ele

percebeu que o desejo de antes transformou-se em pouco mais do que uma mosca zunindo em seus ouvidos. Ele sabia que pagaria por aqueles momentos de fraqueza no chalé, e como pagaria. Afinal, como podia se arrepender de saber como Lori era macia, como era doce em seus braços, como o som de seus gemidos, seus suspiros de prazer ao gozar eram surpreendentemente doces?

Agora, como ele poderia se perdoar pela forma como ele a açoitou, quando sabia que tudo o que ela estava tentando era ajudá-lo? Especialmente quando ela disse que tinha vindo à sua fazenda para dar um tempo não somente da dança, mas também dos homens.

Ele sabia que não podia ser o que ela precisava, mas não devia machucá-la para provar isso.

— Lori — ele disse em voz baixa ao se aproximar —, prometi que não iria fazer isso novamente. Quebrei minha promessa — ele sentiu estar engolindo fogo ao dizer: — Desculpe.

Deus, ele desistiria de cada um dos seus alqueires apenas para vê-la sorrir para ele de novo, só para ouvi-la dizer "Você está perdoado" novamente, como ela disse no dia em que Grayson perdeu o controle por causa dos porcos e se ofereceu para levá-la para comprar botas de caubói.

Claro, ele sabia que isso não iria acontecer, não quando havia passado dos limites naquele momento, e como havia passado!

— Nós dois sabemos que você quis dizer cada palavra que dirigiu a mim — ela respondeu em um tom equilibrado, apesar de seus olhos brilharem como fogo. — E eu quis dizer cada palavra que dirigi a você. Mas não se preocupe. — Ela acariciou a pele malhada de Docinho com carinho e a gata ronronou delicadamente de alegria. — Assim que ela não precisar mais de mim, sairei do seu caminho — Lori espirrou antes de acrescentar. — Até lá, podemos ficar longe do alcance um do outro o máximo possível.

Lori voltou a atenção total para a gata, e ele soube que estava dispensado. Tão completamente que poderia nunca ter estado ali.

Sair. Ele deveria sair, voltar para o quarto, tomar um banho e dormir para compensar todas as horas de sono perdidas com Lori a uma parede de distância à noite, com as visões de Lori nua e linda por debaixo das cobertas, invadindo sua mente repetidas vezes até o nascer do sol.

Mas ele sabia que ela devia estar com fome depois do longo dia que tiveram, então, em vez de sair, Grayson começou a preparar o jantar. Meia hora mais tarde, depois de ter ouvido Lori espirrar praticamente o tempo todo, ele tinha dois pratos de espaguete prontos.

— O jantar está pronto — ele disse.

— Não estou com fome.

— Você trabalhou duro hoje — Grayson disse com voz suave. — E você costuma comer bem. Deve estar faminta — ele colocou o prato na mesa de centro na frente dela. — Por favor, coma, Lori.

Ela olhou do prato para ele, franzindo o cenho de tanta confusão. Por um momento, ele pensou que Lori fosse recusar sua oferta de paz, mas então ela disse:

— Eu realmente não entendo você, Grayson.

Ele queria dizer que ela o entendia melhor do que ninguém, que tudo o que disse para ele estava certo.

Ele queria dizer que tinha agido errado tratando-a daquela maneira quando não era culpa dela que sua esposa tivesse morrido.

Ele queria dizer que não sabia como superar a culpa pela forma como seu casamento tinha desmoronado e se transformado em uma tragédia.

Ele queria compensar todas as coisas ruins que tinha dito e feito.

Ele queria ouvir o belo som do riso dela e saber que a tinha agradado, em vez de constantemente ser a fonte de suas lágrimas.

Mas três anos de silêncio quase constante faziam as palavras se perderem dentro da cabeça dele muito antes de atingirem os lábios. Grayson levou o prato dele da cozinha, sentou-se na sala de estar e comeu em silêncio ao lado de Lori e da gata.

CAPÍTULO QUATORZE

— Você tem algo legal para vestir?

Lori estava no celeiro no dia seguinte, pegando outro saco de ração para as galinhas, quando Grayson entrou e fez uma pergunta totalmente fora de contexto. Ela não conseguiu se esquecer do inesperado olhar profundo de desejo que ele lhe lançou quando entrou na sala de estar na noite anterior para pedir desculpas. Mas também não conseguia se esquecer da forma como ele havia explodido com ela no celeiro. Então, em vez de dizer que sim, que tinha muitos vestidos legais na sua mala, ela apontou para o jeans e a camiseta manchados de lama e disse:

— O que poderia ser mais legal que isto?

Aquele músculo no maxilar dele começou a se mover. Ele precisava parar de tensioná-lo com tanta força ou iria acabar com terríveis dores de cabeça. Não que ela fosse cometer o erro de dizer isso. Não, dali em diante ela iria ficar de boca fechada em relação às opiniões sobre a vida dele. Era isso o que os dois queriam, afinal de contas.

Ainda assim, mesmo que ela soubesse que poderia deixar a fazenda a qualquer momento, de alguma forma aquilo estava fora de cogitação. Docinho ainda precisava dela, claro, mas, acima de tudo, Lori ainda não tinha nada para o que voltar... não conseguia suportar a ideia de encarar a família e os amigos do jeito que estava.

Todos eles a consideravam invencível.

Uma coisa era Grayson ficar desapontado com ela. Outra inteiramente diferente eram pessoas que a amavam se sentirem assim.

Grayson lançou seu olhar sombrio para Lori novamente antes de dizer:

— Se você aparecer comigo no baile no celeiro vestida assim, as pessoas vão falar.

A palavra *baile* agarrou suas entranhas e as revirou, e foi tão forte que a fez perder o fôlego e o equilíbrio por um momento, e Lori teve que segurar em uma viga para se equilibrar.

— Por que você iria querer que eu fosse a qualquer lugar com

você? Achei que tivéssemos concordado em ficar longe um do outro daqui para a frente.

Ele deu de ombros.

— Estou sozinho nesta fazenda tempo suficiente para as pessoas começarem a achar que sou um alvo fácil. Se você for comigo, vão parar de pensar isso.

— Pessoas? Alvo fácil? — ela finalmente percebeu o que ele estava falando. — Você está falando das mulheres?

— Sim — ele disse por entre os dentes, que estavam ainda mais tensos do que ela pensava estarem antes.

— Então, se você for para essa *coisa* no celeiro — ela não queria dizer a palavra — sem mim, estará sujeito a moças bonitas que vão se jogar para cima de você a torto e a direito?

— Esteja pronta às seis — ele disse, sem se importar em responder a pergunta irritante.

Ele já estava indo embora quando ela perguntou:

— Por que eu faria isso?

Ela não estava certa se gostou do olhar de Grayson quando ele se virou para encará-la.

— Porque eu deixei você se esconder na minha fazenda por uma semana.

Ela não podia mais discutir com ele sobre a parte de se esconder, mas podia discordar com o fato de que ele estava agindo como se ela fosse um fardo. E ela estava cansada de homens que menosprezavam suas realizações.

— Tenho trabalhado duro, não estou deitada na grama pedindo a você para ligar o liquidificador e encher meu copo de bebida. — Ela podia imaginar o chilique que Grayson faria se ela fizesse isso. — Sei que fiz umas coisas erradas no início, mas tenho feito um bom trabalho desde então.

Ele se aproximou, ficou perto o suficiente para fazer o coração dela bater muito acelerado.

— Se você está com medo de ir ao baile, apenas me diga que eu dispenso você.

O desafio reverberou até a última célula do corpo dela, apesar da suavidade com que as palavras foram ditas. Dessa vez era ela quem estava batendo os dentes com tanta força que quase quebrou os molares.

— Vejo você às seis.

A fúria deixou Lori espumando como um cão raivoso pelo resto da tarde, mas ela não tirou satisfação sobre o assunto, não quando estava ocupada demais planejando como fazer Grayson se arrepender de desafiá-la.

Ah, ela ia dançar, e como iria. Com todos os homens da cidade, menos com ele. E ela ia se certificar de que ele fosse o alvo perfeito para todas as mulheres solteiras num raio de cento e cinquenta quilômetros de Pescadero.

Às cinco horas ela se trancou no banheiro com seu arsenal de guerra. Por quase a vida toda ela dependeu do conteúdo daquela bolsa — maquiagem, cremes, esmalte, secador de cabelo, babyliss — da mesma forma que precisava de comida e de sono. Mas, por uma semana inteira, não tinha sequer aberto a bolsa. Foi ao mesmo tempo reconfortante... e estranho. Ela adorava se arrumar, mesmo assim havia uma liberdade surpreendente de uma forma ou de outra.

Ela tirou tudo de lá e arrumou no pequeno balcão. Riu da forma como suas coisas de menina imediatamente dominaram a bancada, e como Grayson iria ficar irritado se ela deixasse tudo ali para ele quando fosse embora.

Com aquele pensamento maligno animando-a, ela tirou as roupas

sujas e entrou no chuveiro. O jato quente em seus músculos cansados, a água mudando de marrom para transparente enquanto ela se ensaboava e lavava a sujeira da pele, do cabelo, por debaixo das unhas. Ela tomou cuidado extra para depilar as pernas do tornozelo à virilha, passando hidratante no corpo inteiro antes de sair do chuveiro.

Ela não tinha intenção de deixar homem nenhum tirar vantagem da maciez da sua pele naquela noite, mas Grayson não precisava saber disso.

Arrumar o cabelo, fazer maquiagem e pintar as unhas era tão natural quanto respirar para ela. Talvez, Lori se viu pensando, pudesse fazer isso agora que sua carreira na dança estava acabada. Poderia abrir um pequeno salão de beleza em algum lugar bem longe para ajudar as mulheres a se sentirem bem consigo mesmas. Não era com isso que ela tinha sonhado a vida toda, mas era melhor que nada.

Quando terminou de se maquiar e pentear, Lori se enrolou em uma toalha e saiu do banheiro. Grayson nem estava na casa, pelo que ela pôde perceber. Parece que tudo o que ele queria era que ela se esforçasse muito para ficar bonita, mas ele mesmo provavelmente só colocaria um jeans novo e botas limpas e ficaria pronto em trinta segundos.

Ela deixou a mala aberta na cama e pegou um vestido vermelho feito inteiramente de cetim e paetê. O tecido era fino e tinha as costas quase completamente nuas, terminando bem acima da curva do quadril. Ela já havia dançado com roupas bem mais finas do que o material daquele tecido, mas dava facilmente para imaginar que seria a roupa *mais* inadequada possível para um baile no celeiro.

Sim, ela decidiu assim que o vestiu, era isso o que fazia dele um vestido tão perfeito. Assim como o salto agulha de dezesseis centímetros que ela calçou em seguida. A maioria das mulheres mal conseguia andar com sapatos como aqueles, mas Lori podia dançar a noite toda sem problema algum.

E ela faria isso, droga, só para irritar Grayson.

* * *

Grayson olhou para o relógio. Eram seis e quinze. Lori estava atrasada, o que não era surpresa, já que estava trancada no banheiro há mais de uma hora.

Pensar na ideia de ir ao baile no celeiro já o deixava de mau humor, mas ele sabia que tinha que fazer isso por ela. Devia a Lori mais do que um pedido de desculpas pela forma como tinha se comportado. Pelas coisas que tinha dito.

Quando ela finalmente saiu do quarto, todos os pensamentos de desculpa se espatifaram.

— Que diabos você está vestindo?

Ele não via um vestido como aquele há anos — cetim vermelho--sangue e paetê que perfeitamente marcavam as curvas que ele não conseguia tirar da cabeça. A saia era mais alta na frente do que nas costas e fazia barulho quando as pernas absurdamente bonitas se moviam na direção dele com saltos tão altos que de fato a faziam passar da altura do queixo dele.

Caramba, o coração de Grayson ia explodir de tão rápido que batia, ou ia acabar parando de bater de vez, pois ele queria tanto arrancar o vestido dela, arrastá-la de volta para o quarto e fazer amor com ela até o dois se esquecerem de que isso era um erro.

Agindo como se ele não estivesse claramente prestes a romper uma artéria só pelo fato de estar perto dela, Lori lançou um sorrisinho e rodopiou.

— Só uma coisinha que estava na minha mala. — O sorriso dela ainda brilhava, ainda mais que os paetês, apesar de esse brilho nunca chegar aos seus olhos. — Vejo que você não gosta.

Porra. Por que ele não parava de magoá-la? A morte da sua esposa não era culpa de Lori.

E não era culpa de Lori que ele não conseguia parar de desejar a bela e insolente ajudante que nunca quisera contratar.

Ele sabia que precisava se desculpar novamente e estava prestes a fazer isso, mas, assim que ela passou pela porta de frente e ele finalmente viu as costas do vestido, ou melhor, as costas do vestido que deveriam estar ali em vez de ver a pele mais linda e cremosa do mundo, ele não conseguiu pensar direito, não conseguiu evitar agarrá-la pelo braço.

— Você não vai usar este vestido hoje.

Os olhos dela se iluminaram de raiva quando ela se virou para encará-lo.

— Vamos ver se eu vou usar ou não.

Ela tentou se soltar, mas ficar tão perto dela fez a cabeça dele girar rápido demais para conseguir soltá-la... ou para impedi-lo de trazê-la para perto de si e tomar sua boca com a dele.

Grayson queria beijá-la pelo menos mil vezes desde a tarde no chalé, quando ela foi uma mulher sensual e de puro calor em seus braços. Ele não tinha se recuperado disso, nem ao lembrar a si mesmo de todas as razões de que precisava para ficar longe dela.

Ele precisava tanto daquele beijo que mal registrou como Lori estava tensa nos braços dele, até não estar mais, e as mãos, que antes o afastavam, agora tentavam trazê-lo mais para perto.

Como ela era macia.

E tão doce que ele mal podia acreditar.

Em seguida, ele já a pressionava contra a porta. No chalé, ele ficou tão desesperado para tocá-la, para descobrir se ela tinha um sabor tão bom quanto parecia. Mas agora ele sabia exatamente o que esperava por ele por debaixo do fino tecido do vestido dela, uma pele tão quente e bela que ele ficava impressionado toda vez que suas mãos ou sua boca entravam em contato com ela. Isso só o deixava ainda mais louco. E então havia os sonzinhos que ela emitia enquanto ele a enchia de beijos; suspiros, gemidos, tudo isso pegava a sua sanidade com as mãos e a jogava longe.

Só que dessa vez, em vez de ele ser a pessoa que coloca o freio quando ambos estão chegando a um ponto em que não há retorno, foi Lori quem se afastou.

— Como você pode me beijar assim — ela perguntou, com a voz levemente trêmula — quando nem fala comigo sobre o que se passa com você?

Ela não disse *Pare*. Ela não disse *Não deveríamos fazer isso*. Só disse *Você nem fala comigo sobre o que se passa com você*.

Mas foi o suficiente. Ela estava certa: ele não tinha nada que beijá-la dessa forma, e nem mesmo pensar em ir além, quando ele ainda mal podia pensar no passado, muito menos dividir os detalhes com mais alguém. Com ela.

Ela ainda estava tentando recuperar o fôlego, os seios saltando do vestido justo enquanto ela ofegava.

— Eu não estava tentando fazer você sentir mais dor ao perguntar sobre o passado, Grayson. Essa era a última coisa que eu faria, e me desculpe se algo que eu disse nos estábulos magoou você. Juro que só estava tentando ajudar.

Ele quase levantara o vestido dela até a cintura, pressionando-a contra a porta da frente, e era ela quem estava se desculpando.

— Sei — ele disse. E ele sabia. Apesar de todos os defeitos de Lori, e ele sentia que tinha descoberto cada um deles na última semana, ela era uma boa pessoa. Talvez se eles tivessem se encontrado em um momento diferente, anos atrás, quando ele ainda morava na cidade...

Não. Ele não podia seguir esse caminho, não podia desejar que as coisas fossem diferentes. Se ele fosse voltar no tempo, não havia apenas uma coisa que teria a permissão de desejar? Sua esposa, viva e saudável. Se Leslie ainda estivesse viva, então Lori Sullivan jamais faria parte da sua vida.

Ele sentiu o corpo retorcer por dentro com muito mais força diante daquele pensamento.

Grayson já sabia que não havia como vencer, que a força do seu passado era intensa demais para que ele pudesse virar a página. Simplesmente não conseguia imaginar seu mundo sem Lori, e também estava paralisado pela perda que havia sofrido antes dela.

— Eu sinto tanto por ter segurado você da forma que fiz nos estábulos, e nunca deveria ter empurrado você contra a porta. — Foi preciso todo o autocontrole que tinha sobrado para se afastar dela. — Entendo se você não quiser mais ir comigo ao baile no celeiro, Lori.

Ele parecia estranhamente formal demais, como se não conseguisse acertar nunca com ela. Não merecia tê-la em seus braços, não merecia ver seus sorrisos, nem ouvir o som do riso dela, que parecia flutuar no ar.

Lori olhou para ele como se nunca o tivesse visto antes.

— Você está mesmo me perguntando o que eu quero fazer?

Ele passou a mão pelo cabelo.

— Você não tem que fazer nada que não queira, Lori. Você sabe disso.

O sorriso dela foi tão súbito que Grayson quase sentiu o vento derrubá-lo.

— Claro que eu sei disso, mas é tão divertido ver se posso fazer você perder o controle — ela o provocou, e, surpreendentemente, ele sentiu-se melhor por dentro. — Além disso, a Docinho fica entretida quando você pisa forte e a fumaça começa a sair dos seus ouvidos, não é querida? — ela disse à gata, que estava observando os dois da cama de travesseiros e cobertores que Lori fizera para ela no chão perto do aquecedor.

— Não a deixe meter você nessa conversa, Mo — ele avisou à gata.

Lori riu alto, e uma doce cachoeira de alegria fez com que ele se sentisse muito melhor.

— Aha! Finalmente você falou com ela como se ela fosse uma pessoa — Lori disse, batendo palmas. — Só por causa disso, vou nessa coisa aí com você.

Ela não estava mais forçando a barra para que ele falasse da esposa, então ele não ia forçar a barra mencionando que ela nem mesmo conseguia dizer a palavra *baile.*

Mas ele queria. E era o que mais o preocupava, até mais do que o desejo do qual ele não tinha controle algum. É por isso que ele a levaria ao baile no celeiro, afinal de contas. Pois ele a ouviu ao telefone com a irmã e sabia que ela sentia falta de dançar, que aquilo era importante para ela.

Há três anos ele era cuidadoso ao manter-se distante de todas as pessoas, mas Lori entrou em sua vida e se recusou a ouvir um não como resposta quando ele disse que não tinha tempo de treinar um ajudante sem experiência que era mais que inútil.

De alguma forma, ela foi entrando na vida dele.

E ele não sabia como tirá-la de lá.

E estava franzindo a testa quando o toque da mão dela em seu rosto finalmente o fez parar e olhar para o seu lindo rosto novamente.

— Pensei muito no que você disse nos estábulos — ela disse com voz suave. — Acontece que você estava certo sobre ser mais fácil focar em você do que na minha própria vida.

— Não — ele pôs a mão sobre a dela —, não me isente da culpa dessa forma. Eu ferrei com tudo, Lori. E você não deveria me perdoar.

A última coisa que ele esperava era que ela sorrisse para ele.

— Você mesmo disse: você não pode me impedir de fazer o que quero — ela acariciou o rosto dele. — E eu quero perdoá-lo. Mas somente pelo que aconteceu nos estábulos. Pois o que aconteceu aqui na porta — os olhos dela mostraram um lampejo de calor —, bem, não consigo pensar em parte alguma dos seus beijos pela qual você deveria se desculpar.

Com isso, ela se virou e foi andando em direção à caminhonete. Ainda hesitante por tudo o que tinha sido dito, era difícil para Grayson conseguir manter os olhos distantes dos quadris dela enquanto a seguia, especialmente quando tinha a sensação de que ela não estava usando nada debaixo do vestido justo.

O que ele não daria para tocar a pele nua dela novamente, para pressionar não apenas as mãos, mas também a boca. Nela toda.

Antes que ela pudesse tocar a maçaneta da porta do carro, Grayson a abriu para ela, depois ofereceu a mão para ajudá-la subir. Lori pareceu surpresa, mas aceitou a gentileza.

Ele se esqueceu de soltar a mão dela.

— Você pintou as unhas.

Ela tinha aroma de baunilha e ervas, tão doce e provocante que ele mal conseguia abafar o desejo crescente de afundar o rosto na curva do pescoço dela só para sentir o seu perfume.

— Rímel também — ela disse ao bater os cílios para ele. — Não queria que as pessoas pensassem que você não conseguiu arrumar uma garota capaz de cuidar de si mesma.

Grayson estava tão hipnotizado pelo movimento da língua dela no lábio superior cheio de brilho que mal se lembrou do motivo por que havia pegado na sua mão. Finalmente, percebeu que estavam em pé ao lado da caminhonete e a porta estava aberta.

— Você consegue subir com esses saltos?

Ela lançou um olhar provocante para ele. Um olhar que fazia jus a todas as letras do seu apelido, Mazinha.

— Posso fazer absolutamente *tudo* com esses saltos.

Quando ele fechou a porta e andou ao redor da caminhonete, teve que ajeitar o jeans para tentar esconder a ereção. A visão de fazer amor com Lori enquanto ela vestia nada além do salto agulha não saiu da mente dele durante o trajeto até a fazenda do vizinho, que ficava a quinze minutos dali.

Grayson estacionou em um canto escuro atrás de um grande grupo de arbustos bem no final do estacionamento. Quando Lori saiu da caminhonete, estava tão escuro que ela perguntou:

— Tem certeza de que a festa é mesmo aqui?

Antes que ele pudesse responder, Lori andou ao redor dos arbustos espessos e finalmente viu o celeiro iluminado e as lanternas coloridas colocadas ao redor do caminho pelo estacionamento.

— Olha só todas essas luzes e lanternas! Juro, parece que a lua foi pendurada acima do celeiro para hoje à noite. Por que você não me disse que seria assim?

Ele nunca apreciara nada daquilo até o exato segundo em que pôde ver tudo pelos olhos dela, olhos que viam beleza em absolutamente tudo. Mas, em vez de dizer isso, ele simplesmente estendeu a mão.

— Parece que a banda já está tocando. Pronta para entrar?

Ela pareceu incerta por um momento antes de assentir. Quando deu a mão para Grayson, ele percebeu que segurá-la daquela forma era impressionantemente certo, como se Lori fosse realmente a sua garota e ele a estivesse levando para uma noite de diversão.

CAPÍTULO QUINZE

Lori amou segurar a mão de Grayson. Ele não estava dando a ela sua confiança, não estava abrindo sua alma para ela e deixando-a tentar ajudá-lo, mas era melhor que nada.

Sim, ela sabia que seria mais inteligente manter as paredes completamente sólidas para ele. Especialmente quando Grayson já havia provado que sabia ferir sua alma, que tudo que era preciso eram algumas palavras bem colocadas e uma expressão de desgosto para partir seu coração em pedaços.

Mas, agora que ela entendia um pouco o que ele tinha sofrido, como podia virar as costas para ele?

Enquanto pensava, Lori pisou em uma pedra no escuro e Grayson a segurou. Quando ela olhou para o celeiro sobre o ombro dele, percebeu que todos estavam admirados.

— Não acho que terá problema algum em convencer as vizinhas de que você saiu do mercado — ela murmurou ao se afastar dele.

— Que bom! — foi tudo o que ele disse ao levá-la para dentro.

O celeiro estava tão belamente iluminado por dentro quanto por fora. Ela viu os fardos de feno alinhados no grande espaço, a banda country tocando no palco do outro lado, a pista de dança vazia à frente deles, e as mesas de comida e bebida posicionadas por todo o restante do celeiro.

Lori era a única mulher de cetim e salto, embora houvesse muito paetê exposto, então pelo menos ela acertou em um item. Pretendia fazer Grayson parecer ridículo... só que agora era ela quem tinha que conseguir passar a noite parecendo que deveria estar no Oscar em vez de um baile da comunidade. Grayson, por sua vez, estava completamente adequado com o jeans escuro, camisa de sarja, botas de caubói e chapéu.

— Grayson, que bom que você veio. — Um homem de jeans, chapéu preto enorme e botas pretas brilhantes bateu no ombro dele com força suficiente para ela sentir a vibração.

— O lugar está ótimo — Grayson respondeu. — Gostaria de lhe apresentar Lori.

O homem tirou o chapéu.

— Moças bonitas são sempre bem-vindas no meu celeiro — ele piscou para ela. — Não conte para a minha esposa que eu disse isso.

— O que você não deve contar para mim? — perguntou uma atraente mulher de meia-idade com cabelos loiros como mel, vestindo saia jeans até os joelhos e colete de couro por cima de uma camisa branca justa. Ela sorriu para Grayson, mas seus olhos esfriaram um pouco quando olhou para a roupa de Lori.

— Que eu nunca estive em um baile de celeiro antes — disse Lori, com um sorriso que ela esperava que não traísse como estava se sentindo deslocada. Ela não tinha conhecido aquela mulher na coleta da

ASC, mas todos os outros foram tão legais que não havia razão para pensar que aquela mulher não seria legal também. — Tudo parece maravilhoso.

— Obrigada — a mulher respondeu, com perfeita educação, antes de se virar para Grayson e dizer: — Estou tão satisfeita por você finalmente ter decidido vir a um de nossos bailes. Você vai ter que me contar o que o fez mudar de ideia.

Lori olhou para Grayson surpresa. Ele nunca tinha ido lá antes? Ele fez parecer como se não tivessem escolha. Que razão ele poderia ter para forçá-la a ir?

Antes que ele pudesse responder a pergunta da mulher, mais pessoas começaram a vir conversar com ele. Grayson era, Lori percebeu, um homem muito popular. Mesmo assim, eles não receberam um único visitante na semana em que ela estivera na fazenda. Era quase como se todo mundo tivesse medo de arruinar o muro perfeito de solidão construído ao redor dele nos últimos três anos.

Um pouco depois, uma garotinha de maria-chiquinha passou no meio das pernas dos adultos para tocar o vestido dela, mas, assim que Lori se abaixou para dizer olá, a mulher fria a tirou dali.

Não estou aqui para causar problema algum, Lori queria dizer a ela. *Tudo o que eu quero fazer é ajudar Grayson, juro.*

A banda começou a tocar uma das suas músicas favoritas, *e*, do local em que Grayson falava com os homens sobre tratores, Lori conseguia ver que as pessoas na pista estavam tentando ensaiar alguns passinhos. Ela esticou o pescoço, mas não dava para ver de onde estava.

Ela sentiu o polegar de Grayson roçar levemente na palma da mão dela ao dizer:

— Você quer dançar.

Ele disse como se não soubesse que ela não estava interessada em dançar novamente, como se já não tivesse dito a ele que dançar não significava nada para ela.

— Não — ela disse com firmeza, mesmo apesar de sentir aquela coceirinha nas solas dos pés que sempre acontecia quando a música certa estava tocando. — É que, em vez de dar um chute seco no tempo dois, eles rodopiaram...

Ela percebeu, tarde demais, que ele a estava olhando de modo engraçado, e mordeu os lábios.

— Parece que você conhece essa dança muito bem — ele pontuou.

Ela teria tentado ignorar sua reação à dança de grupo se bem nessa hora a esposa fria de Joe não tivesse dito.

— Engraçado, você não parece o tipo que gosta de dança de grupo.

Lori nunca foi conhecida por sua paciência. E havia tido uma semana dos infernos. Entre finalmente ter que encarar que o seu ex era um babaca total e ter que aprender a trabalhar na fazenda de Grayson, mas também tentar abafar a imensa atração por ele, ela foi deixada segurando um pavio extremamente curto.

— Eu fui a coreógrafa do clipe de "Paraíso Perdido". — Ela fez uma pausa para apreciar o choque registrado no rosto da mulher. — Essa é a *minha* dança de grupo.

Em seguida, Grayson a empurrou na direção da pista e ela ficou na frente dos dançarinos. Rapidamente, pegando um casal de adolescentes que tinha um ritmo bom, ela explicou quem era o que queria que eles tentassem fazer. Olhando para o vestido e os sapatos dela, os dois deviam estar achando que ela era louca, mas, quando começou a dançar, fazendo os movimentos com tanta facilidade com aquele vestido chique e os saltos como se estivesse de botas e jeans, ficaram boquiabertos.

Ao passar os movimentos da dança, uma bela estranha no meio de uma comunidade bem conservadora, Lori percebeu que era a única que se mexia na pista, pois todos pararam para olhar para ela... com exceção de uma bela garotinha que Lori reconheceu da coleta da ASC, que não parecia entender absolutamente nada do que estava acontecendo. Com a música tocando em suas veias, nem um pouco intimidada, Lori pegou o adolescente pelo braço para que ele a rodopiasse. Na hora em que ele a soltou, o garoto sorria e pulava ao lado dela, acompanhando cada movimento perfeitamente.

Logo os dois se transformaram em meia dúzia, e, quando a banda voltou a tocar a música do começo, parecia que todas as pessoas do celeiro estavam pleiteando um lugar na pista de dança para chutar os saltos e rir com a pessoa que rodopiava em seus braços.

* * *

Grayson ficou em pé contra a parede e observou quando Lori ficou no meio dos dançarinos e os ajudou a entrar no ritmo, ditando os passos.

Meu Deus, como ela sabia dançar. Ele nunca vira ninguém se mover como ela, nem mesmo em sua antiga vida, quando teve a chance de conviver com bailarinas profissionais de vez em quando.

O vestido dela estava levemente preso à sua pele agora conforme o celeiro ficava cheio do calor de todos os dançarinos, e os cabelos longos e escuros estavam começando a cachear na região úmida da nuca. Observar a forma como ela se movia sem fazer esforço algum, com os saltos e o vestido lindo, deu a ele a clara visão do mundo de onde ela vinha. Um mundo que ele calculou ser muito similar àquele em que ele costumava viver em Nova York.

Mesmo assim, ela também parecia confortável de jeans e camiseta, e, embora tivesse reclamado sobre ir ao chiqueiro, ele sabia que Lori secretamente adorava se enlamear como se fosse uma garotinha solta em uma poça de lama depois de uma tempestade.

Grayson honestamente não sabia escolher de qual versão gostava mais: a Lori toda arrumada era apenas outro lado dela, mas não era um lado para o qual ele estava preparado. Tudo o que sabia era que ela era bonita... e que, de alguma forma, apesar de tudo o que ele tinha feito para tentar impedir que isso acontecesse, ela conseguia roubar o coração dele com um sorriso insolente por vez.

CAPÍTULO DEZESSEIS

Os aplausos ecoaram no celeiro no final da dança e duraram muito tempo. Lori amava como as crianças não pensavam duas vezes em envolver os braços na cintura dela e abraçá-la.

— Você é bonita, moça. Qual o seu nome?

Lori sorriu para a garotinha de enormes olhos castanhos e bochechas rosa brilhante, a mesma que queria ter tocado seu vestido antes. Não devia ter mais do que quatro anos, mas dançou muito, seguindo os mesmos passos de forma até melhor que a maioria das crianças e dos adultos.

— Lori. Qual o seu?

— Lulu. — Ela mal fez uma pausa para recuperar o fôlego antes de dizer. — Você vem aqui ensinar a gente no próximo baile, não vem, senhorita Lori?

Lori sentiu um calombo descer pelo estômago. Será que ela poderia ficar ali para sempre? Será que poderia se esconder debaixo do belo céu azul e ter sujeira debaixo das unhas todos os dias? Será que poderia sonhar com mais beijos de Grayson?

Ainda sentindo o calor da pista de dança debaixo de seus pés, a emoção de mover seu corpo de acordo com a música, em vez de responder as perguntas da garotinha, Lori sorriu e perguntou:

— Você quer voar?

As marias-chiquinhas da garota saltaram quando ela assentiu.

— Ah, sim!

Lori estendeu as mãos, e, quando a garotinha as pegou, ela piscou e disse:

— Segure firme!

E então começou a girar as duas, uma pirueta perfeita com uma parceira rindo e com as mãos suadas presas às suas. Repetidas vezes elas giraram até que ela pensou que a garotinha pudesse estar ficando tonta, e finalmente a colocou no chão.

— Mamãe, mamãe, você me viu? — a garota disse assim que suas

botinhas de caubói tocaram o chão. — Eu estava voando.

A mãe de Lulu não mais parecia tão fria ao acariciar as bochechas da filha.

— Como um belo pássaro, querida. — Ao levantar a filha nos braços, a mulher finalmente sorriu para Lori. — Você é uma bailarina maravilhosa. Obrigada por ensinar a dança a todos nós hoje.

Os casais rapidamente se alinharam em pares ao redor de Lori enquanto ela observava mãe e filha se distanciarem com uma nostalgia que francamente a surpreendeu. Quando estava dançando, sentiu que pertencia àquele lugar, que não era apenas uma garota da cidade brincando na fazenda.

Mas agora a solidão voltava a atingi-la bem no meio do peito com um golpe duro.

O calombo em sua garganta ficou cada vez maior quando Lori viu Eric sorrindo para ela do outro lado do celeiro. Sorriu de volta e, quando ele veio na direção dela com a clara intenção de pedi-la para dançar, ela lutou para manter o sorriso no lugar. Eric era gentil. Era bonitão. Era um cavalheiro. Ele era tudo que ela devia querer, especialmente diante do monstro em que seu ex havia se transformado.

Mas quem ela queria que estivesse vindo encontrá-la na pista de dança em vez de Eric? Grayson, que estava mais profundamente ferido do que qualquer homem que ela tivesse conhecido.

Quando Eric estava a menos de cinquenta metros de distância e Lori estava prestes a se mover na direção dele, uma mão enorme subitamente pegou a dela, e Lori foi girada na direção de um peito rígido.

O mesmo peito rígido com o qual vinha sonhando de forma tão tola.

Lori estava tão surpresa, e tão satisfeita por estar perto de Grayson novamente enquanto ele a guiava na valsa country, que ela simplesmente aninhou a cabeça no ombro dele e se moveu.

Só uma dança. Não passava de uma dança.

Uma dança impossivelmente romântica, perfeita e bela com um homem que fazia seu coração bater como louco e o cérebro derreter.

Havia milhões de razões pelas quais ela não devia estar ali nos braços deles, movendo-se conforme a música. Mesmo assim, ela estava tão pasma pela forma segura com que ele a guiava pela pista, tão envolvido na dança, sentindo seu corpo contra o dela, seus músculos contraindo-se contra os dela, que não havia espaço para pensar, nenhum espaço para fazer nada exceto entregar-se às suas mãos talentosas.

Segundo a segundo ela foi tomada por seus pensamentos, seus sonhos, até começar a se esquecer de como era a vida antes da entrada dele. Tudo o que ela sabia agora era que sua vida anterior não era cheia de faíscas, emoções... nem desejo.

Até mesmo a valsa, uma dança que ela tinha feito mil vezes antes, dentro e fora dos palcos, nunca tinha sido tão maravilhosa. Tão especial.

Quando a música finalmente terminou, Grayson a apertou com mais força nos braços e a segurou por um longo momento. A banda começou a tocar outra valsa, mas ela sabia que não conseguiria sobreviver a mais uma dança com ele.

Não se ela quisesse pelo menos que um pequeno pedaço do seu coração permanecesse intacto quando finalmente deixasse a fazenda para voltar à sua vida real.

Ela tentou se afastar, mas Grayson não soltava da mão dela.

— Você dançou por um bom tempo até agora e sem intervalo. Precisa de uma limonada.

Ele não perguntou se ela queria. Só a levou para a mesa na lateral do recinto em que os dois adolescentes com quem ela havia dançado estavam flertando agora. Ele pegou um copo para ela, e tinha razão: ela estava com sede, então tomou a limonada com gosto.

Lori disse a si mesma que não deveria se sentir tão estranha perto dele agora. Não quando tudo não passou de uma simples dança. Mas, ah, que dança. Quando ela fechasse os olhos, voltaria àquele momento, sonhando acordada por um bom tempo.

Tentando desesperadamente agir como se não fosse nada demais, Lori disse:

— Você dança bem. — Sabendo que o elogio nem chegava perto de dizer como ele era talentoso com os pés, ela consertou dizendo: — Na verdade, você é um dançarino fantástico.

A última coisa que ela esperava era ouvir:

— Obrigado. — Ele estendeu a mão para tirar uma mecha de cabelo da sua bochecha, colocando-a atrás da orelha.

Ela estremeceu diante do toque dele. Será que ele não sabia como aquele território que ele estava pisando era perigoso? Primeiro o baile, e agora um carinho tão delicado, tão doce, que partia seu coração já tão fraco. Ela sabia lidar com o Grayson bronco e rude, mas não fazia ideia do que fazer agora... especialmente não agora, quando ela comparava essa ternura súbita com a forma como ele a tocava, como se ela fosse preciosa.

— Onde... — ela começou a dizer, mas a forma como ele a encarava com seus olhos tão sombrios a fazia perder a linha de pensamento. Ah, Deus, foi uma péssima ideia. Ela precisava recuperar o prumo. Ele era o chefe dela. Ela era sua empregada. Ele era o campo. Ela era a cidade. Quando não estavam se beijando, estavam se ofendendo. — Onde você aprendeu a dançar daquele jeito?

— Anos de aulas de dança de salão.

Por um momento ela achou que ele estivesse brincando, mas então ela se lembrou que ele lhe disse de onde tinha vindo. Ele era tão parte daquela terra, tão caubói de coração, tinha tanto amor pela fazenda, que ela vivia se esquecendo da sua vida antiga na cidade de Nova York.

O que ele havia criado só para si nas florestas de Pescadero era verdadeiramente impressionante. Talvez, a princípio, ela não apreciasse a maneira como ele trabalhava duro para cuidar dos animais, das plantações, dos empregados, dos fregueses que dependiam dos alimentos que ele cultivava, mas, depois de trabalhar uma semana para ele, Lori passou a apreciar tudo aquilo.

— Dance novamente comigo, Lori.

Ela deveria dizer não. Tudo o que precisava fazer era manter os lábios na posição correta e sussurrar a palavra. Deus sabia que ela já tinha praticado bastante a palavra, não apenas quando era criança, mas também durante a última semana com Grayson sempre que ele agia de forma insensata e ela era uma peste pelo puro prazer de provocá-lo.

Mas agora, quando parecia que o futuro inteiro dela, junto com a segurança do seu coração, estavam em uma palavrinha de duas letras, ela simplesmente não conseguia dizê-la. Também não conseguia fazer seus pés se mexerem para sair do celeiro, para deixar Grayson e suas botas e porcos e a gata Docinho para trás.

Talvez, ela se viu pensando enquanto a valsa continuava, ele tivesse algum tipo de acordo previamente combinado com a banda, pois, assim que a pegou nos braços novamente em frente à mesa de limonada e dos adolescentes de olhos arregalados, ela não conseguiu segurar o fôlego.

Estar com Grayson era tão simples e tão complicado ao mesmo tempo. Ele a fazia querer bater os pés e gritar... mas também havia acabado de lhe devolver a dança quando ela pensava que esse sonho, esse amor, tinha ido embora para sempre.

Além de sua irmã gêmea, ela nunca encontrou ninguém mais que odiava e amava na mesma proporção.

Amor.

Ah, meu Deus, ela estava se apaixonando por ele.

Não! Ela não podia.

Não ali.

Não por ele.

E não quando ela sabia que ele não estava apenas ainda sofrendo por sua perda, mas também que poderia muito bem escolher sofrer para sempre.

Toda a força que Lori não tinha sido capaz de encontrar um pouco antes a encheu de pânico. Ela se soltou dos braços dele rapidamente, movendo-se apressada em direção às enormes portas abertas do celeiro no qual ela havia tropeçado com os saltos e mal conseguiu se segurar antes de cair de bunda no chão na frente de todo mundo. Chutando os sapatos para longe e deixando-os no chão do celeiro, ela não percebeu se havia alguém a observando fugir, não conseguia sentir nada além da pressão daquele amor que não podia mais negar e que envolvia seu peito, apertando-se ao redor do coração.

Não. Não. Não.

O que havia de errado com ela? Por que não podia amar alguém que também a amasse? Por que não podia ter o que os irmãos e a irmã gêmea tinham? Por que não podia encontrar um amante, um amigo que sempre a apoiasse, alguém que desistisse absolutamente de tudo por ela... e alguém por quem ela desistisse de absolutamente tudo? Por que não podia ser a metade de duas pessoas que não precisavam de mais ninguém além de si mesmos?

Isso era tudo o que ela queria. Tudo o que sempre quis.

Em vez disso, ela era selvagem.

Não pensava antes de agir.

Falava demais.

E se apaixonava rápido demais.

Lori estava fugindo da dança no celeiro, correndo para casa, quando percebeu no meio do caminho que o que começava a parecer seu lar não era seu absolutamente.

Era de Grayson. Tudo era dele. A terra. Os animais.

Ah, Deus, até o coração dela era dele.

E ainda assim ela corria, mal sentindo o chão de terra, a grama, os gravetos debaixo dos pés descalços. Os músculos firmes em suas pernas, o poder de seus pulmões, sempre a tornaram fortes. Mas Grayson, ela descobriu logo em seguida, quando os braços dele a enlaçaram e a ergueram do chão contra o seu peito, era pelo menos tão forte quanto ela.

— Você não pode correr de mim — ele disse no meio do campo, debaixo de um céu roxo-escuro, ao segurá-la. Lori sempre se entregava inteiramente ao amor. Ela acreditava que ele deixava tudo bem, fazia tudo dar certo no final. Mas não deixava. Não fazia. E ela sabia que não devia ser tão estúpida a ponto de cometer o mesmo erro novamente.

— Sim, eu posso — ela disse ao lutar contra ele, ao tentar voltar para o chão sólido no qual ela só teria a si mesma para confiar, onde faria o que fosse preciso para se manter segura.

— Hoje não, Lori. — Os pulmões dele estavam bombeando com tanta força quanto os dela por causa da corrida e da luta travada. — Sei que você não vai ficar, mas, por favor, não corra de mim hoje. — Ela cometeu o erro de olhar nos olhos dele. — Por favor — ele implorou novamente —, só me dê esta noite.

Talvez fosse o fato de, pela segunda vez naquela noite, ele ter pedido a ela em vez de apenas exigir. Talvez fosse a forma como ele estava olhando para ela, como se ficasse perdido sem ela. Talvez fosse o fato de suas danças juntos terem solidificado algo que não parecia possível ser posto em palavras: uma conexão entre duas pessoas que eram, querendo ou não, um par perfeito. Pelo menos por enquanto, naquele momento suas vidas colidiam.

Talvez fosse simplesmente o fato de se apaixonar por ele não ser algo que Lori fosse capaz de deixar de lado, sem levar em conta a intensidade da dor que ela sabia que surgiria. E talvez, apenas talvez, contanto que ela nunca de fato confessasse para ele como se sentia, não houvesse problema em ceder ao que sentia por Grayson por uma noite, debaixo da lua, com o aroma da grama selvagem e do mar ao redor deles...

CAPÍTULO DEZESSETE

Grayson nunca quis ninguém como queria Lori. Mas não era apenas mais físico.

Ele queria ouvir a risada dela.

Ele queria sentir sua respiração suave quando ela adormecesse aninhada a ele, com a cabeça em seu ombro.

E ele queria vê-la rodopiar uma garotinha de cabelos negros repetidas vezes, uma garotinha parecida com os dois, uma pestinha que gritaria "Não" para os dois tão alto quanto declararia seu amor antes de dormir na casa que eles construíram para ela e seus irmãos e irmãs.

Eram todos sonhos loucos, especialmente o último. Sonhos que nunca passariam de mais do que uma fantasia... mas ele sabia que essas fantasias eram o que o faria seguir em frente quando ela se fosse. Ele também sabia que mantê-la escondida em sua fazenda por mais do que uma ou duas semanas roubadas a privaria injustamente do mundo de seus verdadeiros talentos especiais.

Lori fez tudo finalmente parecer real, deu sentido ao que apenas parecia uma rotina. Era por isso que ele estava com medo de descê-la ao chão, de deixar seus pés tocarem o solo novamente. Se ela mudasse de ideia sobre aquela noite, então todas as cores brilhantes que ela pintou para ele desde que apareceu em sua vida como um furacão voltariam a ser cinza.

Mesmo depois de observá-la dançar, ele tentou manter distância, dizendo a si mesmo que precisava fazer tudo o que fosse preciso para resistir a ela. Mas, então, viu Eric ir na direção dela do outro lado do celeiro, para dançar com ela, para segurá-la em seus braços... e Grayson simplesmente cedeu. Ele tinha que tê-la em seus braços, tinha que se entregar à dança com ela, pois já sabia que seria muito bom colocar seus braços ao redor dela e senti-la aninhar o rosto em seus ombros.

Ele sabia exatamente por que Lori tinha saído correndo da dança do celeiro: ele não foi o único que tinha se apaixonado pela última

pessoa na Terra com quem queria ter se envolvido. Mas todas as boas razões para ficar longe dela se perderam nas visões de Lori rindo com homens e mulheres que nunca geralmente se abriam para forasteiros, pela forma como todo garoto e garota no celeiro se apaixonaram perdidamente por ela quando dançou com eles.

Como não se apaixonar por ela?

— Preciso amá-la — ele disse contra o cabelo dela, ainda segurando-a com força, mesmo depois que ela prometeu não correr dele naquela noite.

Claro que ela o surpreendeu totalmente mais uma vez quando enlaçou as pernas ao redor da cintura dele e se segurou a ele com tanta força quanto ele a segurava.

— Me ame, Grayson.

Quando ele finalmente capturou seus lábios, percebeu que ela beijava da forma que dançava, sem se prender a nada. Ele queria deitá-la na grama, queria amá-la debaixo da lua e das estrelas. Mas ele não conseguia suportar pensar na sua pele macia sendo arranhada por gravetos e pedras, então, mesmo ao beijá-la, ele já estava voltando à caminhonete com Lori envolvida em seus braços.

— Cavalgar em você é tão mais divertido do que em um cavalo — ela disse, rindo contra a boca dele.

O som da alegria dela era tão doce que ele não conseguia seguir em frente, não conseguia fazer nada além de ficar em pé sobre a grama e sobre as flores selvagens, beijando-a.

— Coloquei lençóis limpos na sua cama hoje — ela o informou com um sorrisinho maroto quando ele finalmente a afastou dos lábios dele, vendo seu belo rosto iluminado pela luz da lua. — Vamos desarrumá-los. — Ela se soltou dele, dizendo: — Vamos apostar corrida até a caminhonete. — E saiu correndo pelo campo.

Os longos cabelos negros esvoaçavam atrás dela, seus membros eram fortes e rápidos conforme o cetim se prendia às belas pernas, seu riso enchia o coração de Grayson até ele ter a certeza de estar inundado. Ele esticou a mão assim que ela voltou para ele, e os dedos deles se entrelaçaram quando ele a puxou para mais um beijo.

Ele abriu a porta do passageiro para ela, e, dessa vez, quando a ajudou a subir, deixou as mãos percorrerem seu quadril perfeito, e ela rebolou em suas palmas.

— Sabe de uma coisa? — ela disse quando ele entrou atrás do volante, segundos mais tarde. — Nunca fiz amor em uma caminhonete.

Era tentador, ele pensou, conforme o sangue foi ficando mais quente, mais rápido, em suas veias. Tão tentador ficar bem ali no canto escuro e deserto onde ele estacionou, e colocá-la em seu colo, mesmo apesar de ter fantasiado fazer amor com ela em sua cama a semana toda.

Grayson tinha passado três anos controlando tudo. A fazenda. Os animais. As emoções. As necessidades. Mas agora, naqueles poucos segundos, tudo lhe escapava ao controle.

O mero pensamento de possuir Lori na caminhonete era tão potente que ele não podia fazer nada para impedir que o Neandertal dentro dele emergisse. Reclamasse seus direitos. Tomasse posse.

Na hora em que ele colocou as mãos nela e a arrastou para seu colo, ela já estava com as mãos sobre ele, acariciando seu peito.

— *Grayson* — ela sussurrou o nome dele em sua nuca, no mesmo local em que havia lambido durante a cavalgada na tempestade há dois dias.

Embora ele estivesse prestes a arrancar o vestido dela, quando ela entrelaçou os braços nele e o trouxe mais para perto com o desejo chegando ao auge do calor e da selvageria ao redor deles, naquele momento, segurando-a com força, não era apenas suficiente... era mais do que tudo que ele jamais pensou ter.

* * *

Eu te amo.

Lori sabia que jamais poderia dizer as palavras em voz alta. Grayson não estava nem perto de poder dar amor a ela, como também não era capaz de aceitar seu amor.

Só que ela nunca amou ninguém pelo que poderia conseguir da pessoa. E, ao pressionar o rosto contra o de Grayson e sentir sua respiração se mover com a dela, mais devagar agora conforme eles compartilhavam um momento perfeito de proximidade, ela ficou chocada ao perceber que nunca tinha sentido nada tão forte e verdadeiro por nenhum outro homem.

O que ela sentia pelo homem que a segurava com tanta força, como se estivesse preocupado com o fato de ela poder desaparecer se ele não tivesse certeza absoluta de mantê-la ali com ele, era mais rico, e tão mais doce, do que qualquer coisa que ela já tinha sentido antes.

Ela queria curar Grayson, queria dar a ele seu coração, seu amor, até finalmente conseguir ofuscar a tragédia e a dor.

Ela queria fazer amor com ele por horas e horas, sabia só pelos beijos dele que nunca se saciaria.

Ela queria ser sua parceira, fazendo com que ele confiasse que ela estaria com ele de uma forma que ninguém mais esteve.

E como ela queria vê-lo sorrir. Um sorriso perfeito. Uma risada completa. E então ela saberia que teria dado a ele algo importante, algo real, algo que fazia a diferença.

Quando ele começou a enchê-la de beijos no rosto, e depois no queixo e no pescoço, ela usou sua flexibilidade de bailarina para arquear as costas para trás a fim de que ele tivesse acesso irrestrito a até mesmo mais dela.

— Por que você tinha que ser tão tentadora? — ele grunhiu para ela, mordiscando a parte superior de seus seios. — Quinze minutos, era tudo o que precisávamos para voltar à fazenda. Malditos quinze minutos. Isso é muito? É tempo demais para pedir que você deixe de ser irresistível?

O coração dela inchou um pouco mais diante de cada palavra irritada que saiu dos lábios deliciosos dele.

— Hum... — ela disse quando finalmente recuperou o fôlego. — Estava me perguntando para onde tinha ido o Senhor Rabugento.

— Queria ir com calma com você hoje à noite — ele murmurou contra a pele dela ao dar-lhe beijinhos mordiscados no ombro até vê-la estremecer de vontade. — Mas você está me obrigando a possuí-la aqui e agora.

Talvez isso não devesse deixá-la excitada, a forma como ele ficou irritado com ela quando estavam se beijando, e mesmo assim ela ficou. E como ficou. Grayson fazia com que ela se sentisse viva mesmo quando ela acreditava estar morta para tudo o que realmente importava.

Ela adorou a ideia de estarem na cama dele juntos, amando-se de todas as formas selvagens e nefastas. Mas, conforme suas mãos seguraram seus quadris para trazê-la ainda mais para perto dele enquanto ele lambia a curva do pescoço dela e enviava arrepios de emoção por cada centímetro de seu corpo, de alguma forma não parecia mais adequado que os dois acabassem transando na cabine da caminhonete?

O relacionamento deles nunca seguiu regras, nem no começo, quando ela bateu na cerca dele e ele fez de tudo para pegar no pé dela e mandá-la para longe da sua propriedade. Mesmo naquele momento, ela viu algo nos olhos dele que dizia que ele a desejava, apesar de todas as razões para não desejar. Não era apenas o desejo por ela que se equiparava ao dela por ele, mas uma nostalgia profunda da alma que ela também entendia. Bem demais, mesmo quando essa nostalgia não fazia sentido algum.

Ainda bem que ela nunca se importava muito se as coisas faziam sentido. Não, ela simplesmente preferia seguir seu coração.

Surpreendentemente, o coração dela a levou até ali. Para a fazenda de Grayson.

E para os braços dele.

— Eu de fato prometi ser a melhor ajudante que você já teve — ela o lembrou com uma voz rouca que dizia muito melhor do que qualquer palavra o quanto ela o queria. — Aposto que você nunca teve ninguém que conseguisse fazer isso.

Com um movimento rápido, ela soltou as alças do vestido que seguravam a parte superior, e o corpete que cobria os seios caiu.

— *Lori.*

Ela pensou que estivesse preparada para a reação dele dessa vez. Afinal de contas, ele já tinha visto seus seios no chalé durante a tempestade, já tinha passado a língua e atiçado até ela ficar completamente intoxicada de prazer. Mas a forma como os olhos dele ficaram sombrios e o desejo o tomou completamente quando ele viu sua pele nua...

Não, ela nunca se acostumaria a ser encarada com aquela fome impressionante.

— Como estou me saindo até agora? — Ela se aproximou para passar as pontas dos dedos no maxilar dele. Ele não respondeu, e então ela só ficou encarando seus mamilos, que enrijeciam rapidamente com a ansiedade que a fazia subir pelas paredes pela necessidade do toque das mãos dele e da língua dele, e provocou: — Você acha que isso está *bom*? — Ela usou de propósito o quase-não-elogio que ele havia feito a ela muitas vezes antes.

— Nada jamais foi melhor que isso, Lori. Nada.

Grayson abaixou-se no assento e cobriu um mamilo dolorido com sua boca, depois o outro, depois os dois ao mesmo tempo ao segurá-los com suas mãos grandes e fortes. Ela arqueou as costas e entregou-se aos doces carinhos, gemendo alto quando ele a mordiscou.

Ele era tão grande e duro, tão maravilhosamente másculo por entre as coxas dela, e ela se balançava contra ele. Ela já estava tão perto do êxtase que, até mesmo ainda de vestido e calcinha, sua excitação aumentou tanto que tudo que era preciso era sentir a boca dele mais uma vez e ela...

— *Ah, Grayson...*

Grayson estava bem ali com ela em um instante, uma das suas mãos enormes escorregou para dentro do vestido dela, da perna nua e da coxa e dentro da calcinha úmida para ajudar a intensificar o já surpreendente doce clímax. Com o polegar em seu clitóris e dois dedos escorregando dentro ela, seu orgasmo inicial ocasionou outro, ainda maior.

Enquanto se contorcia, ela pegou seu rosto com ambas as mãos e o beijou com toda a paixão que sentia. Ele retribuiu o beijo de forma tão desesperada enquanto continuava a acariciar o meio de suas coxas, as bocas de ambos selvagens e famintas.

Quando os músculos internos já tinham na maior parte parado de pulsar após o clímax duplo, ela percebeu que estava sem fôlego, que estava ofegando tanto como se tivesse feito todas as trinta e duas piruetas do Cisne Negro.

— Você me impressiona — ele disse, afundando o rosto por entre seus seios ao retirar as mãos do meio das coxas dela lentamente para trazê-la ainda mais para perto dele.

Ela sentiu Grayson se esforçar para ganhar controle e conseguir

sair da caminhonete, levá-la para sua cama pela primeira vez. Mas Lori sabia que ela não conseguia mais esperar por isso, que daquele jeito era exatamente como as coisas deveriam acontecer, com os dois surpresos demais para pensar direito.

Sexo com Grayson em sua caminhonete era selvagem. Louco.

E perfeito.

— Você me impressiona também — ela disse ao acariciar os cabelos escuros e macios dele. Quando ele inclinou a cabeça para encontrar seu olhar, ela sussurrou: — Me impressione uma vez mais.

Depois esfregou a pelve no monte espesso por detrás do zíper do jeans escuro.

Com um grito abafado de prazer, ele a trouxe para perto de si com força, os corpos jovens e fortes e tão famintos um pelo outro que até mesmo o confinamento da caminhonete e suas roupas mal eram obstáculos naquele momento.

— Por favor, Grayson — ela implorou. — Me possua. Por inteiro.

Por mais selvagem que a noite deles tivesse sido até o momento, Grayson finalmente perdeu o restante do controle que estava mantendo, e se movimentou de forma a colocá-la de costas no banco de madeira, rasgando o vestido dela em dois com suas mãos. Ela ofegou não de medo, mas de excitação, quando ele cortou a calcinha dela em pedaços com pouco mais que um puxão.

A semana toda eles passaram competindo um com o outro para ver quem era mais forte, mais durão, quem podia aguentar por mais tempo, mas naquela noite eram parceiros iguais em tudo: paixão, desejo, necessidade. Ela pegou a camisa dele e a abriu com tudo.

Ela não via a hora de sentir o peito nu dele com suas mãos, já tinha até sonhado acordada com isso tantas vezes que não podia acreditar que não tinha acontecido ainda. E, ah, como foi bom aquele primeiro toque em seus músculos rígidos e bronzeados.

— Você não pode ser real — ela disse quando ele levantou para que ela pudesse passar as mãos em seus belos ombros musculosos e em seu peito, e depois nos entalhes de seus músculos abdominais.

— Você me faz esquecer — ele disse baixinho — de tudo.

— Você não tem que se lembrar de nada hoje — ela disse, e os dois ofegavam pela força de seu desejo. — Tudo o que você tem que fazer é me amar da forma que desejo desde o primeiro momento em que o vi.

Ele atendeu seu apelo com um beijo abrasador que fez a cabeça dela girar até mais do que já girava. E as mãos dele, a boca dele, deslizavam por cada centímetro do corpo nu dela. Ela não conseguia seguir o ritmo quando ele saboreava seus seios em um momento, depois mordiscava seu quadril no outro. Às vezes eram as mãos que mandavam e em outros momentos seguiam o caminho devastador de seus lábios, língua e dentes sobre a pele superaquecida.

Ela já tinha gozado duas vezes, mas, quando ele dobrou a mão ao redor do calcanhar dela e ergueu sua perna, deixando o pé apoiado no painel do carro, e olhou para baixo com a expressão mais quente e mais faminta que ela já tinha visto, ela quase gozou de novo mesmo sem ter tido contato algum.

— Juro — ele disse, ao descer para sentir a pele molhada entre as suas pernas. — Nunca vi nada tão lindo em toda a minha vida. — Ele desceu do assento para se ajoelhar no chão antes de acrescentar: — E aposto que o gosto é ainda melhor.

Ela ofegou de prazer quando a língua dele encontrou o corpo dela. Ele apoiou as mãos na parte interna da coxa dela para abrir suas pernas ainda mais, e, quando ela olhou para baixo e viu os dedos bronzeados em sua pele branca, a língua movendo-se em sua direção, e os olhos erguidos para o rosto dela para observar sua reação, ela se contorceu abruptamente para mais um clímax perfeito e pecaminoso.

Lentamente, ele beijou toda a extensão do seu corpo ao subir nela novamente.

— Você é tão doce quanto eu pensei — ele disse assim que cobriu sua boca com a dele.

Ela estava tentando desafivelar o cinto dele quando Grayson agarrou seus pulsos.

— Preciso de você — ela implorou ao lutar para se soltar dele. — Não posso esperar nem mais um segundo para ter você.

— Não tenho proteção. Precisamos voltar para casa — ele já estava se afastando dela para deixá-la subir, e ela mal conseguiu abafar um gemido de frustração.

Tão perto. Ela tinha chegado *tão perto* de finalmente tê-lo, e agora, porque nenhum dos dois pensou em levar uma camisinha ao baile no celeiro, ela tinha que voltar ao seu assento para vestir uma camisa de manga longa que ele entregou para ela cobrir o corpo nu durante o percurso de quinze minutos até em casa.

Lori sabia que deveria agradecer por ele ter permanecido lúcido o suficiente para parar antes que fizessem sexo sem proteção. Especialmente depois do que aconteceu com Sophie na sua transa de uma noite só, ficando grávida *apesar de* ter usado camisinha.

Naquele momento, com a necessidade a corroendo por dentro, Lori não se sentia nada agradecida.

Pelo contrário, o que ela sentia era uma forte necessidade de querer, e ser desejada por Grayson, de uma vez por todas.

Assim que ela vestiu a camisa dele e sentou no assento do passageiro, em vez de ligar o carro e queimar pneu para que eles pudessem continuar de onde haviam parado, ele ficou ali sentado, olhando para ela. Três orgasmos seguidos sem um *grand finale* em vista a deixaram de mau humor quando ela o encarou de volta.

— Qual o seu problema?

— Estou esperando você colocar o cinto de segurança.

Ela ia retrucar por causa do tom dele, e da dureza do olhar que segundos antes estava tão cheio de fome, abrindo a boca para fazer um comentário sarcástico, quando se lembrou do que não acreditou ter quase se esquecido: ele havia perdido a esposa em um acidente de carro. Por isso era tão inflexível sobre a questão do cinto de segurança, mesmo depois de tudo o que haviam acabado de fazer um com o outro.

Com as mãos trêmulas, ela colocou o cinto, e Grayson pisou no acelerador com força suficiente para espirrar o cascalho dos pneus.

* * *

Minutos pareciam horas quando Grayson se forçou a pegar as estradas escuras das fazendas um pouco acima do limite de velocidade. E então, *finalmente*, parou na entrada da sua casa.

Lori estava prestes a pular no cascalho quando ele a pegou em seus braços.

— Você deixou os sapatos no baile.

— Você não teve problema algum em caminhar comigo no cascalho antes — ela o lembrou.

Ele acariciou seu rosto e sentiu seu perfume doce, selvagem, feminino.

— Isso foi antes de eu gostar de você — Grayson estava entrando na varanda e estava prestes a beijá-la de novo quando percebeu que ela estava empurrando seu peito.

— Acho que toda essa excitação me deixou surda — ela declarou. — O que você acabou de dizer?

Deus, ele mal conseguia pensar diante da maciez e do aconchego dela em seus braços, e com a camisa de manga longa se abrindo para deixar seus seios à mostra. Ele chutou a porta da frente para abri-la e tentou se lembrar, mas tudo o que conseguiu dizer foi:

— Não quero que você machuque seus pés no cascalho.

— Não — ela brincou —, depois disso.

Ele teve tantas fantasias com Lori nua implorando que ele a possuísse ali em seu quarto que, quando a levou para dentro em seus braços, a pergunta dela foi instantaneamente esquecida. Ele a deitou sobre as cobertas, abriu a camisa que havia emprestado para vestir na caminhonete e a tirou completamente.

Agora ele queria começar tudo do início, queria fazer com que ela gozasse três vezes com sua mão e sua boca.

Assim que ele estava se abaixando para tocar seus seios com a boca, ela perguntou:

— Você quis mesmo dizer aquilo?

Relutantemente, ele afastou a boca do peito dela, pegou os seios com as mãos e atiçou os mamilos com os polegares e o indicador até eles se transformarem em dois pontos excitados.

— Eu quis dizer o quê?

Agora era ela quem estava perdendo o controle da conversa.

— Que... — ela arqueou o corpo mais profundamente em suas mãos — você...

Ele tirou vantagem da confusão dela para chupar um mamilo e depois o outro, adorando a forma como ela ofegava de prazer quando ele a sentia. Estava escorregando uma das mãos pela barriga chapada dela até a pele molhada e nua entre as pernas, quando ela finalmente deixou as palavras saírem.

— Que você *gosta de mim,* Grayson.

Mais uma vez, ele levou mais tempo do que teria levado para que as palavras dela chegassem até seu cérebro. Especialmente quando uma das mãos estava no sexo dela e ele conseguia sentir que ela estava molhada, que estava pronta para ele.

Mas, quando ele ergueu o olhar para o dela, e viu a surpreendente vulnerabilidade em seus olhos, finalmente entendeu o que ela estava perguntando: será que ele estava apenas fazendo amor com ela naquela noite por querer seu corpo?

Ou será que eles, contrariando todas as possibilidades, haviam desenvolvido uma conexão mais profunda?

Grayson sabia que não deveria deixá-la ficar na fazenda a semana toda, e que definitivamente não deveria levá-la para sua cama naquele momento. Ele também sabia que deveria fazer um esforço sobre-humano para transformar aquela noite em nada mais que sexo.

Mas saber de todas essas coisas não fez diferença alguma até o momento, fez?

— Gosto mesmo de você, Lori — ele admitiu em voz baixa. — Mais do que deveria.

— Gosto de você também — ela sussurrou ao delicadamente tocar seu rosto. — Mais do que você imagina.

Os olhos dela estavam cheios de uma doce emoção que parecia taquicardia.

Por três anos ele jurou a si mesmo que nada, nem ninguém, jamais o tocariam novamente. Mas não contava com Lori Sullivan destruindo todos os muros, todas as fortalezas em menos de uma semana.

E isso o matava de medo.

CAPÍTULO DEZOITO

Grayson sabia o que precisava fazer. Precisava impedir que eles fossem além, assim como fez no chalé. Precisava dar as costas não somente para seu desejo, mas também para a sua afeição. Afinal, ao mesmo tempo em que ele não foi um monge nos últimos três anos, não houve risco algum de conexão emocional com as mulheres com quem dormiu.

Mas, com Lori, *tudo* era arriscado.

— Grayson.

O nome dele nos lábios dela fez com que recuperasse o foco, e, quando ele conseguiu, ficou surpreso por vê-la sorrindo de volta. Ele ainda podia ver o desejo nos lindos olhos dela, mas, mais que isso, percebeu que havia entendimento.

Entendimento que ele não tinha feito absolutamente nada para merecer.

— Uma noite. É tudo o que quero que você me dê — ela se aproximou, como se fosse contar um segredo. — E não vou contar para ninguém que você gosta de mim, se você não contar para ninguém que eu também gosto de você.

Com isso, ela o trouxe para perto para mais beijos quentes e doces, um atrás do outro, cada um deles o deixando mais confuso e inflamando e afugentando ainda mais seus demônios. Logo estavam entrelaçados um ao outro, as mãos dele ganianciosamente preenchendo as curvas dela, os suspiros de prazer dela soando contra sua boca enquanto ele acariciava seus seios e seus quadris.

Grayson não queria nada além de ouvir e de sentir como ela se entregava aos seus braços, mas, antes que pudesse levá-la ao êxtase mais uma vez com as mãos e a boca, ela se moveu com tanta rapidez e com uma força tão notável que em seguida estava deitado de barriga para cima com Lori cavalgando sobre ele.

— Da próxima vez que eu gozar — ela o informou com seriedade —, você vai estar dentro de mim. Ou nada feito.

Diabos, só aquelas palavras sujas saindo da boca linda dela eram quase suficientes para terminar as coisas para ele naquele exato momento, mas é claro que ela tinha que colocar a mão na massa ao pegar na fivela do cinto dele e esfregar os dedos sobre seu pau duro.

— Não há nada que você goste mais do que me torturar, não é? — ele perguntou ao segurar as mãos dela para tirar o jeans e a cueca boxer.

— Na verdade — ela disse ao encarar a ereção dele com os olhos arregalados —, só há uma coisa que eu gosto muito mais do que isso.

Antes que ele pudesse se preparar, ela estendeu a mão e a envolveu ao redor dele. O gemido alto fez todas as paredes do quarto reverberarem.

— Lori...

— Você se divertiu comigo. Agora vou me divertir com você.

Mazinha não chegava nem perto da forma como ela o olhava ao chupar o corpo dele avidamente, movendo a mão para cima e para baixo por toda a extensão dele. E talvez ele tivesse rangido os dentes e a deixado se divertir um pouco mais se ela não tivesse mudado de posição de forma que as pontas dos seus cabelos longos e negros fizessem cócegas no peito dele e ele pudesse sentir o hálito doce dela penetrando no corpo dele.

— Hora de gozar de novo, moça da fazenda — ele disse quando ela a tirou de cima do corpo dele. — Então, se quiser fazer valer sua ameaça, é melhor pegar uma camisinha no criado-mudo.

— Você é mandão mesmo — ela disse, mas nunca pareceu tão feliz em relação à autoridade dele quando se inclinou para pegar a caixa de camisinhas. — Está sem abrir. — Ela fez uma careta ao ver a data estampada na caixa. — Elas vencem no mês que vem. Quando foi a última vez que você transou?

— Deveria ter sido há vinte minutos, na minha caminhonete — ele resmungou ao pegar a caixa, abri-la e fazer camisinhas voarem por toda a parte. Pegou a mais próxima e a colocou em segundos. — Agora cale a boca e venha aqui.

Ela estava metade rindo, metade brava quando ele a ergueu sobre seu corpo novamente, mas, assim que ele começou a penetrá-la, os olhos dela tremeram até fechar e ela soltou um gemido baixo de prazer. Ele segurou os quadris dela com força para que ela não se movesse tão rápido, pelo menos não nessa primeira vez, não quando ele queria memorizar cada sensação. Como ela estava quente e molhada e pronta. Como se encaixava como se tivesse sido feita para ele.

— Por favor — ela implorou para ele, sua garota da fazenda, forte e bailarina, inteiramente perdida à sensação. Ao desejo. — Por favor. Por favor. *Por favor.*

Precisando dela tanto quanto ela precisava dele, Grayson estendeu os braços para entrelaçar seus dedos ao cabelo dela e trazer sua boca para perto no mesmo momento em que girou os dois para que ela ficasse com as costas pressionadas nos lençóis. Com um movimento forte, ele a penetrou, e, conforme seus músculos internos se apertaram ao redor dele, ele completamente se esqueceu de cada um dos seus votos de manter o controle.

Tudo o que importava, quando ele a segurou com força e ficou tão perto enquanto um levava o outro mais alto e além, era amar Lori.

E deixá-la amá-lo também.

* * *

Grayson a estava esmagando, mas Lori não se importava se seus pulmões iriam entrar em colapso por tentar respirar com cem quilos de puro músculo pressionando-a no colchão.

Ela nunca se sentiu tão bem.

Da quase transa na caminhonete para a bagunça completa nos lençóis, Grayson tinha feito seu mundo sensual em pedaços. Ela se achava uma conhecedora do sexo, mas nenhum dos seus amantes a tinha feito gozar tão rápido, com tanta força, nem tão repetidamente. Só ficar ali deitada debaixo dele já a deixava vulnerável novamente.

Fazer amor com Grayson envolvia tão mais do que o prazer físico. Pela primeira vez na vida, ela se sentiu plena; como se tivesse precisado namorar e terminar com todos aqueles homens todos esses anos para finalmente parar em uma fazenda no meio do nada e encontrar um homem que realmente importasse.

Ao se deitarem juntos, ele continuou a passar uma das mãos no quadril dela enquanto a outra acariciava seu cabelo. Nos braços dele, ela se sentia satisfeita e protegida e poderia ter ficado daquele jeito para sempre.

Claro que, considerando que ela e Grayson discordavam em quase tudo, não ficou tão surpresa que ele tivesse outras ideias, e elas incluíam arrumar a cama.

— É hora de bagunçar os meus lençóis agora? — ela perguntou, esperançosa.

— Não — ele disse ao levá-la ao banheiro, ligando a ducha e

colocando-a debaixo dela. — É hora de deixar tudo limpo.

Ela ainda não estava feliz por ter que estar em pé novamente, mas pelo menos podia dar uma boa olhada no corpo nu dele, sem falar na ereção, que parecia não acabar nunca. Depois que ele se abaixou para pegar uma das outras camisinhas que haviam caído no chão, ela estendeu as duas mãos para ele.

Ele as pegou, mas não foi em direção aos braços dela.

— Não sei se posso me controlar com você. Você é linda demais.

As doces palavras do seu ex tinham sido pouco mais do que mentiras para conseguir o que queria. Mas Grayson nunca disse nada além da verdade. Saber que ele realmente pensava que ela era linda significava tudo para ela

— Bem, eu *sei* que não consigo me controlar com você — ela pegou nas mãos dele. — Então venha aqui e vamos nós dois perder o controle.

Antes que ela pudesse piscar, Grayson colocou a camisinha, e a ergueu de forma que suas costas ficaram pressionadas contra a parede de azulejos do chuveiro e suas pernas ao redor da cintura dele.

— Queria seduzir você dessa vez, droga — ele disse em um tom rabugento em seu ouvido que a deixou cheia de calafrios. — Lentamente — ele mordeu a pele macia. — Delicadamente.

— Mais tarde — ela disse ao prender as pernas ao redor da cintura dele para ficar com as mãos livres para corrê-las pelos ombros dele e das costas musculosas. — Neste momento, é *isso* que eu quero. *Você* é quem eu quero.

Ela abaixou o corpo para ele, que mergulhou fundo nela. Pele molhada escorregando contra pele molhada, mãos apertadas, gemidos soando conforme ele angulava os quadris de forma tão perfeita que a fez se contorcer uma vez mais com um prazer tão incrível que ela imaginou se seria forte o suficiente para sobreviver. Especialmente quando ele encontrou o próprio prazer e a fez mover-se ainda mais alto e movimentando-se de forma mais selvagem dentro do corpo dela.

Um pouco depois, Grayson a tirou da parede do chuveiro e afastou as pernas dela da sua cintura, mas, mesmo quando a água ficou mais fria, eles continuaram a se beijar, passando da fome ao doce e voltando ao primeiro. Depois que ele enrolou os dois na toalha, a carregou de volta para cama e a cobriu com os lençóis enquanto ela bocejava, Lori estava se aconchegando no estilo conchinha quando sentiu evidências da contínua ereção pressionando com força contra seus quadris.

— Eu sempre gostei de sexo — ela o provocou por cima do ombro —, mas você é insaciável. Me fala de novo, quando foi a última vez que você transou?

— Não é somente o sexo, Lori — ele disse em uma voz que mostrava tanto desejo quanto sono, e talvez um pequeno contentamento momentâneo, ela esperava. — É *você.*

Menos de uma palpitação depois, ela já estava rolando na cama para fazerem amor da forma lenta e doce que ele não conseguiu no banheiro. Conforme eles se beijavam e passavam as mãos um no outro, conforme ele envolvia seus braços ao redor dela e ela entrelaçava as pernas nele, conforme ele a penetrava com um gemido e ela suspirava de prazer ao mesmo tempo em que erguia os quadris para que ele a penetrasse ainda mais profundamente, Lori não conseguia se lembrar de um dia ter se sentido tão segura. Tão incrivelmente bem.

Grayson ficou ainda mais perto para afundar o rosto na sua nuca úmida, e, depois que a força do orgasmo dele acionou um ainda mais bonito dela também, ele rolou de lado para que ela pudesse aninhar a cabeça no peito dele enquanto entrelaçava as pernas nele.

A última coisa que ela se lembrava ao ter caído no sono foi da suave pressão dele em sua testa ao dar-lhe um beijo de boa noite.

CAPÍTULO DEZENOVE

Era a primeira vez em três anos que Grayson dormia depois do nascer do sol.

A luz do dia penetrava pela janela do quarto enquanto Lori dormia aconchegada em seus braços. Na verdade, estava completamente em cima dele de forma que ele era tanto seu colchão quanto seu travesseiro. Mas, apesar de sempre ter preferido muito espaço na cama, ele se viu não se importando com a forma como ela inconscientemente tomava o espaço da cama toda e de todo o corpo dele.

Lori Sullivan não era apenas Mazinha. Ela era uma força da natureza.

Ele tentou de tudo para afastá-la uma dúzia de vezes na semana passada, mas ela ainda estava ali. Mesmo na noite passada, quando ele pediu muito mais do que merecia, ela não apenas deu a ele sem reservas como também fez amor com o coração aberto.

— Você é uma cama maravilhosa — ela disse ao lentamente alongar um membro de cada vez em cima dele, o que despertou cada centímetro do corpo de Grayson. — Eu sou um bom cobertor, não sou?

Ele adorou a forma como ela acordou com um sorriso.

— Bom, não. Maravilhoso!

— Sei que eu sou — ela disse com um sorriso provocador ao apoiar o queixo com a mão, olhando para ele de onde estava, recostada em seu peito. — Agora me diga uma coisa: foi a minha personalidade brilhante, meus movimentos quentes na cama ou minha mão hábil para alimentar os porcos que deixaram você arrebatado agora de manhã?

Ele sabia que deveria apenas sorrir de volta, permitir que ela continuasse provocando. Mas ele não acordava com uma mulher na cama há três anos, especialmente não com uma mulher tão bonita, que se doava tanto, e não conseguia pensar em uma só coisa que tivesse feito para merecer tudo aquilo.

— Como você pode me perdoar pelas coisas que vivo dizendo? Pela forma como agi? — Na experiência dele, perdão era a coisa mais difícil de todas.

A mão dele imediatamente se moveu para acariciar o rosto dela. Os olhos de Lori expressavam ainda mais meiguice.

— Meus irmãos e eu brigávamos muito quando éramos crianças. A maioria era briga estúpida por causa de bonecas ou do último pedaço de bolo ou de quem ganhou a corrida. Mas às vezes íamos longe demais e realmente magoávamos um ao outro. Não somente com ferimentos e olhos roxos, mas com palavras que não sabíamos como voltar atrás depois — ela sorriu, pensando na família. — Quando a paciência da minha mãe se esgotava, ela pegava a gente pelo cangote como se fôssemos gatos desobedientes e nos trancava juntos no mesmo quarto.

Ele ergueu as sobrancelhas.

— Ela não tinha medo que vocês fossem continuar se socando?

— Ah, a gente continuava. Mas até isso perdia a graça depois de um tempo. Acabávamos percebendo que estávamos presos em um quarto com a única pessoa que *odiávamos* — ela riu alto ao se lembrar desses momentos de confinamento. — Com oito crianças para manter na linha, minha mãe tinha muitas cartas na manga. E a sua genialidade estava em saber que, não importava o que disséssemos ou fizéssemos, não importava a profundidade dos ataques, nada mudava de fato. Nós ainda nos amávamos e sempre nos amaríamos. Era só que, por algum tempo, era mais fácil contra-atacar e ser malcriado do que conversar mesmo sobre o que realmente estava nos deixando mal. Na hora que ela nos deixava sair, já estávamos ocupados demais brincando com algum jogo bobo que tínhamos inventado para querer sair do quarto. E perdoávamos um ao outro sem ao menos precisar dizer as palavras, pois nunca desejamos nos magoar, para começo de conversa.

Ela sorriu para ele, a luz do sol penetrando pela janela, dando a ela uma auréola temporária.

— Caso você não tenha percebido, minha mãe é maravilhosa.

— Por isso.

Ela inclinou a cabeça.

— Por isso o quê?

— Por isso... *você.*

— Há outra razão por eu ter perdoado você — ela disse ao levar a mão dele aos seus lábios, pressionando-a em um beijo. — Ninguém nunca disse nada tão doce para mim antes — ela lhe deu mais um beijo suave. — Nada do que você disse ou fez teve a intenção de me magoar, Grayson. Você nem me conhecia quando eu vim para cá. Você só estava fazendo o que precisava fazer para me impedir de descobrir muito, ou de ter que revisitar a dor do seu passado — ela arqueou as sobrancelhas ao acrescentar —, mas, se acha que ainda faria bem a nós dois você ficar trancado em um quarto comigo, é claro, há um joguinho que eu acho que poderíamos jogar.

* * *

Era uma grande coisa para Lori acordar na cama de Grayson. Ela sempre foi sensual e divertida e acreditava que dependia dela manter seus amantes "prontos e preparados" para que continuassem interessados nela. Mas, depois que dormiu na cama dele, em cima dele, em vez de manter as coisas no nível da superficialidade pela manhã, Grayson quis conversar. Agora, com seus comentários provocantes sobre um jogo juntos, ela achou que estaria dando a ele mais uma chance de uma saída, que ele com certeza desejava, do emocional de volta ao sensual. Quando ele se levantou da cama e foi trancar a porta, todos os pontos sensíveis do corpo dela se aqueceram imediatamente.

Mas, em vez de voltar para a cama com ela, ele se ajoelhou na lateral.

— Naquele dia no chalé, quando você me disse por que estava aqui, eu não apenas não ouvi você; eu fiz algo terrível, desprezando o fato de que sua família sempre te apoiou, fazendo com que isso soasse como um ponto fraco seu. — Dava para notar o arrependimento no belo rosto dele de forma tão clara quanto ela conseguia ouvir cada palavra. — Você me disse que esteve em um relacionamento nos últimos dois anos e o cara era um lixo, certo?

— Lixo total. Mas eu ficava pensando que ele ia mudar, que, em uma daquelas vezes que ele jurava me amar, ele realmente estava dizendo a verdade. Muito tempo depois que minha família implorou para que eu terminasse com ele, finalmente percebi que ele nunca mudaria quando o peguei na cama com a bailarina principal de um espetáculo que eu estava organizando em Chicago. — A dor de perceber como ela tinha sido idiota voltou quando ela disse: — Ele nem me respeitava o suficiente para ao menos me trair com uma estranha. Era como se ele tivesse feito daquela forma para jogar na minha cara, para provar quanto poder ele exercia não apenas sobre mim como sobre o elenco e o espetáculo todo. — A expressão de Grayson era de raiva, os punhos dele se fecharam sobre ela na cama e ela colocou a mão por cima: — Mas eu sabia que eu também tinha poder. O poder de ir embora. O poder de recomeçar. E o poder de fazer com que importasse para mim o que realmente deveria importar.

— Parece que você cometeu o erro de perdoá-lo muitas vezes também.

— Não — ela disse com voz firme —, você e Victor não têm nada a ver um com o outro, então pode desistir de tentar comparar as situações. Mesmo se for uma estupidez eu me meter em encrenca de vez em quando, eu não vou me desculpar por não ser cínica e difícil e por não guardar rancor.

— Nunca se desculpe com ninguém por ser quem você é, Lori.

— E quando eu quebrar alguma coisa? Ou se acidentalmente deixar outro porco escapar? Ou — ela disse, e seus lábios curvaram-se nos cantos — e se eu usei a tinta errada para pintar o fundo do celeiro por acidente?

Os olhos dele se estreitaram diante da pequena confissão antes de ele cair na risada. Era um som tão doce que ela mal conseguia acreditar no que estava finalmente ouvindo. Talvez o resto do mundo não pensasse que fazer Grayson rir era uma realização tão grande quanto montar espetáculos e atuar nos palcos como ela fez durante toda a sua carreira... mas Lori sabia que era pelo menos mil vezes mais importante.

A gargalhada significava que ela o tinha ajudado, pelo menos um pouco, a recuperar uma parte da sua alma.

— Bem, talvez isso requeira um pedido de desculpas — ele provocou, antes de querer a boca de Lori ao voltar para a cama. — Ou pelo menos requeira manter a porta trancada até você me recompensar.

— Mmmm — ela murmurou —, talvez você devesse me convencer a não cometer o mesmo erro novamente.

Ela sentiu a prova de quanto ele havia gostado da ideia quando ele roçou no corpo dela, e estava contente por ela ter conseguido levá-los a um local de diversão e brincadeira. Grayson estava vivendo de forma tão séria por tanto tempo, e, embora ela soubesse que havia mais que ele quisesse dizer naquele dia, coisas que mantinha guardadas por tempo demais, ela também sabia reconhecer, graças aos anos de ensaios, quando era hora de fazer uma pausa, relaxar ou rir ou se agitar e ser tolo antes de voltar a trabalhar pesado.

Felizmente, para Grayson, ela era mestre em bobeiras. E em dar gargalhadas. Sem falar que, ela pensou com um sorriso ao rapidamente se levantar e ficar em cima dele, era também mestre em sexo divertido e obsceno.

As pupilas dele se dilataram e a respiração ficou mais forte na hora em que ela olhou para ele, mordeu o lábio e sussurrou:

— Estou pronta para ser convencida agora

Ela esfregou o quadril nele para provar o que dizia, mas, em vez de dar um tapinha de brincadeira nela, quando sua mão entrou em contato com seu bumbum, foi para acariciá-lo com tanto calor, e com um desejo tão óbvio, que causou ainda mais impacto do que se tivesse sido tocado de outra forma.

Ele a provocou dessa forma por tanto tempo que ela estava prestes a começar a implorar quando ele moveu a mão dos quadris para escorregar dentro da pele molhada entre as suas pernas. Ela imediatamente abriu as coxas para sentir o doce deslize dos dedos dele. Com a outra mão, ele acariciou os seios dela, e, ao tomar um mamilo entre o polegar e o indicador, também começou a passar a ponta do polegar sobre o clitóris dela. Lori estremeceu e gozou com tanta força que tudo escureceu por uma fração de segundos.

Ela ainda estava tentando se recompor quando ele a tirou de cima dele e a pôs de quatro na cama, enlaçando um dos braços com firmeza ao redor da cintura dela para que ela não precisasse suportar seu peso.

A respiração de Grayson era quente no ouvido dela quando ele disse de forma provocadora:

— Aprendeu a lição sobre a escolha certa das cores?

A palavra "Não" mal saiu da boca de Lori quando ele encaixou o quadril no dela. Foi tão bom senti-lo penetrar em uma das suas posições favoritas que ela não conseguiu evitar um grito alto de prazer. Ele não parou os movimentos para se certificar de que ela estava bem, não confundiu o som com outro que não fosse de pura alegria ao pegá-la com força repetidas vezes que ele até teve que proteger a cabeça dela com uma das mãos para que ela não a batesse na cabeceira da cama.

Com cada movimento do corpo dele dentro do seu, Lori sentia que um pouco mais da dor de Grayson partia para dar espaço ao prazer. Prazer que obviamente ele não pensou merecer por três longos anos.

* * *

— Sua esposa era bonita, não era?

O primeiro pensamento de Grayson ao deitar-se aconchegado, solto e entrelaçado aos braços e pernas de Lori um pouco depois era que somente ela pensaria em fazer essa pergunta sobre a esposa dele primeiro, pois todo mundo ia direto ao mórbido, à tristeza.

O segundo pensamento foi, com os pássaros cantando e as folhas chiando do lado de fora da janela do quarto, que finalmente parecia certo responder as perguntas sobre o passado dele.

Lori tinha lhe dado tanto: surpresa, prazer, riso.

O mínimo que ele poderia dar a ela era a verdade.

— Ela era. — Ele ficou surpreso ao ver-se imaginando Leslie como ela era aos dezenove anos em vez da mulher infeliz de trinta e dois que ele tinha na cabeça desde que ela morrera. — Muito bonita.

— Quem se apaixonou primeiro? — Lori virou-se para que pudesse ver o rosto todo dele ao mesmo tempo em que ainda tocava a extensão do seu corpo. — Você ou ela?

Não havia ciúme nem pena na pergunta de Lori, então foi surpreendentemente fácil responder.

— Estávamos na faculdade, e ela disse *não* da primeira vez em que a convidei para sair. Definitivamente, eu.

Lori pareceu encantada com a notícia.

— Hum, você teve que dar em cima dela?

Apesar de seus corpos já estarem se tocando dos ombros aos pés, ele teve que estender a mão para afagar o cabelo de Lori, tirando a mão do rosto dela ao dizer:

— Eu não aceito um não como resposta.

— O que com certeza ela achou tão sexy quanto eu, a propósito — ela disse, e continuou: — Fale mais dela, de vocês dois.

Surpreso ao perceber que as perguntas de Lori estavam na verdade ajudando a lembrar e honrar a esposa de uma forma que ele nunca foi capaz desde a sua morte, ele contou:

— A gente se casou logo após a formatura. Eu fui trabalhar na firma de investimentos do meu pai, e ela arrumou um emprego como decoradora. Quando comprei a nossa primeira casa no campo, ela saiu do emprego para se concentrar na decoração da casa e trabalhar em eventos filantrópicos e na família que planejávamos ter. — Dessa vez Lori ficou em silêncio e esperou que ele continuasse. — A gente teve problemas para engravidar.

Lori pegou a mão dele. Não apertou com força, só segurou.

— Deve ter sido difícil.

Ele respirou fundo, uma respiração que parecia estar contida há muito tempo.

— Nosso casamento não foi o que pensávamos que seria. A casa no campo foi nossa primeira tentativa de arrumar as coisas. Uma criança seria a segunda. Como nenhuma dessas coisas deu certo...

— Em algum lugar, no meio do caminho, ela começou a beber. Mas eu nunca soube o que ela estava fazendo até ela bater o carro em uma árvore e me contarem que o sangue dela continha um nível de álcool muito acima do permitido. Foi então que fui para casa e vi todos os sinais que tinha deixado passar, cada uma das dicas que ela vinha dando a mim, apenas esperando que eu a visse. Esperando que eu a apoiasse da forma que havia prometido quando éramos jovens e o mundo ia ser nosso, e eu me recusei a tê-lo de outra forma.

Lori levantou a cabeça do peito dele:

— Ontem à noite, quando você me levou ao baile no celeiro e me empurrou na direção da pista de dança, você devolveu meu coração, Grayson. — A boca de Lori estava muito próxima da dele quando ela sussurrou. — E não consigo ver como um homem capaz de fazer algo tão bom poderia ser ruim.

Os pássaros ainda cantavam e as folhas ainda chiavam. As galinhas ainda precisavam que seus ovos fossem recolhidos e as baias dos porcos tinham que ser limpas. As plantações precisavam ser cuidadas e as caixas da ASC precisavam ser montadas. Mas, quando Lori o beijou, e ele retribuiu o beijo antes de fazer amor com ela mais uma vez, Grayson sabia que tudo tinha mudado.

Ele finalmente sabia como era segurar o brilho do sol em suas mãos... e, quando Lori fosse embora, seria inverno o ano todo, mesmo nos dias mais quentes do verão.

CAPÍTULO VINTE

Os dias seguintes passaram rapidamente, com muito trabalho, enquanto Lori ajudava Grayson a montar as placas e as vigas para o novo telhado do chalé enquanto eles mantinham todas as tarefas usuais da fazenda. E, claro havia sexo maravilhoso todas as noites, quando os animais estavam finalmente cuidados e a única coisa em que os dois precisavam pensar até o nascer do sol era neles mesmos.

O sexo era tão bom, na verdade, que Lori às vezes se perguntava se estava sonhando. Mas todas as manhãs, quando Grayson a arrancava da cama ao nascer do sol para que ela pudesse preparar o café da manhã para os dois, ela sabia que não estava. Um sonho nunca poderia ser tão insensível, nem fazer seus músculos doerem tanto com as listas tão incrivelmente longas de tarefas a serem feitas na fazenda.

Ela estava em um intervalo de dez segundos, sonhando com uma praia tropical e uma bebida saborosa, quando Grayson apareceu montado a cavalo:

— Preciso da sua ajuda nos fundos da fazenda. — Ele a ergueu no cavalo sem ao menos dizer “por favor”.

— Sabe — ela disse enquanto ele a enlaçava rapidamente na cintura cavalgando com ela —, tenho certeza de que eu poderia aprender a cavalgar se você pudesse perder um pouco do seu precioso tempo para me ensinar.

— Claro que eu poderia — ele concordou. — Você seria uma amazona natural. Mas quero você aqui comigo.

Com as palavras surpreendentemente adoráveis ecoando por todo o coração dela, Lori se aninhou mais profundamente contra ele.

— Eu também prefiro ficar aqui com você. — Ela honestamente não conseguia pensar em lugar algum em que preferisse estar que não fosse aquele belo pasto verdejante com Grayson. — Então, o que você planejou para mim agora?

— Tem certeza de que quer saber?

Ele parecia feliz demais consigo mesmo, e ela gemeu ao pensar nas possibilidades de trabalho tortuoso que ele havia planejado para ela, como cavar uma vala ou arrastar pedras pesadas. Mas, quando a grama começou a se transformar em areia e ele não parou o cavalo, suas suspeitas subitamente mudaram de direção.

— Você também é dono da praia?

— Tecnicamente, não — ele respondeu quando finalmente prendeu o cavalo em uma árvore próxima e a ajudou a descer com as mãos enormes na cintura dela, roubando-lhe um beijo. — Mas, já que a única forma de acesso à praia para esta parte do litoral é pela minha propriedade, você não vai ter que se preocupar com ninguém vendo você nua.

— Nua? — O corpo dela se aqueceu por inteiro quando ela estreitou os olhos. — Você está dizendo que me trouxe até a praia para me seduzir?

Ele tirou um enorme embrulho de alumínio e uma garrafa térmica de um alforje.

— Eu também trouxe o almoço. Para mais tarde.

Ela adorava vê-lo assim. Sorrindo. Brincalhão. Feliz. Era assim que ele merecia ser.

Lori queria tanto curar Grayson. Ele obviamente culpava a si mesmo pelo que havia acontecido com a esposa. E ela odiava que ele pensasse dessa forma. Queria acabar com a dor dele e preencher os espaços vazios com amor.

Mas ela sabia que a vida nem sempre era fácil. E às vezes divertir-se apesar da dor é tudo o que você pode fazer.

Ela olhou para o piquenique e provocou.

— Bem, se você fez o almoço, acho que eu posso servir de aperitivo.

Em seguida ele a levantou e a colocou nos ombros, pegando um cobertor grosso do alforje e levando-a para a praia. Ela podia facilmente ir andando, mas qual a razão para fingir que não estava adorando aquilo?

Assim como ela ia fingir, pelo menos nos próximos dias, que a vida poderia ficar daquele jeito para sempre.

Eles mal espalharam a coberta na areia e já estavam se agarrando.

— Não sei o que você faz — ele murmurou enquanto tiravam as roupas um do outro e ele se sentou na coberta e a trouxe para perto dele. — Tudo o que sei é que não posso parar de desejar você.

— Vou mostrar a você — ela disse ao enlaçar os braços ao redor do pescoço dele, ficando sobre o corpo nu de Grayson. Ela adorava sentir o coração dele batendo forte e rápido contra o seu peito nu, prova de que ela o afetava tanto quanto ele a afetava.

As bocas se encontraram em um beijo suave, o sal que vinha do mar já estava em seus lábios. Ela sabia que nunca se esqueceria daquilo, fazer amor com Grayson na praia dele, com os braços dele firmes e quentes em volta dela. Dava para sentir o quanto ele a queria, mas ele não a apressava, não os rolou por cima da coberta para penetrá-la, apesar de que os dois com certeza curtiriam isso também.

Ele deu a ela tanto prazer ao mesmo tempo em que lhe devolveu a confiança em si mesma como mulher bonita e desejável, e agora ela queria devolver o mesmo a ele. Lori sabia que não poderia curar Grayson inteiramente, que não podia mudar seu passado. Mas poderia lhe dar poucos momentos de perfeição nos braços dela.

Momentos como aquele.

Ela lambeu a língua dele e Grayson gemeu de prazer dentro da sua boca enquanto a lambeu de volta. Ele a fazia sorrir, seu fazendeiro bronco e rabugento, e, quando ela balançava a pelve sobre a dele, a ereção era forte e pulsante contra sua pele molhada.

Mas havia muito mais que ela queria saborear, e correr a língua e os

lábios. Ela encheu seu rosto de beijos, sentindo a barba arranhar seus lábios da forma mais deliciosa, depois fez o mesmo no pescoço, onde havia lambido a chuva da pele dele havia exatamente uma semana.

A tempestade não tinha apenas castigado lá fora. Também tinha atingido os dois com a mesma força, tão repentinamente quanto. Ele disse que ela o fez esquecer, mas ela se esqueceu também. A cada beijo, a cada carícia, Grayson foi tomando o lugar de todos os outros homens com quem ela tinha estado. Todos eles não passaram de um prelúdio para a coisa verdadeira.

Para o amor.

Ela planejava passar a mão pelos ombros largos dele, beijar cada centímetro dele, mas a intensidade da paixão de um pelo outro era profunda demais para ela fazer outra coisa que não fosse pegar a camisinha que ele jogou na coberta, rasgar a embalagem e erguer o quadril para que ele pudesse colocá-la no pênis, que mostrava uma ereção absolutamente maravilhosa.

O corpo inteiro de Grayson ficou tenso quando os dedos dela tocaram a carne rígida, e ela entendeu como ele estava se esforçando para se controlar por mais alguns segundos, pois estava fazendo a mesma coisa consigo mesma.

— É melhor você ir mais rápido — ele resmungou.

Lori ria e ofegava ao mesmo tempo quando decidiu brincar com ele só mais um pouquinho.

— Estou indo o mais rápido que posso — ela disse, mesmo movendo as mãos bem lentamente, com os quadris saltando um pouco contra o corpo dele, os seios roçando seu peitoral duro como pedra enquanto ela brincava com a camisinha.

— Está coisa nenhuma — ele retrucou, e então tirou o trabalho da mão dela. As mãos dele moveram-se para seus quadris um momento depois para segurá-la com firmeza, finalmente penetrando-a, escorregando pela espessa extensão de cada centímetro perfeito dele.

Os olhos dela se fecharam, a respiração acelerou com o prazer que dominava seu corpo. Quando ela finalmente conseguiu respirar de novo e abrir os olhos, viu Grayson encarando-a com tanto desejo, e tanta surpresa, que seu peito ficou apertado ao saber que ela podia de fato sentir o amor pulsando entre eles.

A única maneira de impedi-la de dizer as palavras em voz alta foi cobrir a boca com a dele e se concentrar em cada célula, cada músculo de seu corpo no prazer, enchê-la com o calor forte dele repetidas vezes, senti-lo ficar cada vez maior, cada vez mais duro dentro dela a cada movimento.

— Grayson. — Ela não conseguia ver mais nada, só ele, não conseguia pensar em mais nada, só no nome dele, não conseguia sentir nada além do prazer mais profundo que havia conhecido em sua vida. Conforme as ondas do mar batiam atrás deles sobre as pedras entalhadas na costa, Grayson era sua âncora, e a segurava com tanta firmeza em seu colo que não dava mais para ela se mover. Ela só podia se conter durante os movimentos dele repetidas vezes até atingir um clímax tão forte e tão bonito que ela quase chorava de prazer.

Quando ele chamou o nome dela, e depois explodiu dentro dela quando Lori se segurava nele com a mesma força com que ele a segurava, ela não teve que imaginar se seu corpo tinha acabado de falar sobre o amor que ela não se permitia dizer em voz alta.

Tudo o que sobrou para imaginar era se ele tinha ouvido também.

* * *

Na tarde seguinte, o sol já estava começando a se pôr quando Grayson a encontrou no chiqueiro.

— Você veio limpar as baias só agora?

Lori ficou surpresa tanto pela forma como ele conseguiu infundir cada palavra com tanta irritação quanto por ter achado aquilo fofo. Sem se apressar ao terminar a última baia, ela cuidadosamente lavou o ancinho e o pendurou antes de dizer:

— Eu teria terminado mais cedo, mas alguém fez com que eu me atrasasse hoje de manhã.

Ela se aproximou dele no portão e ele fez uma careta.

— Você precisa *mesmo* de um banho.

— Bem, você é *mesmo* rabugento — ela retrucou mesmo quando podia ter completamente concordado com ele. — Será que um banho limpa isso também?

— Você acha que isso foi ser rabugento? — ele resmungou ao pegá-la e arrastá-la para a lateral do celeiro. — Vou mostrar para você o que é ser rabugento.

Antes que ela se desse conta, ele a colocou em pé, inteiramente vestida, debaixo do chuveiro de fora. Tirou as roupas molhadas dela, o chapéu e as botas com tanta rapidez que tudo o que ela pôde fazer foi assisti-lo chocada, enquanto permitia suas ações. Ficou duplamente chocada quando percebeu que ele também tinha tirado o jeans e as botas dele também, e já colocava uma camisinha.

Um pouco depois, ele a pegou com força e a penetrou, os dois vorazes apesar do fato de que mal haviam se passado oito horas desde a última vez que fizeram amor. Ela não precisava de preliminares, não precisava de nada além dos braços fortes ao redor dela e do desejo feroz de levá-la além dos limites, e então, durante todo o tempo, seus lábios pousaram nos dela e a língua dele estava dentro da boca de Lori enquanto ele movimentava os quadris para a frente.

Mais tarde, quando ele a ensaboou, e depois fez com que ela se sentisse bem por inteiro, Lori fez uma anotação mental para se lembrar de xingar Grayson mais do que já xingava.

* * *

Alguns dias depois, Grayson havia acabado de pisar na porta dos fundos quando ouviu a voz de Lori vindo da cozinha.

— Oi, Soph, hora do meu check-in diário para você não achar que o assassino do machado me pegou.

Ele não tinha percebido que Lori e a irmã se falavam todos os dias. Apesar de terem se aberto um ao outro sobre seus relacionamentos fracassados depois de sua primeira noite juntos, por um acordo tácito desde então, eles não forçaram a barra um do outro para nada. Em vez disso, simplesmente aproveitavam o tempo juntos.

Mas estava ficando cada vez mais difícil para Grayson negar que estava faminto por mais de Lori. Não só o corpo dela. Não só o seu riso. Conhecê-la melhor.

Tudo sobre ela, por dentro e por fora.

Então, mesmo sabendo que não deveria ouvir sem o conhecimento dela, ele ficou do lado de fora e a deixou terminar a ligação em particular.

— Ah! — ela ouviu Lori exclamar — Esse som é o de um bebê rindo? Sério, são os dois bebês rindo ao mesmo tempo? — Ela sentiu a admiração na voz profunda dela com o fundo de seu coração. — O que poderia ser melhor que isso? — ela perguntou, também rindo docemente. — Não vejo a hora de vê-los no domingo. Sinto muita falta dos meus sobrinhos.

Ele sabia, desde que a havia levado ao Armazém Geral para comprar botas, que ela o deixaria no domingo na hora do almoço.

Infelizmente, ele também sabia que as chances de retorno à fazenda, e para ele, depois disso eram mínimas. Assim que entrasse novamente em sua vida real, ela veria como era ridículo se esconder na fazenda dele. Lori era uma bailarina de primeira classe. Tinha uma família que amava. Por mais que parecesse fazer parte da terra toda vez que ele olhava para ela, a verdade era que não pertencia à fazenda.

Era por isso que ele tinha tomado o cuidado de não se aproximar demais, dizendo a si mesmo repetidas vezes que era mais sábio só se encher de prazer para não se machucar tanto quando ela fosse embora.

Mas Grayson sabia que não seria assim: iria doer como o inferno.

E ele teria que deixá-la partir de qualquer forma. Manter Lori escondida na fazenda privaria o mundo de seu verdadeiro dom especial. Ele soube no primeiro segundo que ela não duraria muito por ali. Mas pensou que ela fosse partir por não conseguir executar o trabalho pesado.

Agora ele sabia a verdade. Lori Sullivan podia fazer tudo que se propusesse a fazer. Da mesma forma que havia ótimos trabalhadores rurais por aí, apenas algumas pessoas eram destinadas a ser bailarinas.

— Sim — ela disse à irmã —, me sinto melhor — ela soltou um suspiro de alegria. — Muito melhor. O que posso dizer? Ser trabalhadora rural obviamente combina comigo. Ah — ela acrescentou em tom de brincadeira —, e muito sexo supermaravilhoso com um caubói gostosão não é mau, também.

Ela riu de algo que a irmã disse:

— Não se preocupe, Soph. Você vai gostar do Grayson. Ele não tem nada a ver com o Victor — Lori ficou em silêncio por alguns segundos quando a irmã falava de novo e respondeu: — Não sei. Ainda estou pensando nisso.

O que ela não sabia? Grayson perguntou a si mesmo. Se ela ia finalmente confrontar o babaca que namorou? Ou será que estava contando à irmã que pensava haver uma chance de futuro com o caubói?

Merda. Era por isso que ouvir conversas era ruim. Especialmente metade de uma conversa.

— Também te amo, Soph. Beije cada um dos dedinhos perfeitos de Smith e Jackie pela titia.

Grayson saiu de fininho da lateral e ficou na entrada dos carros, olhando para a lua, perguntando quando tinha perdido totalmente o controle do seu coração. Alguns minutos depois, Lori saiu e entrelaçou a mão à dele.

— Juro — ela disse com a voz cheia de admiração —, a lua parece mais bonita aqui do que em qualquer lugar. Tudo parece mais bonito aqui.

— Fica ainda melhor no meio do pasto.

De mãos dadas, eles começaram a caminhar lentamente. O ar da noite era limpo e fresco, o céu, muito azul. Pela primeira vez ela estava quieta ao olhar para o céu, e ele sabia que deveria apreciar o raro momento de silêncio.

Só que, mais do que um retorno à quietude à qual se acostumou no decorrer dos últimos três anos, ele queria *Lori.*

— Me conte sobre a sua família.

Ele a sentiu expressar uma surpresa óbvia, mas ela rapidamente a transformou em risada.

— O sol provavelmente vai ter voltado a brilhar quando eu terminar de falar. Somos oito, lembra-se?

— Você só tem uma irmã, certo?

Ela assentiu:

— Somos gêmeas.

— Há duas de vocês?

— Não pareça tão horrorizado. Não somos nada parecidas. Na verdade, posso garantir que você iria *amar* minha irmã tranquila, calma e bibliotecária. Todo mundo ama, especialmente o marido coberto de tatuagens e dono de um pub, o Jake.

Ele arqueou a sobrancelha.

— Como é que eles ficaram juntos?

— Sophie e Jake são apaixonados um pelo outro desde crianças, mas ninguém quis admitir até finalmente cederem e decidirem ter uma noite de sexo sem compromisso no casamento do meu irmão Chase. Sophie ficou grávida de gêmeos e o resto é história.

Naquele momento, ele não estava terrivelmente surpreso pela forma como Lori agia, como se algo daquele tipo fosse a progressão perfeitamente natural de um relacionamento. Ela não esperava que a vida fosse normal, ou seguisse regras.

— Meu irmão Gabe é apenas um pouquinho mais velho que Soph e eu. Ele é bombeiro em Nova York e recentemente se casou com

Megan, depois de salvar ela e a filha, Summer, de um incêndio muito sério no apartamento delas ano passado. — Quase sem respirar entre as frases, ela explicou: — Summer é uma garotinha maravilhosa de oito anos que pediu para o meu irmão Zach ficar com o cachorrinho dela durante as duas semanas de férias da família. Ele acabou conhecendo Heather, que é treinadora de cães e não tem nada a ver com ele. Mas então o cachorro dela se apaixonou pelo cachorrinho dele, e Zach percebeu que não poderia viver sem Heather também, então eles estão noivos agora.

A cabeça dele estava girando com os nomes e os detalhes.

— Os cães estão noivos? Ou você está falando do seu irmão e da treinadora de cães?

— Ah — ela exclamou —, Summer *adoraria* se fizéssemos uma cerimônia para os cães também. Boa ideia! — Ela fez uma pausa por meio segundo antes de passar para uma pergunta que parecia totalmente fora de contexto. — Você gosta de beisebol?

Ele olhou para ela de uma forma que queria dizer que ela já devia saber a resposta.

— Sou um homem americano de sangue vermelho. Claro que gosto de beisebol.

— Como você é de Nova York, é provável que torça mais para os Yankees do que para os Hawks, certo?

— Você tá brincando? Depois de ter visto Ryan Sullivan arremessar de perto, eu... — de repente a ficha caiu ao dizer o sobrenome do jogador. — Não me diga que seu irmão é o cara responsável pela vitória dos Hawks na Liga Mundial este ano.

— Ano passado também — ela confirmou, com um sorriso de felicidade. — Ele acabou de ficar noivo da sua melhor amiga do ensino médio. Vicki é uma escultora excepcional. Tão excepcional, na verdade, que um dos meus irmãos mais velhos a contratou para trabalhar em seu último filme.

Grayson pensou que estivesse acompanhado as histórias dela, mas agora já estava perdido de novo.

— Você tem um irmão ator de cinema?

— Eu deveria ter feito você adivinhar esse aí. — Ela esperou com expectativa para que ele adivinhasse quem em Hollywood poderia ser parente dele, antes de finalmente torcer o nariz e suspirar. — Não sei por que *ninguém* nunca vê a semelhança familiar. Vou dar uma dica para você. — Ela fingiu estar usando uma arma com a mão livre e apontou para ele. — *Todos os amigos certos nos lugares certos não podem salvar você agora, podem?*

— Jesus — ele disse ao perceber que o irmão era Smith Sullivan, um dos maiores astros da atualidade. — Há alguém que *não* seja parente seu?

— Bem — ela disse bem lentamente, para ele perceber que ainda iria atingi-lo na cabeça com mais um irmão especial —, sabe o vinho que bebemos uma noite dessas? Meu irmão Marcus é dono da Vinícola Sullivan, e...

— Há um *e*?

Lori começou a cantarolar uma canção que ele ouviu no rádio aproximadamente mil vezes ano passado. Era uma que grudava no ouvido ao mesmo tempo em que era tão bem escrita que você não enjoava dela.

— Você conhece essa música, não conhece?

— Quem não conhece?

— A noiva de Marcus, Nicole, a escreveu. É ela quem canta. — Ela levou as mãos ao peito dele. — Mas, antes de você surtar completamente ...

— Não estou surtando — ele disse, mas ela o ignorou, claro.

— ... como percebi que você não é muito ligado em fotografia, é bem provável que não tenha ouvido falar do meu irmão Chase.

— Eu fazia parte da diretoria do Centro Internacional de Fotografia em Nova York — ele retrucou. — Claro que sei quem é Chase Sullivan.

Será que ele tinha sido tão estúpido a ponto de achar que poderia fazer sexo descomplicado e descomprometido com Lori *Sullivan?*

Inferno, em tudo que fizesse ou visse ou ouvisse pelo resto da vida, ele pensaria nela e em sua família.

— E você sabe que meu pai morreu. Eu só tinha dois anos, mas minha mãe e meus irmãos mais velhos contam as histórias mais maravilhosas sobre ele, então parece que tenho lembranças dele, mesmo sem ter.

Ela a puxou para perto dele, para o lugar em que ele sempre a quis, com o corpo pressionado bem perto do dele, o rosto macio em seu pescoço. Quando ela contou sobre o pai antes, ele não foi gentil, não disse o que diria agora.

— Sinto muito.

— Eu também — ela disse ao enlaçar os braços ao redor do pescoço dele. — Agora me conte sobre a sua família.

— É bem o oposto da sua. Não tenho irmãos e irmãs. Meu pai ainda trabalha no mercado de ações e minha mãe ajuda na metade dos centros de filantropia da cidade.

— Eles devem ficar tão impressionados com a sua fazenda, com todo o seu trabalho aqui para fazer a diferença ao alimentar uma comunidade inteira.

Ele balançou a cabeça negativamente.

— Eles não conhecem.

— Como eles não podem querer vir aqui para ver o que você criou? — Ela pareceu insultada em nome dele. — Quer dizer, sei que é diferente do que estão acostumados na cidade, mas um pouco de lama não dói.

Ela era uma defensora tão feroz dele, tão pronta para ficar ao lado dele. Quando, o quê, como ele tinha feito qualquer coisa que fosse boa o suficiente para merecer esse tempo com ela? E como poderia encontrar uma forma de mantê-la ali por um tempo maior do que duas semanas sem se ressentir por mantê-la longe da família, da carreira, de sua vida real?

— Nunca pedi que viessem — ele admitiu.

— Ah, Grayson... — Ela levou a mão dele aos lábios e pressionou um beijo na palma. — Eles não aprenderam que não é preciso esperar um convite, pois a única coisa que funciona é simplesmente aparecer e se recusar a partir? Por que somente eu e Docinho somos as únicas pessoas que descobriram isso?

Todos os dias, todas as noites, Grayson queria beijá-la, mas nunca mais do que queria naquele momento, com as doces emoções claras como o céu noturno nos lindos olhos dela.

Mantendo a mão que ela estava segurando entre eles, ele entrelaçou os dedos com a outra mão no seu cabelo macio. Lori já estava inclinando a boca quando Grayson abaixou a dele na direção dela.

Toda vez que beijava Lori e sentia seu frescor e doçura, Grayson sentia como se tivesse tomado banho com a luz do sol quente em um perfeito dia de verão. Mesmo agora, quando a beijava debaixo da luz da lua e das estrelas, o calor que corria por suas veias bombeava um coração que ficou frio por tanto tempo.

Ele nunca queria parar de beijá-la, nunca queria soltar a bela garota doce e quente de seus braços. Uma semana atrás, queria se livrar dela de qualquer forma. Mas a conversa com a irmã foi um lembrete de que ela partiria em breve... e ele não estava nem perto de preencher esse vazio ainda. Então, em vez de soltá-la, Grayson a puxou ainda mais para perto.

Quando ela ofegou de prazer em seus lábios, foi o som mais lindo que ele já ouviu.

* * *

Por todo o dia seguinte, Lori pensou no beijo que Grayson lhe deu sob a luz da lua.

Ela não ficou surpresa em encontrar um lado profundamente romântico nele. Não quando ele foi se revelando aos poucos nas duas últimas semanas sem nem mesmo perceber. Como ele foi gentil retirando um carneirinho de um arbusto de amora no qual havia se prendido. A forma como conversava com os cavalos, em um tom baixo, calmo, ao domá-los. O cuidado com que pegava suas galinhas premiadas para acariciar-lhes as penas. E, claro, seu lado romântico era bem mais divertido quando contrastado com a atitude rabugenta durante o dia de trabalho.

Verdade seja dita, não havia um lado dele de que ela não gostasse, e cada vez com mais frequência ela se via pensando no futuro... e se seria possível um futuro juntos para eles. Será que ela poderia pensar em uma maneira de combinar a vida que tinha antes de Grayson com a nova que encontrou nos pastos infinitos de Pescadero?

Em dois dias ela iria para a casa da mãe para o almoço de domingo, como tinha prometido à irmã. Eles iriam querer saber de tudo, e ela sabia que teria que contar sobre seu ex, a fazenda e o trabalho que estava fazendo há duas semanas.

Mas o que ela diria sobre Grayson?

E como poderia explicar o que tinha encontrado ali com ele sem parecer estar tremendamente apaixonada por um homem que não podia corresponder a seu amor?

Sim, ela sabia que nenhum deles tinha trilhado um caminho fácil para conseguir o seu *felizes para sempre.* Contudo, ser a única exceção em uma família em que todos os irmãos eram felizes no amor não era fácil.

Ir com Eric ajudar nas coletas da ASC foi meio nostálgico; ela se perguntava se não seria a última vez que faria aquilo. Depois que ele a deixou de volta na entrada de carros, Lori encontrou Grayson no alto do telhado do chalé.

— Ei, caubói — ela o chamou —, você faz uma garota querer olhar para o céu azul para sempre.

E era verdade. Mesmo olhar para ele a certa distância fazia seu coração se apertar, seu estômago revirar e sua respiração acelerar. Ela podia tê-lo amado por apenas uma semana, mas o amor era tão profundo que ela mal conseguia segurar as palavras às vezes, especialmente quando Grayson a beijava e a segurava em seus braços fortes à noite.

Ele sorriu para Lori, o sorriso que ela amava tanto fazendo o coração dela bater como louco ao dizer:

— Aí embaixo também está muito bom, vaqueira.

— Bom o bastante para fazer um intervalo? — ela disse, balançando o peito e os quadris em tom de brincadeira.

— Claro que sim — ele disse com uma voz quente e sensual que fez a cabeça dela girar e os joelhos perderem a força. — Pegue o martelo pequeno no balcão da cozinha para mim que eu vou martelar essas duas últimas tábuas. — Ele tirou a roupa dela com o olhar e completou. — E depois vou martelar você.

Nossa, como ele sabia motivá-la. Ela foi correndo para a cozinha pegar o martelo. Mas, quando viu Docinho com o corpo metade caído para fora da cama de travesseiros e cobertores, com a cabeça virada em uma posição estranha, Lori imediatamente se esqueceu de Grayson esperando por ela no telhado.

— Querida, você está bem? Por favor, fique bem.

Ela passou a mão com carinho pelo corpo da gata e ficou mais do que aliviada por ver que ainda estava quente e respirando. Ela imediatamente a tirou do chão. Apesar de todas as refeições especiais que Lori vinha fazendo para ela, servidas em sua própria mão, a gata de Grayson havia ficado terrivelmente magra, tanto que todas as suas costelas estavam à mostra. Até a sua cauda, que permanecia espessa apesar da doença, estava quase sem pelo.

Lori ainda estava sentada no sofá ninando a gata em seus braços quando Grayson entrou pela porta lateral.

— Quanto tempo você está planejando me fazer esperar pelo... — Ele paralisou assim que a viu com Docinho. — Aconteceu algo com a Mo?

Pela primeira vez, Lori não o corrigiu em relação ao nome da gata.

— Acho que ela não está se sentindo bem hoje. Vamos ficar aqui aconchegando.

Grayson sentou-se ao lado delas no sofá e passou a enorme mão sobre a gata magricela antes de colocá-la sobre a de Lori. Eles ficaram assim por um bom tempo até o momento em que a gata dormiu tranquilamente, o lobo solitário e as duas andarilhas que se recusaram a deixá-lo sozinho.

CAPÍTULO VINTE E UM

Cedo naquela manhã, Grayson se forçou a levantar-se com o sol, apesar de estar com a garota mais linda em sua cama, quente e macia e sempre pronta para ele. Quando foi para a cozinha coar uma rápida xícara de café, imediatamente soube que algo estava errado.

Era Docinho. Ela não estava ronronando como sempre fazia. Não estava piscando para tomar conhecimento da presença dele por uma fração de segundo antes voltar a dormir o restante da manhã toda.

Ela os deixara.

Seu coração se partiu quando finalmente perdeu a amiga peluda que tinha estado com ele por todo o caminho enquanto construía uma nova casa na fazenda. Ao mesmo tempo, ele tinha passado a aceitar a vida e a morte de seus animais. Era a natureza. Era o ciclo das coisas.

Mas Lori ia ficar absolutamente devastada.

Tirando uma coberta do sofá, ele cuidadosamente enrolou a gata nele. Podia enterrar Docinho antes que Lori acordasse e poupá-la da despedida dolorosa, mas sabia que isso seria pior.

Carregando a gata nos braços, Grayson voltou ao quarto. Simplesmente ficou olhando para Lori por alguns segundos, saboreando sua presença na cama dele, o cabelo negro esparramado pelos travesseiros, o belo rosto calmo, o corpo infinitamente energético finalmente parado por pouco tempo até ela acordar. A boca estava levemente inclinada nos cantos, e ele esperava que ela estivesse sonhando com ele.

Merda. Ele não podia fazer isso com ela, não podia acordá-la de seus sonhos felizes para partir seu coração. Estava indo embora com a gata quando ela se mexeu.

— Grayson?

Ele engoliu fundo antes de se virar para encará-la. Ela imediatamente percebeu o pacote em seus braços.

— É a Docinho? — A voz de Lori estava surpreendentemente estável.

Grayson, por outro lado, não conseguia encontrar sua voz e só conseguiu assentir.

Silenciosamente, ela afastou as cobertas e se vestiu. Não estava chorando, mas ele sentia a tristeza irradiando dela a cada movimento. Juntos, foram lá para fora, os dois automaticamente se dirigiram ao celeiro. Lori caminhou até o local com a vista mais encantadora da propriedade.

— Aqui. Docinho deve ficar aqui. Bem ao lado do celeiro, onde você a encontrou.

Ele entregou Mo para ela e pegou a pá. Não levou muito tempo para cavar o buraco, e logo Lori se ajoelhou para colocar a gata lá. Uma lágrima rolou pelo seu rosto, e depois mais uma.

— Obrigada por fazer com que eu me sentisse bem-vinda aqui, Docinho. Amo você.

De alguma forma, Grayson impediu que a próprias lágrimas caíssem quando Lori deu um passo para trás e ele começou a cobrir o buraco. Ela achou uma pedra e algumas flores e as arrumou sobre a cova.

Quando ela olhou para ele, o rosto cheio de lágrimas e os ombros se curvando de dor, Grayson finalmente a tomou em seus braços da forma que queria ter feito desde o começo. Ficaram daquele jeito por um bom tempo, até ela começar a tremer nos braços dele. Gentilmente, ele a levou de volta para dentro. Lori chorava mais a cada passo que se afastava da cova da gata.

— O amor é muito duro — ela disse entre os soluços. — Sou muito fraca para o amor. — Ela balançou a cabeça no peito dele. — Nunca mais vou amar coisa alguma novamente. Nunca. Jamais. Nem nada nem ninguém.

Grayson a abraçou com mais força, mais apertado. Sabia que ela iria chorar e teria feito qualquer coisa no mundo para que ela não tivesse que chorar.

Mas ela tinha que chorar. Tinha se apaixonado pela gata quase sem pelo e com mau hálito com todo o seu coração.

Ele sabia agora que era assim que Lori Sullivan amava. O tempo todo. Todas as vezes.

Mesmo quando ela sabia que seu amor não seria capaz de salvar nada nem ninguém.

— Você tem o coração mais delicado que já conheci — ele disse, sussurrando as palavras por entre os cabelos dela enquanto a acalentava. — E é exatamente isso que a deixa tão forte.

Era por isso que ele a amava. Uma das razões. Pois ele também amava as respostas travessas. Ele amava a forma como ela se punha inteira em qualquer coisa que fizesse, mesmo se não tivesse ideia alguma do que estava fazendo e acabasse fazendo tudo errado. Ele adorava a forma como ela dançava, como se estivesse conectada às nuvens e ao sol e ao arco-íris.

E ele adorava a forma como ela entrou com tudo na vida dele e virou tudo de ponta-cabeça antes que ele tivesse a chance de impedi-la.

Talvez não fosse justo dizer isso para ela agora, combinar amor e morte no mesmo momento. Mas, se havia uma coisa que Grayson aprendeu durante os três últimos anos, era que a vida não era justa. O tempo podia destruir suas plantações da noite para o dia. Um animal saudável podia ficar doente tão de súbito que não houvesse tempo para chamar o veterinário.

E uma linda garota podia aparecer na sua soleira e mudar a sua vida sem nenhum aviso prévio, não deixando tempo para descobrir como proteger dela o seu coração.

— Eu te amo.

Ela ainda estava soluçando, as lágrimas molhavam a camiseta dele, quando ergueu a cabeça para encará-lo. Os olhos estavam vermelhos e o nariz estava escorrendo... e ela nunca pareceu tão linda.

— O que você disse?

Ele pensou que, quando finalmente perdesse o coração para uma mulher novamente, seria daquela forma. Por uma mulher que o deixou louco desde o momento em que bateu os olhos nela.

— Eu disse... — Ele fez uma pausa para que ela entendesse bem dessa vez. — Eu. Te. Amo.

Os soluços dela diminuíram quando ela piscou, em choque.

— Você me ama?

Ela disse como se aquela fosse a ideia mais louca do mundo. Como se não houvesse jeito algum de ele possivelmente amá-la.

Frustração, a frustração familiar que ele sentiu desde o primeiro dia, quando ela lhe disse que iria ser a melhor ajudante que ele já tivera, começou a consumi-lo.

— Sim — Ele tentou não resmungar as palavras para ela. — Eu te amo.

Ele esperava que ela sorrisse. Que se jogasse nos braços dele. Que também declarasse seu amor por ele.

Em vez disso, ela disse:

— Tem certeza de que não está dizendo isso por causa da Docinho? Porque, se essa for uma ideia louca para fazer com que eu me sinta melhor...

Droga. Será que um cara não podia declarar o seu amor a uma garota sem ser bombardeado com vinte perguntas, e sem essa enorme descrença?

Sem confiar em si mesmo para falar dessa vez, pois ele gritaria com ela e então ela gritaria com ele e, em seguida, portas iriam bater e nada disso seria justo, pois ela ainda estava triste por causa da gata, ele a pegou no colo e a levou para o quarto.

— Aonde você vai? O que você está fazendo?

— Vou provar que eu te amo, droga — ele disse por entre os dentes.

Ele a jogou na cama com tanta força que ela ficou sem ar.

— Acabei de ser jogada — ela disse, totalmente surpresa com a situação.

Ele arrancou as roupas dele e veio para ela.

— Você vai ser jogada novamente se não tomar cuidado.

Droga, aquele não era o galanteio doce e cuidadoso que ele deveria fazer para provar que a amava. Mas ela o deixava tão louco que ele não conseguia pensar direito, não conseguia parar de arrancar a camiseta, o jeans e também as botas dela.

— Eu te amo — ele disse quando jogou as botas do outro lado do quarto, e elas bateram na parede e caíram, fazendo um estrondo no chão. — Então isso significa que você terá que amar alguma coisa novamente. Sei que você odeia fazer qualquer coisa que eu diga, mas dessa vez você vai ter que fazer. Pois você vai corresponder ao meu amor. Vou garantir que isso aconteça.

Ela estava apenas de sutiã e calcinha, mas subitamente parecia irrelevante ele estar nu e ela quase nua quando ela perguntou mais uma vez.

— Você realmente me ama? — Como se não fosse possível ser verdade. Mas, por trás da descrença, ele ouviu algo mais.

Medo.

Ela sempre agia de forma tão segura sobre tudo, mesmo quando não estava segura. O peito dele se apertou ao pensar na sua garota corajosa e orgulhosa sentindo medo novamente. Ele não permitiria, não a deixaria ter medo de nada só porque ela fizera escolhas ruins em relação aos homens antes de conhecê-lo.

Lori Sullivan havia nascido para confrontar a vida, rir e dançar.

E para ser *dele*.

— Eu diria de novo se pensasse que você finalmente iria acreditar em mim — ele disse, aproximando-se ainda mais. Ele entrelaçou as mãos ao seu cabelo incrivelmente macio. — Agora fique quieta para que eu possa provar que te amo. E que você me ama também.

Claro que ela abriu a boca para dizer alguma coisa, então ele a cobriu com a dele e com um beijo espantou as palavras.

Nada de palavras. Ele não era mesmo bom com elas.

Mas, na hora em que ele terminou de fazer amor com ela, ela entendeu exatamente como ele se sentia em relação a ela.

Ele tinha certeza absoluta disso.

* * *

Lori se lembrou da primeira aula de dança que teve. A mãe a havia levado para o estúdio em Palo Alto, no centro da cidade, e ela estava com medo. Ela não demonstrou, claro, que estava com medo. Nem mesmo quando as pernas tremiam com tanta força que ela ficou com medo de dar um vexame na frente de bela professora. Um dia, quando crescesse, queria ser exatamente como Madame Dubois, alta e magra e orgulhosa, o cabelo preso em um coque, os membros tão graciosos em ações tão simples quanto atravessar a sala para apertar a mão da sua mãe. Madame Dubois sorriu para ela, então estendeu a mão e a levou para o centro da sala. Havia outras duas garotas, mais velhas, se alongando nas barras colocadas na frente de espelhos que iam do teto ao chão.

— Dance para mim, Lori — foi o que a Madame disse, e então, subitamente ela não estava mais com medo. Dançar era quem era ela, era a sua essência. Ela começou a saltar e a rodopiar, fechando os olhos para dançar de acordo com a música na sua cabeça, uma sinfonia de emoção e beleza.

Agora, quando Grayson a trouxe para perto e a beijou tão docemente, tão perfeitamente, ela se lembrou da garotinha que dançou porque amava.
Ela não estava tentando agradar a ninguém, tinha dançado apenas para se sentir inteira e perfeita e linda e tão maravilhosamente viva.

Era assim que Grayson fazia com que ela se sentisse, mesmo nos primeiros dias, quando ela não queria sentir absolutamente nada.

Ele a amava.

Primeiro veio a descrença, mas foi porque ela não estava esperando por isso. E também porque ele gostava tanto de ser rabugento, até mesmo ao dizer que a amava.

Mas depois veio o medo. Um medo tão grande que ameaçava a engolir por inteiro.

Medo de que ela não pudesse amar corretamente dessa vez, medo de que não soubesse colocar o amor em seu lugar, mantendo-o seguro e belo e simples, medo de que ela terminasse cometendo os mesmos erros que sempre cometeu.

Lori prendeu-se a Grayson enquanto ele a beijava, e girou mais profundamente dentro dele, dentro de tudo que ele tinha dado a ela sem jamais querer.

Ela sentia-se tão triste por perder Docinho, e sabia que se sentiria assim por um longo tempo, mas também sentia os beijos de Grayson curando-a nos locais em que estava magoada e dolorida.

Ele a encheu de beijos por todo o rosto, as pálpebras ainda estavam úmidas por causa das lágrimas, e depois na testa e na curva da orelha, antes de pegar o lóbulo entre os dentes. Ela estremeceu diante do doce prazer da pequena mordida, e depois o toque suave e lento da língua na pele sensível do pescoço dela.

Ele era tão grande, tão forte, tão potente, porém ela nunca tinha tido um homem tão gentil na cama, com a intenção de lhe dar todo o prazer possível. Ele se abaixou, aprofundando a língua em sua

garganta, e ela gemeu em voz alta quando ele a colocou de volta nos travesseiros para que suas mãos pudessem seguir o caminho devastador da boca e da língua e dos dentes por toda a pele. Ela arqueou o corpo diante de seus beijos, seus carinhos, ofegando a cada beijo perfeito.

O sol da manhã entrava pela janela e banhava os dois. Havia pouco tempo estava tudo tão frio lá fora, mas agora ela já se sentia quente e segura.

E amada.

Ele beijava a parte superior dos seios dela, e ela esticou a mão para afagar o rosto dele. A barba estava espessa quando ele a esfregou nos seios e nas pontas dos dedos dela. Ele chupou um dos seus mamilos por cima do sutiã antes de prender a renda entre os dentes, e ela enlaçou as pernas nele. Palavras não eram necessárias para dizer o que ela precisava. Ela arqueou as costas para que ele pudesse abrir seu sutiã, e, após uma palpitação, seu peito estava completamente nu para a boca mais maravilhosa que um homem podia ter.

Ela não conseguia recuperar o fôlego, mas um pouco depois Grayson já a virou e ficou de barriga para cima e ela ficou deitada sobre seu enorme corpo rígido. As mãos pegaram seus seios quando ela se sentou de pernas abertas sobre ele enquanto pressionava o meio das pernas na enorme ereção.

— Goze para mim, Lori. Preciso ver você desmoronar para mim.

Os beijos dele a aqueceram tanto que a ereção no meio das pernas dela e meia dúzia de palavras sensuais se transformaram em uma potente combinação. Então, quando ele se inclinou, pressionando os seios dela juntos, e levou os dois mamilos em sua boca ao mesmo tempo, ela passou a se contorcer inteiramente, culminando em um orgasmo de explodir a mente.

Bem antes de recuperar o fôlego, ele a colocou deitada na cama novamente, e estava tirando a calcinha dela. Ela estremeceu de contínua necessidade quando ele roçou as pontas dos dedos entre as pernas dela, depois abaixou a boca, dando um beijo suave e delicado em seu sexo como tinha feito antes em sua boca.

Lori nunca ficou tão desarmada, tão completamente tomada de desejo, e de pura e doce emoção, por alguém. Ela sempre pensou que se doava inteiramente à família, aos amigos, à dança. Mas, quando estava nos braços de Grayson, quando ele a amava de forma tão bela, ela sabia que não tinha nem chegado perto da verdadeira profundidade do sentimento.

Até ele entrar em sua vida, ou melhor, antes de ela forçar sua entrada na vida dele, ela não sabia que era possível sentir tanto assim.

Ela abriu a boca para dizer que ele estava certo, que ele a amava, quando ele escorregou os dedos para dentro dela no exato momento que seus lábios e língua intensificaram a sedução da carne mais sensível dela. Se ele não estivesse lá para pegá-la em seus braços e segurá-la de forma estável quando ela se agitou com a força do prazer de mais um forte orgasmo impressionante, ela teria caído da cama.

Mas nada era para sempre. Docinho havia ensinado isso a ela, então ela não podia esperar mais nenhum segundo para dizer o que sentia, não podia esperar um tempo para recuperar o fôlego, não podia esperar até que não estivessem nus e suados e entrelaçados um ao outro.

— Eu te amo. — Ela enlaçou os braços ao redor do pescoço dele, mas não o beijou novamente, não até dizer pelo menos mais uma vez. — Eu te amo tanto.

O sorriso dele veio rapidamente, e era tão lindo que ela já estava sorrindo de volta quando ele disse:

— Eu sabia.

Como ela podia declarar seu amor por ele em um segundo e querer gritar com ele no segundo seguinte?

— Eu não amaria você se tivesse conseguido evitar.

O sorriso dele ficou ainda maior.

— Você não teve chance.

Ela usou sua força de bailarina para virá-lo na cama, ficando por cima dele mais uma vez.

— Claro que tive, *fazendeiro.*

— Você sabe que eu amo quando você me xinga. O que mais você acha? — ele provocou.

— Brigão.

Ele acariciou os seios dela e pegou seus quadris com as mãos deliciosamente grandes e calejadas

— Hum... Fale mais.

— Cabeça-dura.

— Você sentada em cima de mim, me xingando de tantos nomes, é melhor do que pornografia.

Ela riu apesar de tudo e o cutucou no peito para tentar mostrar que o melhor ainda estava por vir.

— Foi você que não teve chance.

Ela esperava que ele risse novamente, a provocasse novamente. Em vez disso, ele ficou sério:

— Não resisti, Lori, nem por um único segundo.

Não importava o que pudesse acontecer dali para a frente, ela sabia que nunca deixaria de amar Grayson. Não teria problema se as vidas deles não se encaixassem. Não importava se ele merecesse alguém que pudesse ser fazendeira em tempo integral com ele. Não teria importância quando ela estivesse a cinco mil quilômetros de distância em um palco em uma cidade grande, dançando para uma multidão de estranhos.

Ela ainda o amaria com todo o seu coração.

— Dance comigo, Grayson. — O amor era para sempre, mas nem tudo poderia ser. Então ela ficaria com o *agora*... E se prenderia a isso por todo o tempo que conseguisse. — Por favor, dance comigo.

Seus corpos estavam na postura exata para gozarem juntos, e qualquer outro homem teria ficado frustrado por ela querer se levantar e ficar em pé. Felizmente, Grayson tinha se frustrado com ela desde o primeiro minuto, então, pelo menos estava acostumado com isso.

Ela se soltou do corpo dele mesmo quando ele tropeçou no tapete ao lado da cama. Ela adorava o fato de ele ter confeccionado quase tudo naquele quarto, adorava o fato de poder sentir o toque dele em todas as superfícies, nos mastros de madeira da cama, na cabeceira e no pé da cama de ferro soldado.

E então ela estava nos braços dele e eles estavam dançando. Não havia muito espaço no quarto, mas eles não precisavam. Não quando era suficiente estarem nos braços um do outro para deslizar conforme a música que ela tinha certeza que os dois conseguiam ouvir.

As lágrimas voltaram novamente, caindo com muita rapidez e tão espessas quanto as que caíram pela manhã. Pela segunda vez no mesmo dia, ele a deixou chorar em seu peito.

— Vai ficar tudo bem, Docinho — ele disse por entre seu cabelo, usando para ela o nome que ela tinha dado à gata. — Prometo que não vai doer assim para sempre. Um dia você vai se sentir melhor.

Mas ele não sabia?

— Você já fez tudo muito melhor.

A boca dele capturou a dela, e então ele a ergueu do chão completamente e as pernas dela enlaçaram a cintura dele e ele a pressionou na cama novamente, gozando dentro dela com um calor lento e perfeito.

— Você também — ele disse ao penetrá-la, enquanto ela acompanhava o ritmo de cada movimento erguendo os quadris. — Tudo está melhor agora. Muito melhor do que jamais esteve. Tão melhor do que eu jamais pensei que pudesse estar.

Eles ficaram de rosto colado, e foi assim que se amaram, com a pele macia dela roçando em sua barba, com as mãos no corpo dele com tanta firmeza quanto as dele no corpo dela.

Lori sempre foi amada por sua família. Ela viu o amor entre seus irmãos e esposos e esposas. Sabia como era segurar uma sobrinha ou sobrinho nos braços e ficar olhando com pura admiração.

Só quando ficou nos braços de Grayson, quando ele estava beijando suas lágrimas e a acariciando com tanta delicadeza, com tanta doçura, até os dois estremecerem de prazer, que Lori finalmente aprendeu o que era o verdadeiro amor.

Viciante.

Altruísta.

E inteiramente sem fronteiras.

CAPÍTULO VINTE E DOIS

Dois dias mais tarde, Lori ainda não conseguia acreditar que Grayson tinha concordado em ir ao almoço com ela no domingo. Eles devolveram o carro alugado primeiro, e agora, sentada no banco da frente da caminhonete, ela estava inquieta. Levá-lo para conhecer a família era um grande passo. Todos os homens por quem ela pensou estar apaixonada antes, agora ela sabia que nenhum deles jamais significou coisa alguma, ela nem por uma vez se sentiu tentada a levá-los para casa.

Quando Grayson colocou a mão no joelho dela, Lori disse:

— Você não tem que se preocupar com a minha família. — Apesar de ele não ter dito nada sobre estar preocupado. — Eles são maravilhosos.

— Depois de tudo que você me disse, tenho certeza que são — ele respondeu, mas o músculo saltando em sua bochecha traía suas reservas óbvias.

— Eles vão amar você — ela insistiu.

— Eles vão dar uma olhada para mim instantaneamente e vão ver que não sou bom o suficiente para você — ele rebateu. — E seis irmãos mais velhos significam que vou ter que deixar cada um deles me dar pelo menos um soco. — Ele esfregou o queixo, como se já pudesse sentir a dor. — Mas não se preocupe — ele disse ao apertar o joelho dela, dando-lhe um sorriso torto —, não vou deixá-los danificar nenhuma das partes importantes.

Ela sabia que aquela era a forma de ele dizer que tudo ia ficar bem, mas, pela primeira vez, não sentiu vontade de provocá-lo.

— Todas as partes são importantes, Grayson. — Ela cobriu a mão dele com a sua. — E eu nunca deixaria ninguém magoar você.

* * *

Grayson, na verdade, não conseguia imaginar querer almoçar com a família de alguém uma vez por mês. Seu pai sempre foi ocupado com a carreira, a mãe, igualmente ocupada com a filantropia. Quando criança ele aprendeu a não contar com eles para muito mais do que os recitais necessários e as formaturas. E as refeições formais que faziam juntos eram cheias de silêncio e perguntas estranhas sobre a escola e as garotas.

Evidentemente que Lori e seus irmãos absurdamente famosos e bem-sucedidos se encontravam por vontade própria o tempo todo. Grayson tinha sido um cara cínico antes da entrada dela na vida dele, e agora a voz de cinismo dentro dele dizia que deveria havia alguma disfunção familiar não mencionada por Lori. Como ciúmes. Ou competitividade.

Só que, toda vez que Lori falava da família, estava sempre feliz. Rindo. E totalmente cheia de amor Mesmo assim, isso não explicava por que ela não foi para casa quando seu mundo desabou, em vez de sair por aí de carro no meio do nada, insistindo que um estranho ranzinza a acolhesse.

Lori o levou até o rancho em uma rua do subúrbio de Palo Alto. Dava para sentir a excitação crescente a cada quilômetro que se aproximavam da casa da mãe dela.

— Não vejo a hora de revê-los. Eles são tão fofos, uma loucura. E Summer é a prima mais velha perfeita. Ela até troca fraldas — Lori acrescentou, torcendo o nariz ao pensar nisso. — Os três cães aumentam a loucura ao nível da perfeição, exatamente como quando éramos pequenos. — O sorriso dela diminuiu um pouco quando disse: — Queria que Docinho tivesse vindo com a gente hoje. Ela teria adorado ficar no meio de todo mundo.

Ele estendeu a mão para acariciar seu cabelo.

— Também queria que a Mo estivesse aqui, porque assim eu poderia usá-la como um enorme escudo peludo.

Ela afastou a mão dele, mostrando-se irritada de brincadeira, mas logo já riu novamente quando saíram da caminhonete.

Andando de mãos dadas na calçada, dava para ouvir o riso e a conversa que vinham do quintal da mãe dela. Lori apressou o passo e puxou Grayson na direção da porta da frente. Não tocou a campainha, só foi entrando. A sala de estar estava vazia e as portas balcão para o fundo estavam totalmente abertas.

Claro que, no segundo em que ela entrou no quintal, todos os olhares se voltaram para eles. Os bebês e os animais sentiam que algo grande ia acontecer também, e Grayson ficou feliz pelos anos estressantes em Wall Street, onde aprendeu a não suar, por maior que fosse a pressão.

Merda, ele pensou ao ver como os irmãos dela eram grandes.

— Pessoal — Lori disse —, este é o Grayson. — Ela tagarelou o nome dos irmãos e dos cônjuges e das crianças todas.

Grayson não estava esperando uma acolhida calorosa dos irmãos, e não ficou desapontado quando todos eles fizeram careta. Em perfeito contraste, uma mulher de cabelos grisalhos veio na direção dele com os braços abertos e um sorriso pronto.

— Grayson — ela disse em tom acolhedor que parecia muito com o de Lori quando ela estendeu a mão para ele com os mesmos dedos elegantes. — Sou Mary, mãe da Lori. Estou feliz por você ter vindo.

Ele olhou para ela, impressionado ao perceber que estava olhando para um retrato de Lori dali a quarenta e tantos anos... e ela seria ainda mais bela do que era hoje.

Naquele momento, ele queria contar que estava apaixonado pela filha dela. Mas, quando olhou nos olhos de Mary e respondeu *Obrigado,* algo lhe disse que ela já sabia exatamente como ele se sentia.

Lori, claro, imediatamente saiu correndo para pegar um bebê após o outro em seus braços. Grayson ficou com Mary, observando Lori encher os sobrinhos de amor.

— Ela estava com saudades deles — ele disse para Mary em voz baixa. — Ela estava com saudades de todos vocês. Tentei fazê-la voltar para casa, mas ela não queria sair da minha fazenda.

— De todos os meus filhos, Lori sempre foi a mais teimosa, mesmo quando estava errada — ele sentiu os olhos de Mary sobre ele, sábios e surpreendentemente calmos, considerando o caos ao redor. — Ela não tem a personalidade mais fácil do mundo e não agrada a todas as pessoas — Mary admitiu —, mas é impossível não amá-la.

Um bebê estendeu a mão para a vovó Sullivan e, quando ela se movimentou para pegá-la, Grayson ficou distante de todos por um momento para absorver melhor a cena à sua frente. Todos no quintal de Mary estavam aos pares. Alguns tinham filhos, alguns tinham animais de estimação, alguns eram noivos, alguns estavam grávidos, mas todos estavam claramente felizes.

Por mais louco que fosse aquilo, em vez de deixá-lo desconfortável, ele percebeu por que Lori tinha sido tão irresistível desde o princípio. Amor, puro e incondicional, foi tudo o que ela sempre conheceu.

E foi esse mesmo amor que ela deu a ele, mesmo quando ele não merecia, e não tinha acreditado ser capaz de retribuir.

Mas ele a amava de verdade. Tanto que, mesmo sabendo que não havia nada mais que quisesse além de mantê-la com ele em sua fazenda até ficarem velhos e grisalhos, ele sabia que tinha que deixá-la livre.

Grayson não tinha dúvida alguma de que ela era a pessoa certa para ele... mas não conseguia ignorar a questão de se *ele* era certo para *ela*.

Quando eram só os dois tentando misturar água e azeite, era um desafio que os dois saboreavam, e isso significava que certamente sempre teriam suas faíscas. Mas eles não poderiam se esconder em sua fazenda para sempre. Lori precisaria dançar nas cidades com multidões e estranhos, e merecia ter um parceiro que a apoiasse, merecia estar em um relacionamento com um homem que estivesse presente. Não um homem que, depois da morte da esposa, não tinha sido capaz de voltar para Nova York, e tinha evitado completamente São Francisco também, já que as pessoas do seu antigo mundo faziam a ponte aérea entre as duas cidades.

As mulheres estavam conversando e brincando com os bebês, ao passo que os irmãos estavam silenciosamente olhando para ele.

Porra.

Se aqueles caras fossem outras pessoas, ele teria esperado em silêncio. Foi por Lori que decidiu ir na direção do grupo e dizer:

— Lori fala muito de todos vocês.

Smith falou primeiro.

— Ela não disse nada sobre você para nós. — A expressão do astro de cinema era glacial. — Por que você acha que ela fez isso? Nossa irmã não é exatamente do tipo silencioso.

Grayson balançou a cabeça:

— Não, ela não é.

— Então que diabos aconteceu nestas últimas duas semanas?

Ele entendeu a raiva do irmão dela, entendeu a frustração. Se Lori fosse irmã dele, ele teria se sentido exatamente da mesma forma.

— Não posso dizer o que a sua irmã está pensando ou sentindo. Só posso dizer como eu me sinto. — Há anos ele não falava de sentimentos, mesmo quando estava casado e a vida ainda estava seguindo normalmente. Só quando Lori apareceu, cutucando-o com sua língua afiada, que seus portões emocionais se abriram. — Eu a amo. — Claramente, os irmãos dela ficaram surpresos com o que ele acabara de dizer. — Quero o melhor para ela, assim como vocês.

Naquele exato momento, a irmã gêmea de Lori veio salvá-lo. Grayson sempre se imaginou com mulheres como Sophie, quietas, doces, delicadas. Muito mais parecida com sua esposa, na verdade. Ao passo que Lori ria alto demais, falava demais, movimentava-se com muita rapidez... mesmo assim, ele não conseguia se imaginar com ninguém além dela.

— Parece que uma cerveja lhe faria muito bem — Sophie pegou no braço dele com delicadeza e o afastou dos irmãos. — Ignore-os. Só estão chateados porque Lori não se abriu com eles, e eles sempre acharam que o seu dever é brincar de malvados-e-assustadores com os nossos namorados. — Ela colocou a mão na geladeira portátil e entregou uma garrafa para ele. — Mas é bom saber que, se você machucar um fio de cabelo da minha irmã, eles não vão ter chance alguma de te derrubar, pois eu farei isso sozinha.

Apesar da aparência bela e delicada de Sophie, Grayson não tinha dúvida alguma de que ela iria destruí-lo em pedaços se ele sacaneasse sua irmã.

— Ela tem sorte por ter você.

Ele ficou surpreso quando ela suspirou.

— Não sei se ela vai concordar com você, especialmente quando descobrir que Jake e eu demos alguns telefonemas para Chicago e mexemos os pauzinhos para cuidar do ex dela antes que ela tivesse que fazer isso sozinha.

— O que vocês dois estão sussurrando aí? — Lori perguntou, aparecendo de súbito sem fazer o mínimo ruído.

A irmã gêmea deu um salto.

— Quantas vezes já te disse — Sophie disse, com a mão no coração — para não fazer isso?

Na mesma hora, Mary chamou.

— O almoço está pronto.

E todos tomaram seus assentos. No segundo em que os pratos estavam cheios, os irmãos de Lori recomeçaram, só que dessa vez Lori era o alvo.

— Onde você esteve nessas duas semanas Lori? — Ryan perguntou diretamente. No monte do lançador, ele era tão à vontade e letal conforme as bolas vinham. Agora era apenas letal. — Que diabos aconteceu para fazer você desistir do espetáculo em Chicago daquele jeito sem contar para ninguém?

O primeiro instinto de Grayson foi protegê-la. Ele colocou o braço ao redor da cintura dela e trouxe sua cadeira o mais próximo possível da dele. Em vez de responder a pergunta do irmão, ela se virou para Grayson e deu-lhe um suave beijo na boca.

— Está tudo bem — ela o reconfortou, antes de finalmente virar-se para o irmão. — Todos vocês me avisaram por quase dois anos que o Victor era um lixo. Agora é a chance de vocês dizerem "Eu te avisei".

— Ninguém quer dizer isso, Lor. — O irmão com o rádio ligado em volume baixo no cinto disse. Apenas um pouco maior do que os demais, ele com certeza era o bombeiro. — O que queremos fazer é matá-lo.

Grayson concordou inteiramente com o irmão, mas Lori balançou a cabeça.

— Victor não é digno do meu tempo, e definitivamente não é digno do tempo de nenhum de vocês. — Grayson percebeu o olhar entre Sophie e o marido. Ele lhes devia uma por vingarem Lori. — E, honestamente, o que ele fez nem foi o estopim — ela admitiu. — Foi perceber que não queria mais dançar, pois toda a diversão tinha desaparecido. Então, fui embora, não só do espetáculo, de tudo aquilo.

— Você? Não quer mais dançar? — Julgando pela garotinha que

chacoalhava alegremente um brinquedo macio em seu colo, Grayson concluiu que aquele era Chase, o fotógrafo. — Isso é loucura, Mazinha.

— Não se preocupe — ela disse, antes de se virar para Grayson com um sorriso. — Não vou mais desistir, pois Grayson me ajudou a perceber que eu realmente amo dançar, e passei as duas últimas semanas trabalhando na fazenda dele.

Ele odiava a forma como ela estava sendo colocada na berlinda, mas, quando ela olhou para ele daquele jeito, com tanta confiança e amor, como Grayson conseguiria esquecer que não eram as duas únicas pessoas do mundo, e sorrir de volta?

— *Você* está trabalhando em uma *fazenda?*

Grayson não gostou do tom de descrença na voz do irmão Zach, mesmo tendo sido aquela exatamente a mesma reação que ele teve quando ela apareceu no primeiro dia, com o carro alugado.

— Meus fregueses da ASC a adoram, assim como as galinhas e os porcos.

Lori pareceu adoravelmente convencida.

— Ele me amam mesmo.

— Sim, eles te amam — ele completou com um beijo rápido na ponta do nariz dela. Ele sabia que a família estava observando os dois de perto, mas não se importava com o que ninguém pensasse. Podiam gostar dele ou não, não importava.

Lori apoiou alegremente a cabeça no ombro de Grayson:

— A comunidade rural é muito legal. É tudo lindo por lá. Vocês tinham que ver as estrelas e a lua.

Ele acariciou o cabelo dela e o braço quando ela falou, conforme a conversa foi lentamente mudando de foco: das últimas semanas de Lori para as realizações dos bebês e as vinhas cultivadas e sets de filmagem e concertos. Grayson ficou surpreso ao perceber que estava gostando de fazer parte do enorme grupo, mesmo que temporariamente. As mulheres, na maior parte do tempo, faziam muito mais perguntas acolhedoras sobre a fazenda, enquanto os irmãos continuavam lhe tratando como se ele estivesse em liberdade condicional.

Ele não podia culpá-los por isso. Não quando ele concordava que a irmã deles era preciosa demais.

E ela merecia somente o melhor.

* * *

Lori estava tentando não se frustrar com os irmãos. Mas eles estavam sendo tão irracionais! Especialmente o mais velho, Marcus, que ainda não tinha dito uma palavra para Grayson. Se alguém tinha alguma coisa em comum, eram os dois, já que ambos ganhavam a vida trabalhando na terra, e tanto ela quanto Nicole tinham carreiras públicas como cantora e bailarina.

Ela ficou olhando para Marcus durante todo o almoço, tentando deixar claro que esperava que ele cedesse um pouco e aceitasse o homem por quem estava apaixonada. Mas tudo o que ele fez foi ignorá-la do jeito mais irritante de irmão mais velho, até que ela se levantou da cadeira e disse:

— Marcus, precisamos conversar.

Grayson empurrou a cadeira como se tivesse planejado ir com ela, mas a mãe dela rapidamente o segurou pelo braço e disse.

— Grayson, você poderia dar uma olhada no meu canteiro de legumes? Estou com um problema com as minhas alcachofras.

Lori e Marcus sempre foram muito próximos, e ela o amava e o respeitava por tudo o que tinha feito para ajudar a criá-la quando o pai morreu, mas ela se recusava a deixá-lo agir como se soubesse o que é bom para ela.

— Eu amo Grayson — ela disse a Marcus assim que ele entrou no quarto de infância dela e fechou a porta. O quarto guardava o conteúdo do mundo inteiro dela e de Sophie quando garotinhas e agora parecia tão pequeno e, mesmo assim, tão reconfortante. — Você nem está tentando conhecê-lo.

— Você encontrou o cara em um momento de depressão, Lori, e só o conhece há duas semanas. Menos que isso. Como pode acreditar que está apaixonada pelo cara?

— O nome dele é Grayson — ela resmungou —, não *o cara*. E você está mesmo dizendo isso para mim? — Ela arqueou a sobrancelha. — Isso que você acabou de descrever não foi exatamente o que aconteceu com você e Nicole em *muito* menos do que duas semanas? Você não contou para nenhum de nós sobre ela também, não até aparecer para o almoço de domingo e declarar seu amor por ela na frente de todo mundo — Lori era uns trinta centímetros mais baixa que Marcus, mas isso não a impedia de encará-lo de frente. — Todos nós a aceitamos. Todos fizemos com que ela se sentisse bem-vinda. Por que você não pode fazer isso com Grayson?

— Porque eu amo você e não suporto a ideia de vê-la cometer outro erro! — A voz estrondosa cortava sua frustração como uma buzina.

Ela podia facilmente ler nas estrelinhas: ele não estava apenas preocupado com o coração partido dela, também estava preocupado com a desistência da carreira e dos sonhos pelo homem por quem estava apaixonada.

— Você e Nicole entraram em um acordo. Vocês pegam a estrada por causa da carreira dela e também cuidam da vinícola. Você não acha que eu e Grayson podemos fazer isso também?

— Mesmo que ele a ame e você o ame, é óbvio que o cara sofreu alguma coisa, Lori. E foi sério. Todo mundo percebe isso. — Ele a abraçou e disse: — Sei que você tem o coração mole, que quer tomar conta de todo mundo e enchê-lo de amor. Mas às vezes o amor não é suficiente para curar uma pessoa. Não quero ver você se magoar de novo.

— Também te amo, irmão mais velho — ela disse ao abraçá-lo —, mas não deixei o Grayson quando ele fez tudo o que podia para me fazer ir embora, e não vou abandoná-lo agora, nem mesmo por você. — Ela se afastou, olhando com severidade. Então, quando você voltar lá para fora, espero que seja gentil.

Claro que Marcus era tão teimoso quanto ela, então, em vez de concordar, ele disse:

— Me fale mais sobre a fazenda.

Não era muito, mas era alguma coisa, então ela se agarrou a isso com ambas as mãos e contou tudo sobre a sua primeira vez no chiqueiro.

* * *

Os irmãos estavam muito acostumados com as saídas intempestivas de Lori, e ela fazia isso com tanta rapidez que, se você piscasse, poderia não ver, mas não estavam acostumados a vê-la com alguém por quem estava obviamente apaixonada.

Especialmente quando era um cara que não tinha nada a ver com os tipos de quem ela se aproximava.

Depois que ela e Grayson saíram, Smith olhou ao redor da mesa e perguntou:

— E aí?

Sophie imediatamente se manifestou.

— Eu gosto dele. — Embora os últimos anos entre Lori e a irmã tivessem sido ligeiramente complicados, ninguém ficou surpreso por

ver Sophie ficar ao lado da irmã. Elas sempre foram muito próximas. — Ela nunca ficou com um cara como esse antes, mas de alguma forma ele é perfeito para ela.

Gabe assentiu, de má vontade.

— Eles ficam mesmo bem juntos.

Mas Zach balançou a cabeça negativamente.

— Tudo bem, talvez ele seja um cara legal. E talvez ele realmente cuide dela. — Todos perceberam em cada olhar, em cada toque, a forma como ele estava instintivamente querendo protegê-la quando os irmãos a bombardeavam com perguntas sobre os acontecimentos de Chicago, tentando descobrir por que ela havia desaparecido. — Mas ele mora em uma fazenda enorme e administra uma ASC que sustenta uma comunidade toda. Não pode desistir de tudo isso por ela.

— Quem disse que ela está pedindo para ele desistir? — Sophie disparou, deixando de ser a irmã quietinha que eles apelidaram de

Boazinha quando era pequena.

— Você consegue mesmo ver a Lori morando em uma fazenda? — Ryan perguntou.

Marcus tinha tomado a iniciativa de cuidar de todos depois da morte do pai, mas os irmãos sabiam que Lori e ele tinham um vínculo especial.

— Na verdade — ele disse —, ela sempre adorou me ajudar na vinícola.

Mas Ryan estava firme.

— Tenho certeza de que ficar em uma fazenda por uma ou duas semanas pode ser divertido, é algo diferente, especialmente depois do que aconteceu em Chicago. Mas ela é a Mazinha — ele lembrou.

— Você tem razão, Ryan — Chase disse. — É da Lori que estamos falando. — Ele lançou a todos um olhar de ponderação. — Ela não é nem nunca foi como as outras pessoas. Então por que estamos todos pensando que o amor da vida dela precisa fazer sentido?

Apenas uma pessoa não havia falado ainda: a mãe. Os filhos, noras e genro se viraram para ouvir o que ela pensava sobre o homem que Lori havia trazido para casa naquele dia, da mesma forma que fizeram tantas vezes antes em busca de respostas.

Mary Sullivan sorriu para os filhos e para os homens e mulheres e crianças que também faziam parte da sua família e afirmou:

— Lori ama Grayson e ele a ama.

Com poucas palavras simples e aquele sorriso calmo, eles sabiam que ela estava certa: não havia mais nada que eles precisassem saber sobre a situação de Lori e Grayson. Não havia nada em que pudessem confiar mais do que no amor.

— Agora — Mary disse ao levantar —, quem quer sobremesa?

Summer foi correndo para a cozinha ajudar a trazer o bolo de chocolate, todo coberto com confeitos de arco-íris, que elas fizeram juntas. Cada um dos casais apertou as mãos entrelaçadas um pouco mais. Todos já haviam passado pelo que Lori estava vivendo, todos já estiveram em um lugar que não necessariamente fazia sentido, mas ao mesmo tempo era o mais certo que já lhes tinha acontecido. E o amor, como Mary gentilmente os tinha lembrado, prevalecia em todos os momentos.

CAPÍTULO VINTE E TRÊS

— E aí? — Lori perguntou a Grayson enquanto eles se dirigiam para o norte, para o apartamento dela em São Francisco. — Sobreviveu à minha família?

Grayson sabia que o tempo estava correndo desde o momento em ela batera na cerca, há duas semanas, mas agora ele sentia como se estivesse voando. Os dias se tornaram horas. Horas se transformaram em minutos. Muito em breve, só sobrariam segundos.

— Você tem uma ótima família. — As palavras dele saíram meio amargas, mas ele ia sentir saudades dela.

— O que eu te falei? — ela disse com um sorrisinho animado. — E ninguém socou você, então isso foi positivo.

O almoço de domingo não foi exatamente confortável para ele, mas a família dela era ótima.

— Pode acreditar em mim — ele contou —, teve uma hora em que chegou bem perto disso. Se sua irmã não tivesse me salvado, com certeza eu seria dado como morto.

O som da risada de Lori preencheu todos os lugares escuros e frios e vazios antes, e, ao saborear tudo isso, ele desejou muito que tivesse feito mais piadas com ela e dado menos broncas.

Por outro lado, ela o provocou até o limite, não provocou?

Lori estendeu a mão e o acariciou, passando o polegar sobre a palma dele enquanto dirigiam. Afeição era uma coisa tão simples para ela, e agora ele sabia onde ela havia aprendido sua capacidade de amar: com a família.

— Meu prédio é o amarelo de dois andares na esquina — ela disse, apontando para o meio do quarteirão à frente. Ele encontrou um lugar para estacionar e pegou a mala, e, quando ela abriu a porta, ele não ficou surpreso ao ver a cor, a energia, as esculturas e quadros exóticos em todas as superfícies. Ao passo que tudo na sede da fazenda estava lá por necessidade, nada que Lori tinha poderia ser chamado de *necessário*... e, mesmo assim, tudo era. Pois tudo, da estatueta de argila de garotas dançando às máscaras tribais penduradas na parede, fazia dela a mulher incrível que era.

— Esse eu trouxe da África do Sul — ela contou quando o viu olhando para um tricô vibrante e brilhante pendurado na parede. — E esse aqui — ela disse, apontando para o quadro de um jovem e uma jovem prestes a se beijar — veio de Paris. — Ele reconheceu o cenário de Londres a Sidney, todos os lugares em que ela claramente havia dançado e dançaria novamente.

O abismo entre a vida deles ficava mais profundo a cada momento. Aquilo era tudo que tinham agora.

Momentos.

E cada um deles era precioso.

Lori segurou a mão dele e o empurrou contra a parede, dizendo:

— Não vou levar muito tempo para pegar meus jeans e camisetas, e então podemos... — quando Grayson a trouxe para bem perto dele.

Ele pegou o belo rosto em suas mãos e a beijou com um desespero que não conseguia controlar. Ela imediatamente derreteu nos braços dele, seu corpo forte flexionando docemente de paixão. Eles rapidamente acabaram contra a parede, uma das pernas subiu para entrelaçar a cintura dele, as mãos dela nos cabelos dele.

Estavam a segundos de darem uma rapidinha quente e selvagem. Mas não era assim que Grayson queria se despedir, droga.

— Qual o problema? — ela indagou, passando a mão no rosto dele. — Você esteve irritado o caminho todo. — Ela lançou um sorrisinho torto. — E não era o seu nível normal de irritação.

Ele olhou nos olhos dela, tão cheios de vida, tão brilhantes, mais brilhantes do que qualquer estrela no céu. Mas brilhantes até do que o sol.

— Eu te amo.

Ela acariciou o rosto dele:

— Também te amo.

O sorriso dela dessa vez foi suave. E tão suave que ele quase desmoronou bem ali e caiu de joelhos para implorar que ela ficasse com ele. E nunca, jamais partisse.

— Agora, vá falando — ela exigiu saber o que ele estava pensando.

Ele não tinha falado com ela antes, não tinha aberto o jogo com ela. Mas agora ele tinha que fazer isso. Mesmo se cada palavra que dissesse fosse arrancar um pouco mais do seu coração.

— Nós dois sabemos que você não está aqui para pegar mais roupas.

Um lampejo de medo passou pelo rosto dela, mas ela rapidamente o disfarçou com um sorriso maroto.

— Planejei para a gente bagunçar os meus lençóis também.

Brutalmente tirando da mente a visão de arrancar as roupas dela e fazer amor com ela em seu apartamento claro e iluminado, ele disse:

— Você tem que resolver o que aconteceu em Chicago.

— Você tem razão. Tenho mesmo. — Ela inclinou a cabeça o suficiente para olhar nos olhos dele. — Mas, quando eu for, não quero deixá-lo sozinho na fazenda.

— Fiquei sozinho três anos. — Ele jamais se perdoaria se fosse a razão de Lori não retomar sua vida e sua carreira, mostrando quem manda ali. — Sou muito bom nisso.

Ela balançou a cabeça.

— Você é bom demais nisso. Isso me preocupa.

— Não se preocupe comigo.

— Todo esse tempo você ficou pensando em uma forma de me fazer partir — ela disse, claramente tentando provocá-lo, mas parecendo mais triste que tudo. — Mas, assim como não conseguiu se livrar da Docinho, você não vai se livrar de mim facilmente também. — Ela olhou profundamente nos olhos dele, para ter certeza de que ele via a verdade em tudo o que ela estava dizendo.

Vou voltar para você.

Ele então a beijou, de forma longa, doce e suave, antes de dizer todas as coisas que ele deveria dizer a ela mil vezes.

— Nunca comi uma comida tão boa quanto a sua, as galinhas não querem comer as migalhas de ninguém mais, só de você, as plantações crescem duas vezes mais rápido desde que sentiram sua mão boa pela primeira vez... e a Mo e os porcos e eu nunca amamos ninguém mais do que amamos você.

— Ah, Grayson. — O rosto dela finalmente se desfez, a linda boca estremeceu, as lágrimas correram pelo seu rosto. — Seria muito mais fácil se você fosse apenas ranzinza e rabugento neste momento.

Deus, a coisa mais difícil que ele já tinha feito na vida era desistir do que *ele* queria para que a mulher que ele amava conseguisse o que *ela* queria.

— Agora que você já colocou minha fazenda em ordem e ensinou todo mundo em Pescadero a dançar em grupo da forma que se faz em Nashville, é hora de mostrar àquele idiota do que você é feita.

Ela fungou, concordou e o abraçou, segurando-o com força. Eles ficaram abraçados no corredor, duas pessoas que jamais deveriam ficar juntas... mas que não conseguiriam jamais encontrar o que tinham em mais ninguém.

Quando ela subitamente o afastou, os olhos estavam secos e cheios da determinação que ele tinha visto na fazenda toda vez que ele a desafiava, e ela o desafiava de volta.

— Antes de eu voltar para Chicago e você voltar para a sua fazenda para alimentar suas galinhas, acho que eu deveria ensinar uma nova dança a você.

— Qual o nome da dança? — ele perguntou quando ela o levou para o seu quarto.

Ela já o estava derrubando na cama quando respondeu:

— O tango dos lençóis.

CAPÍTULO VINTE E QUATRO

— Lori! — No minuto em que ela entrou no Salão de Dança de Chicago, sua amiga veio correndo, abrindo os braços para ela. — Estou tão feliz por você estar de volta. — Alícia afastou-se, olhando-a de cima a baixo rapidamente. — Você está linda e com um brilho. Espero que isso signifique que encontrou alguém para substituir aquele lixo.

Lixo?

— Do que você está sabendo?

Alícia fez uma careta.

— Que o Victor é uma desculpa patética de homem *e* de bailarino.

— Quem mais sabe?

— Todo mundo. — A careta da amiga ficou mais forte.

— Mas... — Lori não entendeu. Como, depois de quase dois anos escondendo de todo mundo a verdade sobre Victor, eles subitamente descobriram? — Como vocês sabem?

— Sua irmã não te contou?

Lori arqueou a sobrancelha, ao mesmo tempo cheia de amor pela gêmea intrometida e de irritação por ela ter sentido que tinha que tomar a iniciativa para cuidar dos problemas de Lori.

— Minha irmã não me contou nada. O que ela fez?

Alícia pareceu ficar um pouco preocupada por talvez ter se metido onde não era chamada.

— Só deu alguns telefonemas, acho que...

— E?

— E, uh, umas pessoas apareceram para conversar com Victor. Umas pessoas *grandes*. Com muitas tatuagens.

Talvez não fosse gentil da parte dela rir diante da imagem do ex tendo que lidar com os amigos que deviam para o pub irlandês de Jake McCann. Mas ela não conseguiu evitar.

— Além disso — Alícia acrescentou —, quando você saiu daquele jeito, nós concluímos que alguma coisa deveria estar acontecendo. A única razão pela qual todo mundo tolerava Victor era você. Nós amamos você, Lori. Mas ele? — A amiga fez uma careta. — Tem sido horrível desde que você partiu.

Lori tinha pensado muito nas últimas duas semanas, não só sobre

o que Victor havia feito, mas sobre o que ela tinha feito também. Era culpa dela que ele era um babaca, pois não foi ela que escondeu a verdadeira personalidade dele de seus amigos e da família? Se eles soubessem como ele era de fato, que ele era egoísta, exigente e infiel, então ela iria parecer uma idiota por não se separar dele.

— Graças a Deus você está de volta para assumir a última semana do espetáculo.

Lori não tinha planejado ficar. Tentou formar as palavras para explicar à amiga que havia outro lugar em que ela precisava estar... mas não conseguiu. Não quando ela se sentia péssima por ter deixado os bailarinos numa situação ruim como aquela, para começo de conversa.

Mesmo sabendo que ficar para orientar os bailarinos até o final era a coisa certa a fazer.

— Sinto muito por ter deixado vocês com o Victor.

— Nenhum de nós a culpa por ter ido embora. E, acredite em mim, ninguém tem planos de trabalhar com o Victor nem com a Glória novamente. Por favor, diga que vai mastigá-lo em pedacinhos.

— Ah, não se preocupe — Lori assegurou. — Aprendi muito a lidar com animais nas duas últimas semanas.

* * *

Victor não conseguiu esconder a surpresa quando Lori entrou no escritório no andar de cima.

— Saia do meu lugar. Tenho um espetáculo para consertar.

Diante do comando claro da voz dela, ele imediatamente ficou em pé, antes de perceber que deveria ter ficado exatamente onde estava. Segurando-se nas costas da cadeira como que para manter seu clamor pelo espetáculo intacto, ele lançou a ela um olhar de mágoa.

— Como você foi nos abandonar daquela forma, Lori? Se tem alguém responsável pelo espetáculo ter ido por água abaixo nas duas últimas semanas, esse alguém é você.

Se ela não tivesse ficado louca e desiludida o suficiente para ir embora, ela jamais teria encontrado Grayson. O que significava, e ela estava mais do que chocada ao perceber isso, que, se tivesse que fazer tudo de novo, ela esperaria que tudo acontecesse exatamente do mesmo jeito. Só assim ela pôde finalmente aprender o que era o amor verdadeiro.

Mesmo que tudo aquilo pelo que ela passou tenha valido a pena apenas para conhecer Grayson, ela ainda merecia seu quinhão de vingança. Dez quinhões seriam ainda melhores.

— Você tem razão — ela admitiu. — Abandonar o espetáculo não foi nada profissional. Eu não devia ter feito isso. Mas — ela acrescentou em um tom calmo e sem esforço algum para esconder o gelo por detrás de suas palavras — você não devia ter sido um babaca mentiroso e traidor que dormiu com a bailarina principal que eu contratei para o *meu* espetáculo — ela sorriu, mostrando os dentes para ele. — Então, acho que nós dois erramos, não é?

Eles tiveram mais do que uma parcela de brigas enquanto estavam juntos, mas Lori tinha se concentrado no sexo reconciliador em vez de no que estava por trás das brigas. Ela tinha dito a si mesma que o relacionamento deles era excitante. Contudo, na verdade, tudo que o relacionamento fez foi transformá-la em uma tola. Durante todo o tempo em que ela e Victor estiveram juntos, ela não conseguia pensar em uma coisa que ele tivesse feito por ela que não tivesse sido para o próprio ganho dele.

Grayson tinha cuidado dela no baile no celeiro, e depois no almoço da família de domingo, quando aqueles eram os últimos lugares em que ele queria estar no momento. Ele até a forçou voltar para o próprio mundo apesar da crença óbvia de que ela não voltaria para

ele, nem para a fazenda. Tudo porque ele a amava, e queria o melhor para ela, em vez de o melhor para si mesmo.

— A gente estava dando um tempo — Victor protestou. — Você poderia ter dormido com outra pessoa se quisesse também.

— Engraçado — ela disse, embora não houvesse traço algum de humor na voz dela. — Fico imaginando quantos outros tempos a gente deu dos quais eu nunca fiquei sabendo. E estou supondo que foi isso que você contou para a Glória quando a levou para a cama. Você também falou para ela que era melhor bailarina do que eu? E ela foi estúpida o suficiente para acreditar nas suas mentiras, como eu sempre acreditei?

Lori observava o rosto dele cuidadosamente enquanto falava. Agora que ela não estava mais desesperada em convencê-lo a amá-la da forma que ela pensava que o amava, ela conseguia vê-lo como ele realmente era. Uma cobra bonita, carismática e dissimulada. Naquele momento, ela concluiu que ele estava tentando decidir entre insultá-la ou usar seu charme para seduzi-la. Quando ela viu a careta que começava a fazer se transformar em um sorriso, ela sabia que ele tinha optado pelo charme.

Grayson podia não usar muito seu charme, ela pensou com um sorriso secreto, mas pelo menos ela sempre podia contar com ele em termos de honestidade. Ele nunca disse que a amava só para levá-la para a cama. E ele era muito eficiente no quesito beleza também. Se os dois homens tivessem que ficar lado a lado, Victor seria um modelo diminuto e com excesso de maquiagem comparado a Grayson, que trabalhou por cada um de seus músculos, cada centímetro glorioso da sua pele bronzeada, graças ao trabalho bom e honesto debaixo do sol.

— Eu cometi um erro, querida. Fui pego no calor do momento durante os ensaios.

Lori sabia tudo sobre o calor agora, sobre como outra pessoa poderia exercer uma forte atração em sua vida. Que, quando você está destinado a ficar com outra pessoa, nenhum bom senso, nenhuma tentativa de autocontrole, fazem diferença alguma.

Grayson disse que ela perdoava com muita facilidade, mas ela não conseguia imaginar passar pela vida guardando rancores que a consumiriam. Mesmo quando alguém claramente merecia esse rancor.

— Eu perdoo você — Lori disse, e o alívio imediatamente tomou conta das feições de Victor. Ele estava abrindo os braços para ela quando ela disse. — Agora saia do meu caminho.

Ele ficou ali, os braços ainda abertos na direção dela, um olhar surpreso no rosto, mas ela não tinha mais nada para falar com ele no momento, então Lori simplesmente se sentou e começou analisar a papelada espalhada sobre a mesa.

Com a mesma rapidez com que decidiu usar o charme, o ex mudou a abordagem.

— Foi você que abandonou o espetáculo, não eu — ele disse com desprezo. — Em vez de admitir que era uma produção grande demais para encarar, você saiu correndo e chorando como uma garotinha que se magoou ao brincar no tanque de areia. Ninguém acha que você é boa o suficiente para administrar um espetáculo desse tamanho. E ninguém quer você de volta.

Sem tomar conhecimento do que ele disse, ela pegou o telefone e discou para um dos produtores.

— Neil? Oi, é a Lori Sullivan. Sinto muito por partir tão subitamente, e prometo que vou compensar, mas, agora que estou de volta, só queria rapidamente checar com você sobre demitirmos V... — ao ser interrompida, ela ouviu por um momento e depois disse: — Sim, eu cuidarei disso agora e então vejo você nos bastidores hoje à noite depois do espetáculo.

Ela desligou.

— Parece que é hora de você dar outro tempo — ela disse ao ex, depois realmente o tirou completamente da cabeça ao começar a ligar para cada um dos seus bailarinos para avisá-los do ensaio de emergência que ela estava programando para aquela tarde.

Agora que o tempo de quase dois anos que *ela* deu ao pensamento claro e racional tinha finalmente acabado, Lori Sullivan estava de volta.

E seria melhor do que nunca.

* * *

Dez horas depois...

Ela sentia tanto a falta de Grayson.

Lori quis ligar para ele o dia todo, mas foi uma coisa atrás da outra. Quando ela percebeu que tudo tinha mesmo saído dos trilhos no espetáculo, soube que teria que usar o máximo de tempo possível com cada um dos seus bailarinos, para reconfortá-los e deixá-los animados novamente com o seu desempenho. E claro que ela teve que lidar com as lágrimas e desculpas de Glória até enjoar também.

Lori ia tirar o telefone da bolsa para finalmente ligar para Grayson e dizer que o amava, e que ela ia sentir falta dele a cada segundo da semana que teria que passar para voltar a vê-lo, quando o telefone tocou. O nome na tela era de um dos maiores produtores do ramo.

— Oi, Carter. Como vai?

— Estou *surtando*!

Lori sorriu. Carter estava sempre surtando por alguma coisa. Por um homem por quem estava apaixonado. Por um músculo levemente tencionado. Pelo céu que não estava azul o suficiente para agradá-lo. Ele era extravagante, engraçado e brilhante. Conseguir trabalhar com ele algumas vezes naquele ano não tinha sido apenas o destaque na sua carreira, mas o melhor ainda era que isso tinha lhe rendido um bom novo amigo também.

— Pobrezinho — ela murmurou. — Como posso ajudar?

— A Mostra Internacional de Dança Moderna será semana que vem e a bailarina principal do espetáculo central está com mononucleose. — Lori já estava quebrando a cabeça ao pensar em alguém que pudesse ajudá-lo quando ele disse: — Preciso que você venha para Nova York imediatamente salvar minha mostra.

— Eu? Mas você sabe que dança moderna não é a minha especialidade.

— Pode confiar em mim. Você será perfeita para esse número. E eu vou afundar sem você!

— Estou lisonjeada — ela disse a ele, e realmente estava —, mas não posso sair do espetáculo de Chicago até a semana que vem. E então tenho mesmo que ir para outro lugar para....

— Já te mandei os vídeos por e-mail — ele disse, cortando-a antes que ela pudesse de fato chegar à parte da frase em que diria não. — Você pode ensaiar em Chicago, e então, no segundo que seu espetáculo fechar, a gente coloca você em um jato e você vem para os ensaios com figurino junto com o restante da equipe. Você terá quarenta e oito horas para entrar em sintonia antes do espetáculo. É uma noite só. Uma noite muito importante em que eu *preciso* de você.

Tudo estava acontecendo tão rapidamente, e esse sempre foi o jeito que Lori gostava de lidar com as coisas. E ela ainda gostava, percebeu. Só que parecia que ela estava cada vez mais se afastando de Grayson a cada minuto.

— Bem — ela finalmente disse ao amigo. — Acho que posso olhar os vídeos e te falar se posso fazer o número.

Carter vibrou e disse que a adorava antes de desligar.

Lori tentou convencer a si mesma que seria fácil voltar direto para

Grayson, que ela simplesmente teria que concluir as coisas em Chicago. Mas, com a maior facilidade, ela foi inserida não apenas em um espetáculo, mas em dois. Podia ter dito não, mas a verdade era que ela queria dançar. Claro que queria estar com Grayson também. E agora sentia-se dividida em duas direções completamente opostas.

Grayson já tinha visto claramente que isso ia acontecer, obviamente pensando que eles não seriam capazes de juntar seus dois mundos. Ela jurou que ele estava errado.

Mas será que ele estava?

Duas semanas atrás, ela evitou pedir o conselho da mãe, simplesmente porque não estava pronta para ouvi-lo. Agora, ao discar o primeiro número na sua lista de favoritos no celular, ela rezou para que a mãe estivesse em casa.

— Oi, querida. Estava lá no jardim pensando em você.

— No jardim? Como é que isso a fez pensar em mim?

— Quando você era garotinha, adorava ir lá fora para me ajudar com a pazinha de plástico. Você pegava minhocas e ficava tão emocionada com cada cenoura, cada batata e cada tomate. Você se lembra da dança que costumava fazer ao redor do canteiro de legumes?

Lori sorriu ao pensar naquelas tardes maravilhosas de verão no quintal, quando ela tinha a mãe toda para ela e muita terra macia e legal para brincar.

— Não acredito que eu achava que a dança que inventei ajudaria as plantas a crescerem mais rápidas e maiores.

— Funcionava *mesmo* — a mãe disse a ela. — Nada jamais cresceu tão bem desde que você saiu de casa. Desde então, eu sempre pensei que a jardinagem e a dança fazem uma combinação inesperadamente perfeita.

— Nesse caso, pode deixar que eu farei uma dancinha para os seus legumes no próximo almoço — Lori disse, a voz mais forte agora que tinha se enchido de todo o amor que a mãe lhe dava... e a confiança renovada com o poder do amor, que transcendia absolutamente qualquer coisa. — Aposto que Summer e os bebês adorariam dançar ao redor do jardim.

— Seu pai — Mary disse de súbito — dançava muito bem.

Lori podia facilmente imaginar a mãe nos braços do pai, elegante e linda, enquanto eles se moviam pela pista de dança. Ela sabia que era assim que ela e Grayson deveriam ter parecido no baile do celeiro quando dançaram a valsa.

Sabia que ele não pensava que ela fosse voltar. E não era porque ele não a amava. Pelo contrário, ele a amava tanto que não podia suportar o pensamento de fazê-la viver em qualquer lugar que não fosse exatamente onde ela quisesse. Mas ele não percebeu, ela pensou chacoalhando a cabeça, que ela *sempre* conseguia o que queria? E, como ela queria tanto a dança *quanto* ele, de alguma forma, de alguma maneira, ela ia conseguir pensar em uma forma de ter os dois.

Especialmente agora, que tinha encontrado o parceiro inesperadamente perfeito.

* * *

Grayson nunca ficou tão feliz com todas as coisas erradas que aconteceram na fazenda. Naquele dia, foi o porco que fugiu do chiqueiro. Ele passou o dia coberto de lama e xingando os canos plásticos e tubulações. Mas, francamente, ele não tinha certeza de como teria conseguido terminar aquele dia inteiro de outra forma. Não quando cada coisa na fazenda o fazia lembrar-se de Lori. A forma como os porcos fungavam ao redor dele o dia todo, desejando que ele fosse sua bela amiga com lanchinhos especiais e carícias em suas cabecinhas. A forma como as galinhas correram para o portão quando o viram se aproximar, apenas para recuar quando perceberam que não era Lori.

Quando o serviço de encanamento finalmente acabou e nem ele mesmo aguentava mais o cheiro, ele tomou banho atrás do celeiro, mas isso o fez lembrar-se da primeira noite em que ele teve que tomar banho ali para tentar escapar dela e dos sentimentos que não conseguia conter. Ele a queria tanto, porém mais que isso, ele já havia começado a admirá-la e a gostar dela. E então, claro, houve tantos banhos sensuais que eles compartilharam depois daquilo...

Quando a água ficou fria, ele se enrolou em uma toalha e voltou para casa.

Deus, como estava silencioso lá. Silencioso demais. Mas havia lampejos de cor pela casa no local em que Lori havia colocado um vaso que ela achou no sótão, junto com uma colcha amarelo-brilhante que ela comprou no Armazém Geral, pois ela disse que aquilo a faria feliz só de olhar.

O telefone tocou, e, quando viu o nome na tela, Grayson o atendeu rapidamente:

— Lori.

— Grayson.

Mesmo para um homem de poucas palavras, ele nunca percebeu que tanto poderia ser dito com tão pouco.

— Senti tanto a sua falta — ela disse. — Como foi o seu dia? Mesmo se tiver a ver com algo entediante como um trator ou um fertilizante, eu quero ouvir.

Ele riu, o som nada parecido com aquele enferrujado usado a maior parte da sua vida. Tudo por causa dela.

— Passei o dia afundado nos porcos e na lama e nos canos quebrados até o joelho. Um típico dia dos sonhos para quem vive em uma fazenda.

Como ele adorava a risada dela, ficava imaginando Lori segurando o telefone no ouvido, provavelmente rodopiando as pernas perfeitas de deixar qualquer um boquiaberto.

Sempre se movimentando.

Sempre rindo.

E tão cheia do amor que nunca falhou em impressioná-lo.

— Uau, duas frases é mais do que eu pensava conseguir de você — ela provocou. — Você deve mesmo me amar.

— Eu te amo demais — ele confirmou para ela, antes de dizer. — Agora é sua vez de falar até me deixar surdo.

— Consegui, Grayson. Falei na cara do Victor para ele sair da minha frente. Eu o demiti com apoio total de todo o elenco. O fato é que, quando eu saí, eles somaram dois e dois e descobriram o que ele fez. Mas, honestamente — ela disse com uma voz mais alegre do que teria pensado depois de ter de lidar com toda aquela sujeira —, esmagar aquele verme só levou alguns minutos. O resto do dia passei trabalhando com a equipe e foi ótimo. — Ela mal parou para respirar e seguiu em frente: — Vou precisar ficar aqui o restante da semana para ajudá-los a encerrar o espetáculo.

— Claro que sim. Eles precisam de você. — E ela também precisava deles. Era algo que ele nunca duvidou nem por um minuto.

Só quando ela finalmente ficou em silêncio por um longo momento ele soube que havia algo mais.

— Quero tanto voltar para você e para a fazenda assim que o espetáculo terminar, mas...

Outra pausa veio e ele teve que pegar uma cadeira da cozinha para se sentar e se segurar.

— Um amigo meu precisa de mim na cidade de Nova York para uma substituição de última hora, para ser a bailarina principal em um espetáculo. Precisarei voar de Chicago até Nova York para me apresentar no Mostra Internacional de Dança no final de semana seguinte antes de conseguir pegar um voo noturno e voltar para você.

Grayson queria implorar, queria até ser amargo por ela ter escolhido a dança em vez de escolhê-lo. Mas como ele podia fazer essas coisas quando *sabia* que ela estava fazendo todas as escolhas certas?

Claro que ela tinha que fazer os dois espetáculos. E claro que ela tinha que fazer todos os outros espetáculos que viriam em seguida, oportunidades que ela não poderia recusar de forma alguma. Não somente pelo fato de muitas pessoas da indústria dependerem dela, mas também porque ela tinha sido feita para dançar, e para continuar dançando.

Mas ela também tinha sido feita para ser dele, droga.

Grayson queria vê-la dançar. E ele queria ser tão corajoso por ela como ela tinha sido por ele. Não somente na forma como ela insistiu em amá-lo depois que ele tentou com tanta força afastá-la, mas por confrontar o homem que a havia magoado tanto para que ela pudesse amar novamente com um coração inteiro.

Lori tinha sido corajosa o suficiente para encarar que a machucara. Já tinha passado da hora de ele fazer o mesmo.

CAPÍTULO VINTE E CINCO

Grayson desceu do avião em Nova York e encontrou o motorista esperando por ele na área de recebimento de bagagens. Por um momento, parecia que três anos não haviam se passado. Como se fosse apenas mais uma viagem de negócios, e ele simplesmente estivesse voltando para casa em Westchester para tomar banho e trocar de roupa e tomar uma bebida antes do jantar com Leslie, e os dois tentariam parecer interessados pelas coisas das quais não se importavam de fato em absoluto.

Quando ele deu o endereço ao motorista, ele mal produziu uma resposta. No assento de trás do carro, Grayson pegou uma fotografia de Lori quando criança, que Mary Sullivan dera para ele no almoço da família. Ele a manteve consigo cada segundo desde que ela tinha ido embora, e a foto nunca fracassou em trazer um sorriso ao rosto dele, nem mesmo naquele momento.

Faltavam os dois dentes da frente, ela vestia um jeans gasto e uma camiseta e os dois eram pelo menos dois números maiores, e ela era a coisa mais linda que ele tinha visto na vida saltando pelo ar, dançando no meio do quintal cheio. Ele conseguia ver como, mesmo aos oito anos, ela iria florescer para uma beleza impressionante. Ele também podia ver que ela era determinada demais, teimosa demais, para permitir que algo ou alguém destruísse sua alegria, seu amor pela vida.

Grayson queria ser digno de dividir a vida com ela, mas queria algo a mais também. Ele queria, um dia, tirar fotos de sua própria menininha dançando e rindo e amando da mesma forma que a sua bela mãe.

Na entrada havia uma banca de flores, e Grayson pediu para o motorista parar, colocando a foto no bolso acima do seu coração ao abrir a porta e sair do carro. Ele não comprou o maior buquê nem o que mais chamava atenção. Pelo contrário, comprou um pequeno buquê de tulipas brilhantes, a flor favorita de Leslie.

— Vou andando daqui — ele disse ao motorista, que concordou e estacionou no meio-fio para esperar.

O cemitério parecia o mesmo de três anos atrás, durante o funeral da esposa, a última vez em que esteve ali. A grama estava perfeitamente verde e meticulosamente aparada. O céu estava cheio de nuvens escuras que pareciam que iam explodir com a chuva a qualquer momento. O céu cinza e frio era tão diferente do azul-claro da fazenda.

Ao se aproximar do túmulo de Leslie, ele viu que estava muito limpo e brilhante, com um enorme buquê de flores em um vaso ao lado que ele sabia que teria vindo dos pais dela.

A última vez que esteve lá, ele estava chocado... e tomado pela culpa. O choque foi finalmente diminuindo conforme ele aceitou que ela realmente tinha ido, mas a culpa, a responsabilidade que colocou em si mesmo por não ter conhecido melhor a esposa, ficou mais forte. Todos os dias, colocava o terno e a gravata para trabalhar e lidar com as perguntas e a solidariedade dos colegas e dos amigos e das pessoas que ele somente conhecia de coquetéis; sentindo que a culpa e a responsabilidade e o desgosto em relação a todos que diziam que a amavam e que sentiam a falta dela, mas que não tinham feito coisa nenhuma para parar sua autodestruição, só aumentavam até chegar ao ponto que ele não poderia esperar nem mais um segundo. Ele precisava recomeçar em um mundo que fosse o mais longe possível da sociedade de Nova York, então ele foi para o Oeste, da mesma forma como Lori saiu da locadora de carros e foi parar na fazenda dele. A transação com a imobiliária foi completada do dia para a noite, e Grayson nunca planejou olhar, nem voltar, para trás.

— Leslie. — Ele se ajoelhou e colocou as flores no túmulo, apoiando a mão sobre a pedra fria como se isso fosse ajudá-lo a se conectar novamente com ela. — Sinto muito por não ter vindo aqui por tanto tempo.

Era tão estranho que ele sentia que os dois estavam tendo uma de suas conversas novamente, em que os dois falavam, mas ninguém dizia nada. Lori, ele sabia, nunca permitiria isso. Estando no cemitério ou não, ela teria dito exatamente o que se passava em sua mente... e no seu coração.

Subitamente, ele conseguiu imaginá-la ali, provocando-o: *Vamos lá, seja um homem, fazendeiro. Por que você tem tanto medo de expor sua alma?* Inconscientemente, a mão dele foi para a foto no bolso de sua camisa. *Todas as partes são boas*, ela disse a ele. *E nunca vou deixar alguém magoar você*. Até mesmo naquele momento, ele a sentia protegendo-o, sua vaqueira bailarina linda e destemida que tinha o maior coração que já tinha visto na vida.

Grayson sentou-se na grama ao lado do túmulo de Leslie e passou os dedos lentamente sobre o nome entalhado.

— Sinto muito por ter sido um mau marido. E sinto muito por não ter sido muito amigo no fim também. Sei que você estava infeliz. Eu também estava infeliz. Mas não sabia como consertar tudo aquilo, então decidi ignorar. Eu ignorei você, Leslie, e sinto tanto, tanto mesmo.

Ele se desculpou mais nas duas últimas semanas do que durante a vida toda. E mesmo assim, da mesma forma que se sentia em relação a Lori, ele não conseguia ver como sua esposa poderia algum dia perdoá-lo pela confusão que suas vidas se tornaram antes da morte dela. Desculpas não mudariam isso.

Mas, já que seu maior erro tinha sido não conversar com ela, conversar aberta e honestamente, quando ela ainda estava vida, ele concluiu que no mínimo tinha que mudar isso agora.

— Depois que você morreu, eu surtei. Dei as costas para toda e qualquer pessoa, para a nossa vida juntos, e decidi recomeçar. Estou

na Califórnia agora, em uma fazenda. Uma fazenda enorme, perto do mar. Sempre que a névoa aparece, penso em quanto você adorava caminhar pela costa em dias de tempestade. Não estava procurando a felicidade, era só uma fuga, mas o surpreendente é que eu a encontrei no final das contas. Não só na terra, e nos meus animais, mas com a última pessoa no mundo com a qual esperava encontrar.

— Sei que você teria gostado da Lori, Leslie, e sei que ela teria gostado de você. Ela nunca para de fazer perguntas, e, quando eu tento ignorar, ela faz mais perguntas, então eu contei tudo sobre você. Sobre quando estávamos na faculdade, como costumávamos ir a cerimônias de iluminação das árvores e das lenhas de Natal, e sobre aquele ano em que fiquei tão animado por termos vencido o concurso de má poesia. Eu até contei a ela sobre a forma como pedi você em casamento e acabei derrubando o anel na corredeira da chuva porque estava nervoso demais.

Ele achou ter ouvido alguma coisa, uma agitação das folhas acima parecia soar como uma pergunta: *Ela é bonita?*

Antes que ele se desse conta, Grayson estava rindo e chorando ao mesmo tempo. É claro que era isso que Leslie iria querer saber.

— Sim — ele disse quando finalmente deixou as lágrimas caírem pela mulher que tinha sido uma parte importante da sua vida por tanto tempo. — Ela é.

E durante a hora que se passou, enquanto estava sentado e finalmente conversando com a esposa, as nuvens cinza e espessas foram se dissipando uma a uma até sobrar apenas um céu azul brilhante acima deles dois.

* * *

Lori ficou nos bastidores do Joyce Theatre, em Nova York, em um círculo com todos os seus bailarinos, todos de mãos dadas enquanto se aprontavam para entrar no palco. Foram as oito horas mais loucas da vida dela, mas ela adorou cada segundo.

Carter a trouxe para assumir a coreografia que estava fechada há meses. Mas a visão que ela teve foi tão clara e pura que ela coreografou uma dança totalmente nova com os bailarinos a um passo a frente de aprenderem os movimentos.

— Muito obrigada por embarcarem nessa jornada comigo — ela disse. — Vocês são todos maravilhosos e surpreendentes e eu amo vocês por confiarem em mim nessa dança e colocarem seus corações e almas em algo que significa tanto para mim — ela sorriu. — Agora vamos fazer a magia acontecer.

Um a um, eles foram tomando seus lugares no palco escuro, e, quando as luzes lentamente se acenderam, a plateia viu não apenas os bailarinos, mas belas flores selvagens vermelhas e laranja, amarelas e roxas. Ao redor de todas as flores, os gramados verdes deslizavam com a brisa. A música tocada pela plateia soava como o mar em um dia claro, com crianças brincando com baldes e pás na areia e gaivotas voando acima das ondas, que batiam com delicadeza.

Ao ruído do trovão da seção de percussão, o raio brilhante e ensolarado deu passagem à tempestade súbita, luzes azuis e fitas bem finas começaram a chover acima do palco. O som das ondas batendo e as fortes gotas de chuva, as flores e os gramados abrindo espaço para a selvageria da tempestade, tudo era ainda mais belo agora que era soprado com força pelo vento, e encharcado pela chuva.

E então, subitamente, a menor das flores selvagens foi arrancada do chão pelo vento. Ela estava sendo soprada para longe de todo o

resto, quando, do centro do grupo, a maior e mais poderosa folha do gramado a alcançou.

Ele a aninhou em seu corpo em uma bela dança de proteção e amor conforme a tempestade continuava a castigar, e então, quando a tempestade se foi e o sol voltou a brilhar, ele finalmente soltou a brilhante flor colorida para voar para longe.

Ah, como a flor selvagem estava linda ao voar, cada vez mais alto naquela luz do sol pura e brilhante. As outras flores e os gramados observavam sua dança no céu, pois sabiam que ela sonhou fazer aquilo a vida toda.

O sol estava se pondo e as flores estavam fechando suas pétalas, os gramados já coletavam o orvalho da noite fria, quando a flor selvagem emergiu novamente no céu escuro. Ela sempre sonhou voar, mas uma dança perfeita em uma tempestade tinha lhe dado novos sonhos.

Ela ainda queria voar... mas não queria mais fazer isso sozinha.

E então a flor selvagem e a folha do gramado estavam juntos novamente, abraçando-se em uma dança de amor que era tão bela debaixo da calmaria da lua quanto tinha sido durante a chuva e o vento.

Foi nesse momento que as luzes se acenderam o suficiente para Lori ver a beleza rústica do homem na primeira fila. Grayson estava cercado de homens de smoking e mulheres de paetês, mas, com a camisa de flanela e botas de caubói, era ele quem brilhava.

Ela havia coreografado aquela dança para celebrar a beleza da terra dele e para eternizar a paixão que eles haviam descoberto juntos em uma tarde de tempestade. Agora, ela dançava somente para ele, a flor selvagem que voava sem curso, até o amor dele mostrar exatamente onde ela queria estar.

Com ele.

Para sempre.

* * *

Grayson estava esperando na lateral quando Lori saiu do palco, e ela voou para os braços dele.

Ela tinha dito *Eu te amo* para ele uma dúzia de vezes diferentes durante a dança, e agora era ele quem dizia:

— Eu te amo. Você é tudo para mim, Lori. Tudo.

Ele não soltou da mão dela quando ela foi parabenizar os bailarinos pelo trabalho fenomenal que haviam feito, não podia parar de tocá-la por ninguém no mundo, mesmo quando ela disse na frente de todo mundo, deixando-o constrangido:

— Pessoal, esse é o Grayson, o fazendeiro mais gostoso que vocês já...

Claro que a única forma de calar sua boca foi com um beijo, então, bem ali, na frente de trinta estranhos, ele a abraçou com força e cobriu sua boca com a dele.

Todos aplaudiram e vibraram e gritaram na hora em que ele finalmente a soltou para respirar, e, quando Lori se esforçava para recuperar o fôlego, ele disse:

— Prazer em conhecer. Fiquei impressionado com a atuação de vocês.

Nesse momento, um homem magro vestido com um terno azul e prateado veio correndo e se jogou nos braços de Lori.

— Maravilhoso, Lori. Simplesmente maravilhoso! Do jeito que eu sabia que seria. As pessoas não param de falar sobre o seu programa. — Quando ele percebeu que Lori estava de mãos dadas com Grayson, o homem ficou boquiaberto, expressando um "O" de apreciação. — E quem é esse bonitão ao seu lado?

Vendo o brilho nos olhos de Lori que dizia que falaria qualquer coisa que precisasse se isso fosse provocá-lo para dar-lhe mais um beijo, Grayson estendeu a mão e disse:

— Sou um grande fã seu, Carter. E, agora que sei seu ótimo gosto para coreógrafas, sou ainda mais.

Os olhos do homem se arregalaram quando ele corou ao agradecer Grayson pelo elogio. Ele lançou beijinhos para o ar nas bochechas dos dois de uma forma caracteristicamente dramática antes de sair correndo para observar o restante da produção.

Quando os dois estavam finalmente sozinhos, Grayson passou a mão de Lori no seu rosto e disse:

— Conheço uma ótima pizzaria na esquina. O melhor pepperoni que existe.

Ela trocou de roupa rapidamente e eles saíram. De mãos dadas, caminharam em doce silêncio pela calçada cheia de gente e entraram em uma pequena rua lateral. Passaram pela joalheria em que Leslie exclamava sobre os brincos de diamante e ele a surpreendeu com eles no primeiro aniversário de casamento deles. Eles sempre comiam naquela pizzaria durante os últimos anos da faculdade.

Mas, em vez de ser seguido por um fantasma, parecia-lhe que Leslie era um anjo que o observava.

Grayson sabia que ele nunca seria um homem de muitas palavras, mas dali em diante ele planejava que tudo o que dissesse a Lori seria importante. Assim que sentaram nos banquinhos de uma minúscula cabine com fatias de pizza fumegando na frente deles, ele disse:

— Nunca pensei que pudesse estar no meio da cidade de Nova York e na minha fazenda ao mesmo tempo. Mas, quando você dançou, eu estava lá, Lori, de volta à tempestade, segurando você em meus braços, querendo mantê-la segura e sabendo que você precisava voar livre novamente. Todo esse tempo, pensei que para ter uma coisa tinha que desistir da outra, que era impossível que as duas situações pudessem se conectar.

Havia muito mais que ele queria contar a ela, ele tinha tanto a dizer, mas ele nunca foi muito bom nisso, e as palavras ficavam presas em sua garganta. Graças a Deus, Lori sempre ouvia tudo que ele não sabia expressar.

— De acordo com a minha mãe, quando eu tinha dois anos... — Ela pegou um pedaço de pizza e enfiou um enorme pedaço na boca. — Ah, meu Deus — ela exclamou depois de mastigar e engolir com entusiasmo. — Esse realmente é o melhor pepperoni do mundo! — ela exclamou e suspirou sobre a pizza até finalmente continuar o que estava dizendo. — Eu não usava nunca a palavra *impossível*. Evidentemente eu saía dançando e rodopiando pela casa declarando "É possível!" o tempo todo até deixar todo mundo louco.

— Sei como é — ele disse em voz baixa, que claramente não a assustava nenhum pouco, pois ela enfiou a língua na boca dele em resposta.

— Então — ela perguntou ao pegar o que havia sobrado do enorme pedaço, lançando-lhe um sorriso delicado —, como ela está?

Claro que Lori ia saber onde ele esteve naquele dia sem dizer uma só palavra. Era uma das muitas razões pelas quais eles eram tão perfeitos juntos. Ele era um homem que não falava muito, e ela era uma mulher que sabia ouvir com um olhar, um toque, um relance. E, naquela noite, ele sabia exatamente o que ela estava fazendo, falando e provocando e comendo, como se estar ali na cidade que continha todos os demônios pessoais dele fosse perfeitamente normal. Ele nunca conheceu ninguém tão aberto emocionalmente, nem tão disposto a dividir o coração.

Dava para ver quanto cada um dos bailarinos, e o produtor do espetáculo, a amavam. E por uma boa razão. Lori era completamente adorável, mesmo com o óleo pingando do canto da sua boca gulosa.

Ele limpou com a ponta do dedo antes de dizer.

— Ela perguntou se você era bonita.

Lori pareceu absolutamente encantada com aquilo, mesmo com os olhos expressando meiguice em meio a uma névoa cheia de emoção.

— Você realmente tem muito bom gosto para mulheres, sabia?

Grayson sabia que não tinha feito o que precisava ainda. Ele ainda precisava se sentar e conversar com os pais de Leslie, e os pais dele estavam na Europa, então ele não podia apresentar Lori a eles. Mas, ao mesmo tempo em que conversar com Leslie em seu túmulo não tinha sido fácil, também não o destruiu. Ele voltaria em breve, para dizer o restante que deveria ter dito há tantos anos, para todos a quem deveria ter dito.

Mas, dessa vez, ele teria Lori ao seu lado durante todo o caminho percorrido, junto com um anjo que observava os dois.

Ele estendeu a mão para seu prato de pizza, mas estava vazio. Claro que ele sabia exatamente onde procurar sua pizza: na boca de Lori.

— Você não estava comendo — ela disse com a boca cheia.

Mesmo fazendo uma careta para ela por ter pegado seu pedaço de pizza, ele sabia que ela estava certa.

Ele realmente tinha ótimo gosto para mulheres.

CAPÍTULO VINTE E SEIS

Grayson não sabia se algum dia ia se acostumar a estar com uma mulher tão bonita que arrancava olhares por onde passava, e tão amigável que metade das pessoas no avião agora tinha um convite para visitar a fazenda. Mas, embora não houvesse dúvida de que a vida com Lori seria difícil de lidar, ele realmente sabia de uma coisa com certeza: como a mãe dela tinha dito a ele, ela valia cada uma das brigas e das frustrações que vinham junto com o amor por ela.

Mulher esperta essa Mary Sullivan. Não surpreende ter criado oito filhos maravilhosos. Grayson não via a hora de passar mais tempo com ela nos anos que viriam.

Ele achou que Lori fosse querer passar no apartamento dela para pegar algumas de suas coisas favoritas, mas, quando ela disse que estava ansiosa demais para voltar para a fazenda, e que irmãos mais velhos serviam para fazer a mudança da irmã, eles foram direto para Pescadero. Mas fizeram uma rápida parada no escritório da locadora de carros do aeroporto, onde ela deu o maior beijo bem nos lábios de uma mulher surpresa atrás do balcão.

— Você estava certa. Pescadero é maravilhoso! — Lori apontou para Grayson, e ele a teria beijado para mantê-la de boca fechada mais uma vez, mas ela estava se divertindo tanto que ele a deixou falar. — Olha o que eu encontrei por lá.

A mulher olhou de Lori para ele, confusa por um momento, antes de seus lábios se curvarem em um sorriso enorme. — E pensar que tudo o que eu levei para casa de Pescadero foi um pacote de cenouras orgânicas e umas fotos bonitas da costa.

Na caminhonete, Lori ligou o rádio na estação local em um volume alto demais e estava cantando alto demais e totalmente desafinada, quando ela gritou de súbito:

— Pare o carro!

O tom direto da voz dela fez com que ele pisasse no freio com tudo. Antes que ele se desse conta, ela se soltou do cinto e saiu correndo pela estrada atrás do que parecia ser uma sacola plástica branca.

Ele saltou do carro e gritou.

— Saia da estrada! — Claro que ela não ouviu, não até finalmente pegar a sacola em suas mãos.

Quando ela se virou para ele, a expressão partiu o coração dele.

— É um gatinho. — Ela rasgou toda a sacola e pegou a pequena bola de pelo, dizendo: — Você está salvo agora.

Grayson ficou de olho no trânsito que se aproximava na estrada rural ao ir na direção dela. Lori já estava espirrando, mas ele sabia que não era por isso que os olhos dela estavam úmidos.

— Docinho o mandou para nós. — Ela beijou a penugem entre as orelhas dele. — Ela se parece com uma Millie, não acha?

— Na verdade, estava pensando que ele se parece com um Bob.

Ela riu para ele e concordou, e por um momento ele pensou que talvez ela fosse concordar com ele. E então ela disse:

— Vamos lá, Milliebob, vamos para casa.

Pelo restante do percurso, ela conversou com o gatinho, que ele jurou que não iria de jeito algum chamar de Milliebob, mesmo sabendo que quebraria essa promessa até o final da semana, contando ao gatinho sobre a fazenda e os outros animais e quanto ele iria adorar o lugar. Assim que eles estacionaram, Lori pulou da caminhonete para levar o gatinho para conhecer os porcos que ela nomeou em homenagem aos irmãos.

Mais tarde naquela noite, quando foram caminhar lá fora, de mãos dadas, para ficarem juntos na escuridão e no frescor do silêncio que só se pode encontrar em cento e sessenta alqueires, Lori disse:

— Senti muita falta daqui.

A voz dela estava cheia de surpresa diante da beleza que os rodeava. Há uma hora ela estava coberta de lama e tão feliz quanto um porco. Agora estava limpa depois do banho que ele deu nela atrás do celeiro, um banho que começou com sabão e terminou com prazer.

Lori parou quando eles passaram pelo enorme bosque de carvalhos e ela viu a nova fundação que ele estava montando.

— O que é isso?

Ele sentiu a falta dela como louco cada segundo que ela ficou em Chicago e em Nova York, tanto que ele se jogou em um novo projeto enorme, rezando junto com cada tábua que cortou, cada prego que martelou, para que ela voltasse mesmo para ele.

— Um estúdio. Para você. E seus bailarinos.

Ela jogou os braços e pernas ao redor dele e estava prestes a beijá-lo quando o céu da noite subitamente ficou tão iluminado que os dois olharam para cima ao mesmo tempo.

— Uma estrela cadente! — Os olhos dela brilharam de excitação e felicidade quando ela olhou para ele. — O que você desejou?

Em pé no meio das flores selvagens e das folhas do gramado escuro debaixo das estrelas, Grayson tirou um anel do bolso e disse:

— Desejei que você fosse minha. *Para sempre.*

Quando Lori respondeu que sempre foi dele, e prometeu que sempre seria, os dois dançaram juntos debaixo da luz da lua.

* * *

Três meses depois ...

— Agora que todo Sullivan ao redor do mundo veio para a nossa reunião de família — Lori disse a Grayson —, eu preciso de um saco de papel para hiperventilar.

Apesar das dezenas de Sullivans e cônjuges e filhos e animais correndo soltos ao redor deles, Grayson entrelaçou uma mecha do

longo cabelo de Lori em seus dedos e a trouxe para perto, como se eles fossem as duas únicas pessoas do mundo.

— Tenho uma ideia melhor para fazer com a minha boca.

Mesmo apesar de terem se beijado aproximadamente um trilhão de vezes antes nos últimos três meses, parecia sempre a primeira vez, pois o coração de Lori acelerava, ela perdia o fôlego, e os dedos se agitavam em suas botas de vaqueira enquanto seu noivo mostrava a ela, mais uma vez, quanto a amava.

— Sério mesmo — ela disse quando ele finalmente a deixou respirar e a suas sinapses começaram a disparar novamente —, você é maravilhoso por concordar em receber tantas pessoas aqui na sua fazenda.

— Não é a *minha* fazenda. É a *nossa* fazenda. — Ele acariciou o cabelo dela mais uma vez, depois desceu a mão até os ombros dela e sobre os braços para deixar um caminho de carícias por toda a pele dele, antes de os dedos dele entrelaçarem-se aos dela. — E você sabe que eu gosto da sua família. — Ele abaixou o chapéu de caubói contra a brilhante luz do sol ao olhar para o enorme grupo de Sullivans. — Mesmo vendo que são muitos mesmo!

Nesse mesmo momento, ele viu mais um carro alugado estacionar na área improvisada que montaram ao lado do celeiro. A mãe e o pai de Grayson saíram do carro. Sua mão tencionou levemente na mão de Lori e ela a ergueu para dar-lhe um beijo antes de dizer. — Estou tão feliz que seus pais conseguiram planejar a viagem deles para este final de semana também. — Tinha sido uma surpreendente coincidência quando ele contou a ela sobre os planos de viagem deles, mas é claro que ela ficou animada com as novidades.

Sem querer que os Tyler se sentissem peixes fora d'água ao redor da enorme família, ela fez questão de se apressar para dar a cada um deles um abraço caloroso.

— Estou tão feliz que puderam vir nos visitar. — Quando ela e Grayson os visitaram em Nova York há um mês, ela conseguiu ver o quanto eles amavam o filho, mesmo sem serem muito bons em dizer isso em voz alta. Da mesma forma que ela sabia que não poderia esperar um convite de Grayson para entrar no coração dele, ela sabia que não poderia deixar que ele e seus pais esperassem uns pelos outros por muito mais tempo.

Ele apertou a mão do pai e abraçou a mãe, e Lori felizmente percebeu que eles ficaram abraçados por um tempo um pouco maior do que ficaram há um mês. As pessoas dizem que milagres não podiam acontecer da noite para o dia, mas não foi com essa rapidez que o amor floresceu entre ela e Grayson? E a vida não era sempre um milagre surgindo atrás do outro, da sua família à dança e seus pequenos sobrinhos e sobrinhas até o homem ao lado dela?

Um pouco depois, sua mãe estava lá para dar as boas-vindas para Gina e Brent Tyler. Lori adorava observar o efeito que sua mãe causava nas pessoas, a forma como ela imediatamente fazia com que eles se sentissem relaxados e apreciados.

— Você criou um filho maravilhoso — Mary Sullivan disse aos Tyler. — Estou muito feliz por ele e Lori terem encontrado um ao outro.

Quando Grayson trouxe Lori mais para perto, dando-lhe um beijo no alto da cabeça, os olhos da mãe dele ficaram marejados.

— Sim — ela concordou —, eles são um casal perfeito, não são?

Engraçado, naquele momento parecia que os pais dele e Mary e até Grayson também estavam todos compartilhando um olhar secreto. Subitamente, sua mãe virou para Lori e disse:

— Você ficou sabendo da grande surpresa que a sua irmã organi-

zou para as meninas? Ela trouxe cabeleireiros e maquiadores para arrumar todas nós antes de tirarem fotos da grande família. Está tudo arrumado e estão esperando por nós no seu novo estúdio de dança.

— Parece divertido — Lori disse, apesar de não conseguir entender por que sua irmã gêmea teria algum interesse em algo desse tipo, considerando que Sophie quase não usava maquiagem e raramente precisava fazer alguma coisa em seus cabelos longos e brilhantes para ficar linda. — Você fala para ela que eu vou mais tarde? Primeiro quero levar os pais de Grayson para conhecer a...

Grayson cortou a frase dela no meio da sua forma predileta: com um beijo. Às vezes ela começava a falar mesmo quando não tinha absolutamente nada para dizer, só para ganhar mais beijos.

— Vá com a sua mãe — ele disse a ela. — Eu mostro a fazenda para os meus pais.

Ela pensou que ele fosse querê-la com seus pais para protegê-lo, caso as coisas ficassem estranhas novamente, mas agora percebia que ele provavelmente queria um tempo sozinho com eles.

— Tudo bem. — Só que, quando ela foi sair, ele não soltava a mão dela.

Ela olhou para as mãos entrelaçadas e estava prestes a fazer um comentário engraçado sobre ele precisar soltá-la quando ela olhou no rosto dele.

A profundidade pura e simples do amor em seus olhos a fizeram esquecer de tudo, exceto do seu amor por ele. O braço da mãe ao redor da cintura dela era a única razão para se afastar dele naquele momento.

— Você realmente encontrou um homem maravilhoso, querida — Mary disse quando elas foram ao estúdio que Grayson havia feito para ela. — É difícil acreditar que ele não tenha sempre sido parte da família, não é?

Nos últimos três meses, Lori observou um vínculo muito especial se desenvolver entre o noivo e sua mãe. Ela concluiu que parte disso era que os dois haviam perdido um cônjuge e entendiam a dor do outro de uma forma que as outras pessoas jamais entenderiam. Mas, como sua mãe disse, o relacionamento deles era mais profundo que isso. Grayson já era da família, um parceiro dos seus irmãos, o tio mais doce que existe para os bebês e para Summer, e estava sempre presente para ajudar um Sullivan em necessidade.

— Mal posso esperar para me casar com ele — ela confidenciou à mãe. — Se pudesse, me casaria hoje.

Um pouco depois, as duas entraram pela porta do estúdio. Vários dos melhores cabeleireiros e maquiadores com quem seu irmão Chase trabalhou no decorrer dos anos já estavam fazendo a magia acontecer em Sophie, Nicole, Chloe, Megan e na sua filha de oito anos, Summer, Heather, Vicki e Valentina. Quando era criança, Lori sempre desejou ter mais irmãs, e todos os dias ela agradecia pelas mulheres maravilhosas que seus irmãos encontraram.

Summer bateu palmas e disse:

— Lori está aqui! — Os olhos de Megan se arregalaram por um momento antes de ela se inclinar e sussurrar algo para Summer que fez a filha sorrir e passar os dedos na frente dos lábios.

— Sua fazenda é fantástica — Nicole disse quando entregou um copo de champanhe para ela, oferecendo-lhe uma cadeira vazia. — Que belo lugar para uma reunião de família.

Lori sabia o quanto a estrela pop e noiva de Marcus adorava a vinícola em Napa, e o quanto o seu irmão adorava viajar pelo mundo com Nicole com a mesma intensidade. — Espere até você ir conhecer os porcos — Lori provocou a futura cunhada. — Você vai amar o Marcus. Ele mantém todos os outros porcos no chiqueiro sãos e salvos.

Ela tirou fotos de cada um dos porcos para dar aos seus homônimos em porta-retratos especiais, sabendo que os irmãos iam adorar. Seus irmãos e irmã não a desapontaram, cada uma das fotos estava agora exposta em suas lareiras junto com as fotos das famílias.

Havia poucas coisas que Lori amava mais do que estar rodeada pelos amigos e pela família. Aquela reunião já tinha entrado para a curta lista de melhores dias da sua vida. Encontrar Grayson estava no topo, claro.

Quando o cabeleireiro e o maquiador começaram a arrumá-la, Lori tomou o champanhe e ouviu as conversas que aconteciam ao seu redor, sobre cachorros e crianças e corridas de carro e novas esculturas e sets de filmagem. Claramente, ela pensou ao observar os sorrisos enormes e as vozes alegres, todo mundo estava se divertindo tanto quanto ela. E a fazenda foi o lugar perfeito para realizar a reunião.

— Uau — Summer disse ao se aproximar um pouco quando seu cabelo e maquiagem já estavam prontos —, você está tão linda, tia Lori.

Lori sorriu para uma das suas crianças favoritas no mundo inteiro.

— Você também. Gosto da sua coroa de flores selvagens. É tão bonita.

Summer estava com algo nas costas e olhou de relance para Megan. Quando a mãe assentiu, ela estendeu as mãos para Lori.

— Fiz uma para você também.

Lori ficou mais do que tocada.

— Que graça! Você pode colocá-la em mim? — Ela inclinou a cabeça para que Summer pudesse alcançar o alto.

Quando Lori se virou para olhar no espelho novamente, mal percebeu como seu cabelo estava brilhante, ou a forma como suas feições estavam perfeitamente expostas com rímel e blush. Tudo o que ela sabia era que, com as flores selvagens no cabelo, ela nunca se sentiu tão linda.

O quarto ficou silencioso quando ela percebeu todas as mulheres olhando umas para as outras de forma particularmente séria. E a mãe dela tinha saído. Quando foi que ela saiu do estúdio?

— Ei, tem algo erra... — Mas ela não teve a chance de terminar a frase, pois na mesma hora a mãe entrou na sala segurando um vestido.

Um vestido de noiva.

Era o vestido mais lindo que Lori já tinha visto... pois foi o que a mãe usara em seu próprio casamento. E Lori sabia que serviria perfeitamente.

— Ah, meu Deus... — Ela tentou ficar em pé, mas, como suas pernas estavam moles demais para se segurar, ela teve que se apoiar nos braços da cadeira e se sentar. — O que... — O cérebro dela não estava funcionando. — Como... — A boca também não estava. — Você...

— Grayson.

Lori Sullivan não era uma mulher que chorava. Mas ela quebrou essa regra naquela fazenda em Pescadero repetidas vezes. Por desespero na primeira noite em que passou na casa de Grayson. Por tristeza pura depois que a Docinho morreu.

E, agora, de pura alegria.

— No momento em que vi Grayson — a mãe disse a ela —, soube que ele era o homem certo para você, querida. Mas, se eu tivesse alguma dúvida, o fato de ele ter pedido a minha ajuda para organizar um casamento-surpresa acabaria totalmente com ela. Só um homem que conhecesse e amasse você verdadeiramente iria pensar em fazer algo tão perfeito assim.

Sophie colocou um lenço de papel nas mãos de Lori e a tirou da cadeira puxando a outra mão.

— Seu noivo está te esperando. Acredito que já esteja bem impaciente.

Lori riu mesmo entre as lágrimas que insistiam em rolar. Todo mundo que ela amava estava lá naquele dia, e todos foram tão maravilhosos em ajudar Grayson a surpreendê-la com o casamento.

— Amo tanto todas vocês! — As garotas todas se reuniram ao redor dela para um abraço em grupo, chorando e rindo ao mesmo tempo.

Lori era notoriamente tranquila, tanto dentro quanto fora do palco, mas naquele momento os dedos dela tremiam tanto que a mãe e a irmã tiveram que ajudá-la a tirar a roupa. Depois que ela colocou a bela lingerie de seda prateada que Sophie entregou para ela, a irmã lhe mostrou os saltos mais maravilhosos que comprou para combinar com o vestido. Lori balançou a cabeça e disse:

— Vou usar as minhas botas.

Eram as novas botas com flores selvagens bordadas nas laterais, afinal de contas. Então, ela ergueu os braços e elas deslizaram o vestido de casamento de seda e renda, a mãe estava amarrando as costas enquanto Sophie reajustava as flores no cabelo e enxugava as lágrimas debaixo dos cílios sem manchar a maquiagem.

Uma batida soou na porta, e a mãe dela foi abri-la. O irmão mais velho de Lori, Marcus, estava lá com seu smoking. Ele estava sorrindo para ela, mas dava para ver que seus olhos estavam meio marejados quando ele disse:

— Você está absolutamente linda, Lori. — Ele estendeu o braço e falou: — Pronta para subir no altar?

Mais lágrimas rolaram quando ela deu o braço para Marcus.

— Você sabia de tudo isso?

— Todos nós sabíamos. — Ele tirou uma mecha de cabelo dos olhos dela e acrescentou: — Você estava certa em não desistir de Grayson. Conversar com ele nos últimos meses provou para mim que ele verdadeiramente ama você da forma que você merece ser amada. Com absolutamente tudo que há dentro dele.

Ela abraçou o irmão. Seu apoio significava mais do que ele podia imaginar. Todo mundo se movimentou para assumir seus lugares no casamento organizado no meio do campo aberto. Ela sabia que deveria ficar impressionada por eles terem sido capazes de planejar tudo sem que ela desconfiasse de nada, mas ela sempre soube como sua família era maravilhosa.

Com a mão bem apertada na do irmão, os dois seguiram seu caminho para onde a banda country do seu primeiro baile no celeiro estava tocando uma valsa, e os Sullivan de todas as partes do mundo, junto com os pais de Grayson, estavam lá para celebrar com ela e com Grayson.

E então ela o viu, em pé no final do corredor enfeitado com flores selvagens. Ele estava lindo de smoking, chapéu de caubói preto e botas. Ela não pensou antes de soltar da mão do irmão, levantar a saia do vestido e ir correndo para ele.

Ela não viu mais ninguém, não ouviu mais a banda tocando. Tudo o que ela podia ver eram os olhos negros de Grayson cheios de fome, com tanta paixão e tanto amor. Tudo o que ela sabia era que ele era tudo o que ela sempre quis, tudo pelo que sempre esperou, ao correr para os braços dele e enlaçar seus braços no pescoço dele.

Rindo com ela, Grayson a rodopiou, o cabelo dela esvoaçava quando eles fizeram mais uma dança perfeita juntos. As bocas se encontraram um pouco depois e a multidão de Sullivan vibrou com eles.

— Eu te amo — Lori sussurrou quando finalmente conseguiu soltar sua boca da dele.

— Também te amo — ele sussurrou no ouvido dela. — E não posso

esperar mais nenhum segundo para você ser minha.

Com isso, ele a colocou de volta no chão e deram as mãos para que o celebrante pudesse começar a cerimônia.

— Estou muito feliz em acolher a todos para este casamento único. — Todos riram e o homem continuou. — Lori, Grayson, há algo que gostariam de dizer um ao outro antes que eu continue?

Lori assentiu. Ela se aproximou de Grayson e olhou em seus belos olhos negros.

— Eu te amo. Sempre. Para sempre. — Em toda a sua vida, ela falou e falou e falou. Mas naquele dia, ali com Grayson, usando o vestido de casamento da sua mãe na frente de toda a família, não havia mais nada que ela precisasse que ele soubesse.

Grayson sorriu para ela, de alguma forma nenhum pouco surpreso pelo fato de ela ter escolhido aquele exato momento para deixar de ser uma matraca.

— Grayson? — perguntou o celebrante. — Há algo que você gostaria de dizer a Lori?

— Sim, há. — A voz profunda, vibrando na pele dela, parecia tão boa quanto as doces carícias que as mãos dele sempre faziam. — Quando sua mãe e seus irmãos e eu planejamos este casamento para surpreendê-la, eu queria poder ficar aqui para dizer sobre o exato momento em que me apaixonei por você. Mas não posso fazer isso.

— Não pode? — Um alfinete poderia ter caído na grama que todo mundo teria ouvido naquele momento em que todos ficaram em silêncio para ouvir a resposta dele.

— Não, eu não posso. Pois cada momento que passei com você é esse momento, Lori — Com um "Ahh" coletivo soando na plateia, ele disse: — Eu me apaixonei por você no momento em que você bateu na minha cerca e perseguiu minhas galinhas e caiu na lama com os porcos. Eu me apaixonei por você quando você ensinou a todos na cidade a dançar em grupo. Eu me apaixonei por você quando você colocou os sentimentos da Mo na frente dos seus e ficou com ela enquanto ela precisou de você. — Uma lágrima rolou no rosto dela quando ele disse aquilo. — E, acima de tudo, eu me apaixonei por você quando você me mostrou que era seguro amar novamente. E eu não paro de me apaixonar por você o tempo todo. Neste exato momento, eu estou me apaixonando por você.

Ela teve que beijá-lo novamente antes de os dois dizerem:

— Sim. — E então Grayson escorregou o belo anel no dedo dela e Lori pegou uma das flores selvagens do chão para entrelaçar no anelar dele.

O homem que dizia não ser bom com as palavras, e que achava não ser capaz de amar novamente, havia acabado de provar a si mesmo que estava irrevogavelmente errado. Nas duas alegações. Ela não via a hora de contar a ele cada coisinha que amava sobre ele, sobre cada forma possível com que ele a havia agradado naquele dia com o casamento-surpresa. Mas toda essa conversa teria que esperar.

Pois ela não tinha sido apelidada de Mazinha sem motivo.

E aquele momento era perfeito para a noiva arrastar seu marido para um canto secreto da propriedade e mostrar a ele *exatamente* o quanto ela o amava, de corpo e alma.

EPÍLOGO

Mary Sullivan sempre teve orgulho de seus filhos. Não apenas pelo fato de terem sido bem-sucedidos, mas por causa dos homens e mulheres excepcionais que eram. E, como havia acontecido com tanta frequência antes, ela pensou no pai deles, Jack, e em como ele teria adorado ter visto sua outra garotinha se casar...

Mas ela já havia derramado lágrimas suficientes durante a bela cerimônia daquele dia. Ela queria que o resto do dia e da noite fosse repleto de sorrisos, de risadas, de abraços e de alegria. Era tão fácil encontrar essa alegria, pois estava toda ao redor dela.

O filho mais velho, Marcus, estava dançando com a noiva, Nicole. Eles iriam se casar em sua vinícola em Napa Valley mais para a frente naquele mesmo ano, e Mary estava curtindo muito ajudá-los a planejar, já que estavam sempre viajando por causa da carreira musical de Nicole. Nem todo mundo entendia a relação de Nicole e Marcus, a jovem estrela pop e o homem de negócios maduro, mas Mary não conseguia imaginar seu filho com alguém que pudesse ter lhe trazido mais felicidade.

Mary se virou o olhar para o próximo filho mais velho na mesma hora em que Smith e Valentina trocavam um de seus sorrisos secretos. Mary nunca admitiu muito para ninguém, mas Smith foi o filho com quem ela mais se preocupou no decorrer dos anos. As pessoas sempre diziam *Que vida fascinante seu filho deve ter sendo um astro do cinema!*, mas ela sabia das coisas. Ano após ano, conforme sua estrela passou a brilhar cada vez mais, ele foi pagando um preço cada vez mais alto por essa fama. Em Valentina ele encontrou alguém absolutamente ideal: ela entendia as exigências desse mundo, mas não estava absolutamente interessada no brilho. O coração de Mary se aquecia ao ver a paz, o contentamento, no rosto do filho.

O som da garotinha rindo chamou a atenção de Mary para Chase, Chloe e Emma, a filha deles. Os três estavam no celeiro, olhando os porcos, e Emma estava obviamente encantada com os animais. Mary sorriu ao observar a forma como seu filho Chase cuidava bem da família... e o sorriso dela foi ficando maior ao observar um brilho mais que especial em Chloe. Ela não via a hora que os dois tivessem mais uma menininha ou um menininho. Algo dizia que não demoraria muito.

Do outro lado, no gramado, Ryan estava jogando bola com as crianças, e sua noiva, Vicki, estava ajudando os meninos e meninas a ir atrás delas quando caíam das suas mãozinhas. Assim que seu filho trouxe a melhor amiga para casa para jantar há quinze anos, quando estava no ensino médio, Mary soube na hora que eles eram a "metade" um do outro. Uma década e meia mais tarde, os dois finalmente perceberam o que significavam um para o outro em uma história de amor perfeita de amigos-que-viram-amantes que fazia Mary se sentir bem toda vez que pensava nos dois.

Não muito longe do jogo de beisebol de improviso, muitos homens estavam reunidos ao redor da Ferrari de Zach. Atlas, o enorme cachorro de Heather, noiva dele, estava sentado bem ao lado dele, e Heather estava segurando o outro cão deles, Ternurinha, que era muito menor. Mas, enquanto os homens estavam todos concentrados no carro, Zach estendia a mão para passar no cabelo de Heather, dizendo algo no ouvido dela que a fez rir. Não havia muitas mulheres que podiam acompanhar Zach de igual para igual, muito menos ultrapassá-lo. Somente a mulher extraordinária por quem ele se apaixonou. Toda vez que Mary via os dois juntos, ela apreciava profundamente a habilidade que seu filho e Heather tinham de rir e amar na mesma medida.

O filho bombeiro de Mary, Gabe, estava dançando com Summer, de oito anos, enquanto Megan estava à sombra de um grande carvalho com seu poodle. Mary sabia que Megan estava sofrendo um pouco com enjoos matinais, mas, ao ver o enorme sorriso em seu rosto ao observar o marido e a filha dançarem juntos, ninguém diria que ela estava passando mal. Novamente, lágrimas ameaçaram rolar quando Mary pensou na forma como Megan e Summer tinham entrado em suas vidas quando Gabe as salvou do que teria sido um incêndio mortal no apartamento. Eles foram tão abençoados por terem encontrado um ao outro... Mary não via a hora de segurar mais um bebê nos braços no Natal.

Nesse momento, sua filha Sophie e seu marido foram em direção à sede com os gêmeos e as sacolas de fraldas nas mãos. Jake torceu o nariz ao segurar a pequena Jackie. Mary riu, lembrando-se de todos aqueles anos de troca de fraldas dos filhos. Mary jamais se esqueceria do olhar nos rostos de Sophie e Jake pela primeira vez há mais de vinte anos, ou da forma como eles olhavam um para o outro. A filha tinha cinco anos e Jake tinha onze, mas a única coisa que ela sabia com certeza era que o amor verdadeiro não vinha em idade cronológica.

E agora Lori tinha encontrado seu amor verdadeiro em Grayson.

Mary deu um suspiro de felicidade ao olhar para o grande grupo da família Sullivan que tinha vindo de Seattle, de Nova York e até de Londres e da Austrália. Graças a Deus, ela refletiu, cada um deles logo encontraria seu final feliz também.

— Oi, bela. Quer companhia? E um espumante?

Mary sorriu para Rafe Sullivan ao pegar o copo que ele ofereceu para ela. Ele era detetive particular em Seattle e um dos filhos do irmão favorito do seu marido.

— Melhor encontro de família que já tivemos — ele disse, sorrindo. — Não é sempre que conseguimos ver a Mazinha surpresa.

Mary riu antes de dizer:

— Falando em surpresas, há alguém especial na *sua* vida que deveríamos saber?

Dessa vez foi Rafe quem riu.

— Estou pensando que deveríamos esperar o restante do seu lado da família estar completamente casado antes de começarmos o meu. Além disso, agora que todos os seus oito filhos conseguiram o seu felizes-para-sempre... — ele tinha o mesmo olhar maroto de quando era garotinho —, não é a sua vez?

Ela balançou a cabeça, como se a pergunta sobre a vida amorosa dela fosse totalmente ridícula nesse ponto da vida dela. Mas havia uma razão para seu sobrinho ser um investigador tão bom: ele via todas as pistas, grandes e pequenas.

— Mary? — Ele olhou para ela com mais cuidado. — Você está corando? — Quando ela cobriu o rosto com a mão que estava livre, a voz dele ficou mais gentil e ele disse: — Sabe como é, se *houver* alguém especial na sua vida, acho que meus primos entenderiam.

Graças a Deus, na mesma hora a banda começou a tocar *Always on My Mind.*

— Essa sempre foi uma das minhas músicas favoritas. — Dela e de Jack.

Rafe pegou o copo de champanhe da mão dela e o colocou sobre a mesa antes de segurar-lhe a mão.

— Tenho certeza que tudo que Lori sabe em relação à dança ela aprendeu com você. Venha dançar comigo, tia Mary.

O sobrinho a levou para a pista de dança, e, rodeada pelos filhos e netos e todos os demais membros da família Sullivan que ela amava tanto, Mary deixou-se levar com o prazer de rodopiar pelo salão.

Sem dúvida, quem quer que roubasse o coração de seu sobrinho Rafe um dia seria uma mulher de sorte.